Rafael Wagner

Flucht durch Schwaben

Rafael Wagner

Flucht durch Schwaben

GMEINER

Historischer Roman

Immer informiert

NEWSLETTER

Spannung pur – mit unserem Newsletter informieren wir Sie regelmäßig über Wissenswertes aus unserer Bücherwelt.

Gefällt mir!

Facebook: @Gmeiner.Verlag
Instagram: @gmeinerverlag
Twitter: @GmeinerVerlag

FSC
www.fsc.org
MIX
Papier aus verantwortungsvollen Quellen
FSC® C083411

Besuchen Sie uns im Internet:
www.gmeiner-verlag.de

Im Ehnried 5, 88605 Meßkirch
Telefon 07575/2095-0
info@gmeiner-verlag.de

1. Auflage 2021

Lektorat: Claudia Senghaas, Kirchardt
Herstellung: Mirjam Hecht
Verwendung der Kartenvorlage mit freundlicher Genehmigung durch den Schweizer Weltatlas
Umschlaggestaltung: U.O.R.G. Lutz Eberle, Stuttgart
unter Verwendung der Bilder von: © https://commons.wikimedia.org/wiki/File:Fibule_polylobée_2.jpg und https://commons.wikimedia.org/wiki/File:Hans_Holbein_the_Younger_-_The_Ambassadors_-_Google_Art_Project.jpg
Druck: CPI books GmbH, Leck
Printed in Germany
ISBN 978-3-8392-0026-1

Für Tina

Westliches Herzogtum Schwaben

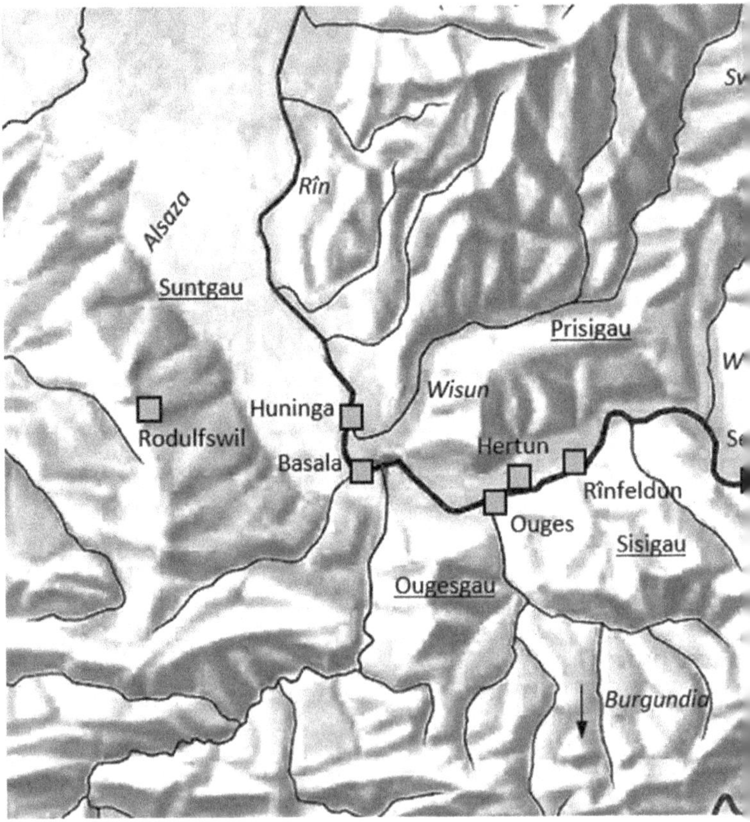

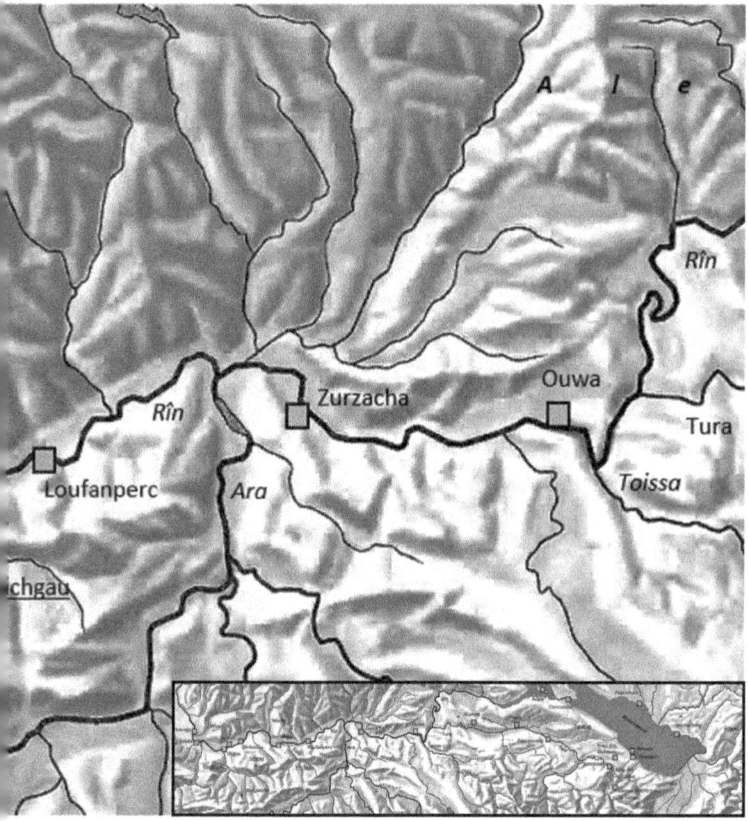
A l e
Rîn
Ouwa
Zurzacha
Tura
Rîn
Loufanperc
Ara
Toissa

Östliches Herzogtum Schwaben

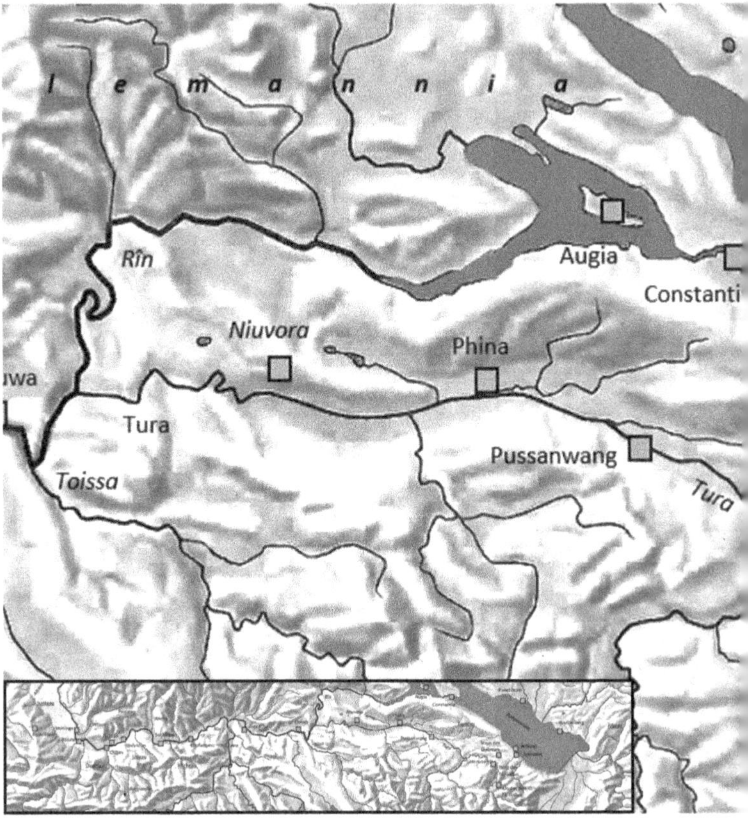

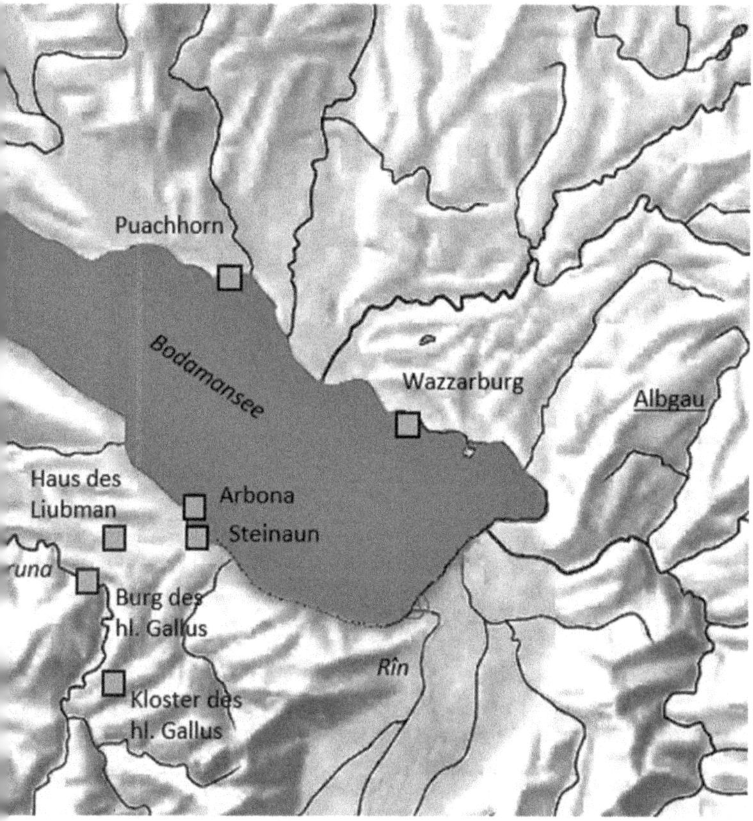
Puachhorn
Bodamansee
Wazzarburg
Albgau
Haus des
Liubman
Arbona
Steinaun
Burg des
hl. Gallus
Kloster des
hl. Gallus
Rîn

Glossar

Albgau: Das frühmittelalterliche Allgäu gehörte zu den besser besiedelten Regionen des Herzogtums Schwaben an der Grenze zu Bayern.

Alemannia: Die Bezeichnung Alemannien bezeichnet sowohl die Region des erweiterten Bodenseeraums als auch das alte Herzogtum der Alemannen, das in den Jahrhunderten nach dem Abzug der römischen Truppen entstanden ist. Es wurde von weiterhin dort lebenden Romanen und neu zuwandernden germanischen Alemannen gleichermaßen in meist friedlicher Koexistenz besiedelt.

Alsaza: Das Elsass – dazu gehören der Nord- und der Suntgau – war im frühen Mittelalter offiziell Teil des Herzogtums Schwaben. Aus mangelndem Zugehörigkeitsgefühl verweigerten die Elsässer aber nicht selten die schwäbische Heeresfolge, so auch im Jahr 926.

Alpes: Die Alpen waren seit jeher eine natürliche Barriere und Grenze. Wer die Königskrone von Italien erlangen wollte, hatte erst die gefährlichen Bergpässe zu überwinden und musste sich mit den lokalen Herrschern gut stellen, um beispielsweise an Vorräte, Bergführer und zusätzliches Equipment für den Warentransport zu kommen.

Ara: Die Aare gehört zu den größten Flüssen der heutigen Schweiz und war bereits in Antike und Mittelalter eine wichtige Lebensader Hochburgunds. Als Zufluss des Rheins war sie seit jeher prädestiniert für den Waren- und Personentransport zwischen dem Alpenvorland und Schwaben. Die Aare war namensgebend für den bedeutenden frühmittelalterlichen Aargau.

Arbona: Das römische Militärkastell Arbor Felix am südlichen Bodenseeufer verblieb nach dem Abzug der römischen Soldaten wie viele andere provinzialrömische Siedlungen und Kastelle in Alemannien mehrheitlich romanisch geprägt. So wurden die hohen Amtsträger in Arbon – wie das Kastell schließlich vereinfacht genannt wurde – in den mittelalterlichen Quellen weiterhin mit den alten römischen Militärtiteln bezeichnet.

Augia: Das Kloster Augia (Monasterium Augiensis) auf der Bodenseeinsel Reichenau wurde im Jahr 724 vom heiligen Pirmin gegründet und gehörte in Konkurrenz zur Abtei Sankt Gallen zu den größten karolingischen Reichsabteien.

Augusta: Die schwäbische Bischofsstadt Augsburg wies sämtliche Angriffe der feindlichen Ungarn erfolgreich ab.

Baiuvaria: Bayern war im frühen Mittelalter ein mächtiges Stammesherzogtum, das sich ebenso wie Alemannien/Schwaben mehrfach dem fränkischen Einfluss zu widersetzen wagte. Kein anderes ostfränkisches Herzogtum litt mehr unter den Einfällen der Ungarn.

Basala: Basel stand in römischer Zeit stark im Schatten der Colonia Augusta Raurica, wuchs im frühen Mittelalter aber immer mehr zu einem Zentralort zwischen Alemannien, Elsass und Burgund heran und wurde schließlich Sitz eines Bischofs.

Bodamansee: Der Bodensee wurde in römischer Zeit hauptsächlich als »Bregenzersee« bezeichnet, benannt nach dem damaligen Zentrum Bregenz (Kastell und Flottenstützpunkt). Als sich das Zentrum zunehmend zum Bischofssitz Konstanz (»Konstanzersee«) und der Königspfalz Bodman (»Bodensee«) verlagerte, änderte sich auch die Bezeichnung dieses schwäbisch-alemannischen Identifikationsgewässers.

Brezalauspurc: Der dauernden ungarischen Angriffe überdrüssig, zwang ein Großaufgebot schwäbischer und bayerischer Aristokraten und Krieger diese bei Pressburg, dem heutigen Bratislava, im Jahr 907 zu einer Entscheidungsschlacht. Die ostfränkischen Truppen unterlagen jedoch klar, unzählige Grafen und Krieger fielen, und die ganze Ostmark sowie Teile Karantaniens (Kärnten) ging verloren.

Burg des heiligen Gallus: Die Flur Waldburg bei Häggenschwil im Kanton Sankt Gallen (CH) ist der vermutliche Standort einer sogenannten Ungarnburg des Sankt Gallener Abtes aus dem Jahr 926.

Burgundia: Das Königreich Hochburgund war der Teil Burgunds nördlich der Alpen, während Niederburgund die südlichen Teile umfasste. Insbesondere König Rudolf II. hatte vermehrt eine Machterweiterung auf Kosten von Alemannien versucht, was erst durch die Entstehung des angrenzenden ostfränkischen Herzogtums Schwaben und dem vehementen Einschreiten seines Herzogs Burchard in der Schlacht bei Winterthur 917 unterbunden werden konnte. Durch die Verheiratung von Burchards Tochter Berta mit Rudolf II. gelang nach 922 erstmals eine friedliche, wenn auch unsichere, Nachbarschaft.

Cervisa: Bier gehörte aufgrund der nicht immer keimfreien Wasserqualität zu den Hauptgetränken des Mittelalters. Sehr viel weniger alkoholisch als heutiges Bier, wurde es auch von Kindern getrunken. Aufgrund der Herstellungsprozesse und verwendeten Ressourcen stand es meist im Zusammenhang mit der Brotherstellung. Beides war im Mittelalter Frauensache.

Chanstada: Das heutige Bad Cannstatt (Stuttgart) war im Jahr 746 Schauplatz einer Massenhinrichtung der alemannischen Aristokratie durch den fränkischen Hausmeier Karlmann (Blutgericht von Cannstatt), wodurch das alte Stammesherzogtum Alemannien verschwand und diese Region von nun an durch fränkische Grafen verwaltet wurde.

Constantia: Konstanz war durch seine besondere Lage mindestens seit römischer Zeit ein zentraler politischer und ökonomischer Ort im Bodenseeraum. Als Sitz eines Bischofs wurde es im Laufe des Mittelalters zum Zentrum eines der größten und mächtigsten Bistümer des Ostfrankenreichs.

Francia: Das nördlich von Schwaben gelegene Franken gehörte als fränkisch verwaltete Region – ohne Herzog, allerdings in Grafschaften unterteilt – zum Ostfrankenreich.

Francen: Die Franken hatten sich besonders unter Karl dem Großen ein Reich geschaffen, das seinesgleichen suchte. Ihre Könige und Kaiser sahen sich in der Pflicht der Fortführung des alten Römischen Reiches und weiteten ihre Macht innert kurzer Zeit über das heutige Frankreich, Deutschland und Italien aus. Im Vertrag von Verdun 843 kam es zu einer Teilung des Reiches, an deren Ende sich die Wege des Ost- und Westfrankenreiches sowie Burgunds und Italiens in unterschiedliche Richtungen entwickelten.

Frichgau: Der Frickgau ist eine vergleichsweise kleine politische Landschaft am Rhein östlich des Sisgaus und des Augstgaus. Laut der Chronik von Ekkehart

IV. führte ein Hirminger aus dem Frickgau eine Gruppe lokaler Kämpfer in den Kampf gegen die Ungarn.

Galluskloster: Das Kloster Sankt Gallen wurde im Jahr 719/720 durch den heiligen Otmar an der Stelle der einstigen Mönchszelle des heiligen Gallus (um 612) gegründet und gehörte zu den mächtigsten ostfränkischen Reichsklöstern. Durch Sorgfalt, eine einzigartige Archivordnung und eine Menge Glück ist vom ursprünglichen originalen Schriftgut dieser Abtei mehr erhalten geblieben als in jedem anderen Kloster. Das Weltkulturerbe *Stiftsarchiv Sankt Gallen* bewahrt unter anderem über 870 Originalurkunden aus der Zeit vor dem Jahr 1000 auf, was mehr als zwei Drittel aller weltweit überlieferten Schriftstücke dieser Art für das europäische Mittelalter ausmacht.

Hertun: Herten ist heute Teil der baden-württembergischen Stadt Rheinfelden und gehörte im frühen Mittelalter zu den Besitztümern der Abtei Sankt Gallen im südlichen Breisgau.

Huninga: Nahe der Mündung des Flüsschens Wiese in den Rhein befand sich seit mindestens dem frühen Mittelalter eine kleine Siedlung namens Hüningen. Das heutige Kleinhüningen ist Teil der Schweizer Stadt Basel.

Italia: Durch die Alpen vom Frankenreich abgeschirmt, gehörte das Königreich Italien (Reichsitalien) dennoch meist zu dessen Herrschaftsbereich, ging vereinzelt aber auch eigene Wege.

Laeceboc: *Bald's Leechbook* (*Balds Arzneibuch*) in der British Library in London entstand im frühmittelalterlichen Wessex und enthielt bereits erstaunliches medizinisches Wissen. Darunter befindet sich auch das Rezept einer Salbe, der modernen Tests zufolge tatsächlich eine antibiotische Wirkung nachgesagt werden darf.

Legat: Unter einem Legaten ist im frühen Mittelalter meist ein Gesandter oder ein Bote zu verstehen.

Liubmans Haus: Das heutige Dorf Lömmenschwil im Kanton Sankt Gallen (CH) wird urkundlich bereits im 9. Jahrhundert in den Sankt Gallener Urkunden erwähnt. Hinter dem Namen wird – wie auch sonst häufig anzutreffen – der Gründername (Liubman) mit dem Siedlungszusatz »-wil« vermutet. In diesem Fall wird in einer Urkunde aus dem Jahr 854 gar wörtlich vom »domus Liubmanni«, dem Haus des Liubman, gesprochen.

Loufanperc: Das am Rhein gelegene Laufenburg im Kanton Aargau (CH) war im frühen Mittelalter ein bedeutender Zentralort des Klosters Säckingen.

Niuvora: Das Dorf Neunforn im Kanton Thurgau (CH) wird zwar erst im Jahr 962 urkundlich erwähnt, existierte aber mit Sicherheit schon Jahrzehnte länger.

Ouges: Kaiseraugst, nordöstlich der römischen Koloniestadt Augusta Raurica, hatte als befestigtes Militärkastell die Unruhen der Völkerwanderungszeit ebenso wie Arbon gut überstanden und verblieb mehrheitlich romanisch. Es wurde dank seiner geschützten und ökonomisch vorteilhaften Lage zum Sitz eines Bischofs (später Basel) und Zentrum des Augstgaus.

Ougesgau: Der Augstgau ist die Landschaft rund um den Zentralort Augst (heute Augst und Kaiseraugst) und war des Öfteren Streitpunkt der ostfränkischen und burgundischen Interessen.

Ouwa: Eglisau ist eine Kleinstadt im heutigen Kanton Zürich (CH) am Rhein. In der Antike stand dort ein römischer Wachturm zur Überwachung der Rheingrenze.

Phina: Das Dorf Pfyn im Kanton Thurgau (CH) kann seinen Ursprung auf das römische Militärkastell *Ad Fines* an der Thur zurückführen. Trotz einer möglichen Fortnutzung der Kastellmauern wird in vorliegender Geschichte von Kastellruinen ausgegangen.

Prisigau: Wie der Thurgau oder die Baar gehörte der Breisgau zu den bedeutendsten politischen Regionen des frühmittelalterlichen Alemanniens und des Herzogtums Schwaben. Er umfasste die Gebiete zwischen Rhein und Schwarzwald sowie zwischen Basel und dem heutigen Freiburg im Breisgau und darüber hinaus.

Puachhorn: Friedrichshafen hieß bis 1811 Buchhorn und gehörte als solches mindestens seit dem 9. Jahrhundert zu den bedeutendsten politischen Zentren im Bodenseeraum. Zudem war Buchhorn ein wichtiger Warenumschlagplatz für den Bodenseehandel.

Pussanwang: Das heutige Dorf Bussnang im Kanton Thurgau (CH) war im Frühmittelalter ein wichtiger Ort der Abtei Sankt Gallen. Wie die Funde von Brückenpfeilern nahelegen, wurde Bussnang bereits in der römischen Antike zur Überquerung des Flusses Thur genutzt. Für das Mittelalter lässt sich der Betrieb einer Fähre vermuten.

Rîn: Der Rhein war zusammen mit der Donau eine der Lebensadern Alemanniens und wird bis heute für den Waren- und Personentransport sowie als Grenzfluss genutzt.

Rînfeldun: Das aargauische Rheinfelden südlich des Rheins ist eng mit dem badischen Rheinfelden gegenüber verknüpft. Neben den heute zur Stadt Rheinfelden (Baden) gehörigen Siedlungen Herten, Nollingen, Warmbach und anderen Höfen wurden die »Felder am Rhein« bereits im 8. und 9. Jahrhundert erwähnt.

Sax: Neben dem Langschwert war unter der vermögenderen Kriegerschaft meist eher ein als »Sax« bezeichnetes Kurzschwert im Einsatz. Dieses war einschneidig und konnte vom einfachen Dolch bis zur Länge einer Spatha verschiedene Zwecke erfüllen.

Seckinga: Das durch den heiligen Fridolin vermutlich um das Jahr 522 gegründete Kloster Säckingen befand sich im frühen Mittelalter auf einer Rheininsel. Lange Zeit wurde Säckingen als Doppelkloster (Herrenkloster und Damenstift) geführt, bis vermutlich im 10. Jahrhundert ein reines Damenstift dort verblieb. Die Gründe hierfür sind unklar. Das heutige Bad Säckingen ist Teil des baden-württembergischen Landkreises Waldshut.

Sisigau: Der frühmittelalterliche Sisgau, westlich des Frickgaus, wird häufig als Teil des Augstgaus gesehen und ist geografisch im Raum Sissach (Kanton Basel-Landschaft) zu verorten. Als Durchmarschgebiet der Ungarn dürfte diese Gegend ebenfalls stark verwüstet worden sein.

Sisla: An der Sissle, einem Flüsschen, das beim aargauischen Sisseln in den Rhein mündet, soll im Mündungsgebiet – dem Sisselfeld – eine aufreibende Schlacht zwischen lokalen Kämpfern unter Hirminger und ungarischen Kriegern stattgefunden haben.

Sitteruna: Der kleine Fluss Sitter durchfließt, aus dem Appenzellerland (CH) kommend, vier heutige Schweizer Kantone und einen wichtigen Teil der frühmittelalterlichen Kernbesitztümer der Abtei Sankt Gallen. Die Sitter mündet beim thurgauischen Bischofszell (CH) in die Thur.

Spatha: Die Krönung der frühmittelalterlichen Bewaffnung stellte das doppelschneidige Langschwert, die Spatha, dar. Als Standessymbol wurde es an wichtigen Versammlungen getragen. Seine volle Kraft konnte diese schwere Waffe vom Rücken eines Pferdes entfalten. Der Umgang setzte einiges an Training voraus.

Steinaun: Das am südlichen Bodenseeufer gelegene Dorf Steinach im heutigen Kanton Sankt Gallen (CH) liegt nur etwa einen Kilometer von Arbon entfernt. Seit der Mitte des 8. Jahrhunderts taucht Steinach in der Überlieferung des Klosters Sankt Gallen auf, dessen wichtigster Bodenseehafen die Anlegestelle in Steinach war.

Suntgau: Als südlicher Teil des frühmittelalterlichen Elsass gehörte der Sundgau ebenfalls zum Herzogtum Schwaben, verweigerte allerdings im Jahr 926 die herzogliche Heeresfolge.

Swarzwald: Mehr noch als die meisten Hügel und Flüsse stellte der Schwarzwald eine besonders schwer zu überwindende Barriere dar. Dennoch sind dort seit dem frühen Mittelalter zahlreiche bewohnte Täler und Siedlungsinseln überliefert, nicht zuletzt dank der Gründung verschiedener Klostergemeinschaften in der Abgeschiedenheit der zerklüfteten Hügel und Wälder.

Toissa: Der Fluss Töss durchfließt das Zürcher Oberland, vorbei an Winterthur, und mündet bei Tössegg in den Rhein, der exakt an dieser Stelle eine starke Biegung nach Nordwesten vollzieht. Aufgrund dieser besonderen Lage wurde hier bereits in römischer Zeit ein Wachturm als Teil des Donau-Iller-Rhein-Limes errichtet.

Tura: Die Thur ist ein wichtiger Zufluss des Rheins und Namensgeberin des Thurgaus.

Turagau: Zusammen mit dem Breisgau gehörte der Thurgau zu den wichtigsten und größten Regionen im frühmittelalterlichen Herzogtum Schwaben. Ursprünglich gehörte auch der Zürichgau dazu, womit der Thurgau das ganze Gebiet zwischen Bodensee, Rhein, Aargau und Rätien umfasste. Als mächtigste Reichsabtei in dieser bedeutenden alemannischen Region hatte Sankt Gallen ein nicht unbedeutendes Mitspracherecht in schwäbisch-alemannischen Fragen, und die Grafen des Thurgaus gehörten zur Elite der ostfränkischen Aristokratie.

Ungrer/Ungri: Die Ungarn oder Magyaren – wie sie sich selbst nannten – führten im Karpatenbecken ein nomadisches Leben, das sie aus beuteökonomischen Gründen immer weiter nach Westen führte. Aufgrund der lange Zeit vorherrschenden Unfähigkeit der fränkischen Königreiche, angemessen auf diese Bedrohung zu reagieren und wegen fehlender Befestigungen, galten die reichen Städte Italiens und sämtliche Klöster des Westens als einfache Beute. Die Stärke der Ungarn lag in ihrer Geschwindigkeit und dem – in der westlichen

Kriegsführung als feige geltenden – Kampf als berittene Bogenschützen. Die auf statische Feldschlachten spezialisierten fränkischen Heere waren dagegen meist zu Fuß unterwegs und bevorzugten Blankwaffen.

Wazzarburg: In Wasserburg, einer damals noch vollends vom Bodenseeufer abgetrennten Bodenseeinsel nahe des nördlichen Bodenseeufers im heute bayerischen Landkreis Lindau, unterhielt das Kloster Sankt Gallen eine kleine Klosterfiliale mit nur wenigen Brüdern. Die Kirche stand unter dem Patronat des heiligen Georg. Als der Sankt Gallener Abt vom Nahen der Ungarn hörte, soll er angeordnet haben, alle altersschwachen Mönche sowie die noch sehr jungen Novizen nach Wasserburg in Sicherheit zu bringen. Aus Furcht sollen die Wasserburger beim Herannahen der Ungarn aber dennoch Schutz auf einigen Schiffen fernab vom Ufer des Bodensees gesucht haben.

Werra: Das Flüsschen Wehra mündet zwischen Säckingen und Rheinfelden in den Rhein. Gespeist aus unzähligen Quellen des südwestlichen Schwarzwaldes, stellte ihr Verlauf im frühen Mittelalter auch eine Möglichkeit dar, den Schwarzwald quellaufwärts immer weiter zu erschließen.

Westseaxe: Wessex wurde als eines von vier sächsischen Königreichen besonders unter seinem König Alfred dem Großen zur führenden Macht auf der britischen Insel. Sich stets normannischer Invasionen sowie walisischer Einfälle erwehrend, gelang hier aus wissenschaftlicher und religiöser Sicht eine kulturelle Blüte, welche die Grundlage eines späteren Englands legte.

Wisun: Das Flüsschen Wiese durchfließt von seiner Quelle am Feldberg den Südschwarzwald und mündet beim baslerischen Kleinhüningen in den Rhein. Derartige Flüsschen dienten während Jahrhunderten dem Abtransport von Holz und anderer Waren aus dem Schwarzwald zu den Zentren am Rhein.

Zurzacha: Zurzach im heutigen Kanton Aargau (CH) war in der römischen Antike ein wichtiger Militärstützpunkt zur Sicherung der Nachschubwege für die nahegelegenen Legionslager. Aufgrund der Grablege der heiligen Verena entstanden hier im frühen Mittelalter ein Klosterkonvent und eine ausgedehnte Siedlung.

Cap. I

»In jenen Tagen werden die Menschen den Tod suchen, aber nicht finden; sie werden sterben wollen, aber der Tod wird vor ihnen fliehen.« Der Mann neben mir murmelt mit leerem Blick vor sich hin. Ich umklammere den Griff meines Kurzschwertes und wünsche mir das Ende unserer Wache herbei. Inzwischen ist die Sonne aufgegangen. Dennoch lässt uns der feuchte Morgennebel auf der alten Romanenmauer erzittern. Ich höre, wie die Wellen des Sees im langsamen Takt gegen die Uferbefestigungen brechen. Das Wasser ist unruhig. Ein starker Wind kommt auf und treibt weitere Nebelschwaden über uns hinweg. Ich beobachte, wie sich ein kleines Boot, nicht weit von der Mauer entfernt, mit jeder Welle aufs Neue leicht hebt und senkt. Ein pfeifender Wind sucht sich seinen eiskalten Weg meinen Nacken hinab. Trotz allem stehe ich regungslos hier oben auf der Mauer und versuche, neben dem plätschernden Wasser noch andere Geräusche wahrzunehmen. Die Sicht reicht nur knapp bis zum Wassergraben, der die Halbinsel mit Ausnahme eines schmalen Durchgangs beinahe zur Insel gemacht hätte. Höre ich da leises Gemurmel? Schritte?

Plötzlich erschallen aus dem Nebel vor uns verzweifelte Rufe und Schreie. Wie aus dem Nichts taucht eine

Gruppe von acht oder neun Personen auf. Sie treffen auf den Graben und folgen diesem bis zur kleinen Holzbrücke. Die zwei Personen an der Spitze haben den Übergang schon fast erreicht. Unsere Turmwache schlägt die Sturmglocke. Aus allen Gebäuden und Unterständen hallen nun Rufe wider, und Männer machen sich bereit für den Kampf. Ich konzentriere mich weiterhin auf die Menschen vor unserem Tor. Ist das eine List? Plötzlich ertönt lautes Hufgetrappel, und aus dem Nebel jagt ein zentaurenähnliches Wesen hervor. Eine Klinge schnellt blitzartig herum und hinterlässt auf dem feuchten Gras einen Schwall von Blut. Die Person am Ende der Flüchtlingsgruppe sackt zuckend in sich zusammen. Zwei weitere werden von Pfeilen niedergestreckt. Ich höre das verzweifelte Hämmern von Fäusten gegen unser Tor. Die ersten Flüchtlinge haben unsere Doppeltoranlage erreicht.

»Tribun, was sollen wir tun?«

»Keiner öffnet die Tore! Das ist eine Falle.«

Es schwirren noch drei weitere Pfeile aus unterschiedlichen Richtungen auf unser Tor zu, doch gehen sie ins Leere. Stille. Wir warten. Wie ein Geist ist der Tod diesen Morgen aus dem Nebel aufgetaucht, und wie ein Geist ist er auch wieder verschwunden.

»Mein Gott, öffnet endlich die Tore!«

Mit einem kurzen Nicken gibt der Tribun den Wachen im Hof die Erlaubnis. Einer der Torflügel wird knarrend aufgezogen, und die Überlebenden retten sich mit letzter Kraft hinter die festen Steinmauern. Der grausame Klang eines Horns lässt uns erschauern. Sofort wird das Tor wieder geschlossen. Gebannt blicken wir in den Nebel. Ein zweites Mal ertönt das grausige Horn. Und plötzlich tauchen aus dem Nebel schemenhaft vier fremdartige Reiter auf. Vier Krieger in aufgebauschter Kleidung sitzen dort auf ungewöhnlich kleinen Pferden. Dieses Zusammenspiel von Ross und Reiter erklärt auch das merkwürdige Erscheinungsbild des säbelschwingenden Angreifers von vorhin. Eine gefühlte Ewigkeit stehen sie dort hinter dem Graben und beobachten uns. Dann ertönt das Horn ein drittes Mal. Das ganze Ufer entlang erscheinen wie von Zauberhand grelle Lichtkegel.

»Was ist das für ein Teufelswerk?«

»Was haben sie vor?« Überall auf den Mauern ertönen angsterfüllte Rufe, und Menschen sinken zum Gebet auf die Knie.

»Selbst Gott kann uns jetzt nicht mehr retten«, höre ich erneut die zittrige Stimme meines Nebenmanns.

»Ruhe!«, erhebt der Tribun seine kräftige Stimme. »Das sind Menschen. Sie bluten wie wir, sie sterben wie wir. Ich habe diese Teufel schon in jungen Jahren bei Brezalauspurc bekämpft.« Auf den Mauern ist inzwischen Ruhe eingekehrt. »Seit Tagen haben wir Kunde von fremden Horden, die über die östlichen Marken herfallen. Nun sind sie hier. Doch wir sind bereit, und ich werde sie jederzeit aufs Neue bekämpfen.« Mit seiner tiefen, hallenden Stimme schafft es der Tribun, selbst meinen zitternden Nebenmann zu beruhigen. »Jeder, der es wagt, unsere Mauern zu erklimmen, soll in seinem eigenen Blut ertrinken. Arbona ist noch nie gefallen,

Arbona wird nie fallen, solange tapfere Männer seine Mauern verteidigen.« Die neuesten Ereignisse beflügelten die Moral ja nicht gerade, doch der Tribun hat recht: Wir befinden uns gut geschützt auf einer Halbinsel hinter dicken Steinmauern. Zwar weisen die Mauern an gewissen Stellen Lücken auf, und zwei der Halbrundtürme sind teilweise zugunsten eines Kirchenbaus abgetragen worden, doch verfügen wir über ausreichend Männer, um unser Bollwerk über längere Zeit zu halten, und die besonders gefährdeten Stellen sind längst mit Holz verstärkt worden.

»Folge mir, der Centenar versammelt gerade die Wachen der letzten Nacht«, raunt mir einer der Torwächter schulterklopfend zu. Erleichtert folge ich meinem Kameraden die Leiter hinunter in den Hof.

»Ihr habt heute guten Dienst geleistet«, setzt der Centenar an und nickt der Turmwache, die als Erste Alarm geschlagen hatte, anerkennend zu. »Wir müssen sie weiterhin mit unserer Präsenz auf den Mauern von einem Angriff abhalten. Unsere geschützte Lage im Bodamansee und die dicken Mauern scheinen diesen Feiglingen die Lust zum Angriff zu nehmen. Den verdammten Romanen sei's gedankt!« Der Centenar grinst in die Runde, merkt, dass seine kleine Ansprache auf nur wenig Zuspruch stößt, und fährt dann mit ernster Miene fort: »Lasst euch nicht von ihren billigen Tricks entmutigen. Die zahlreichen Fackeln am Ufer sollten nur eine zahlenmäßige Überlegenheit demonstrieren und euch einer ausweglosen Situation bewusst werden lassen. Doch wir befinden uns zweifellos in der besseren

Position als sie. Wir haben schließlich den See.« Noch immer scheinen ihm unsere müden Gesichter nicht ausreichend motiviert. So fährt er resigniert zum eigentlichen Punkt seiner kleinen Ansprache fort: »Ich weiß, ihr seid erschöpft und habt euch euren Schlaf redlich verdient. Doch muss ich euch noch um eine letzte Sache bitten. Den Menschen, die heute zu uns gestoßen sind, ist Schreckliches widerfahren. Gebt ihnen zu essen. Zeigt ihnen einen Platz zum Schlafen.«

Währenddessen haben uns die Überlebenden, die in der Nähe des Tors erschöpft am Boden sitzen, aufmerksam beobachtet. Besonders der Blick einer kleinen Gestalt unter einem dicken Umhang erregt dabei meine Aufmerksamkeit. Müde nähern wir uns der Gruppe von Flüchtlingen, und ich erkenne unter der Kapuze das feine, blasse Gesicht eines Mädchens, kaum älter als ich. Ich weiß nicht, wie lange sie mich während der Ansprache des Centenars bereits beobachtet hat, doch in ihrem Blick liegt etwas angenehm Vertrautes. Kenne ich sie? Ihr scheint es ebenso zu gehen. Sie kann die Augen kaum von mir abwenden. Als die Gruppe unser Tor passierte, ist sie mir gar nicht aufgefallen. Sie mustert mich eingehend, wendet dann jedoch den Blick von mir ab, als sich einer meiner Wachkameraden ihrer annimmt und ihr den Weg in die Küche weist. Zwar verfügen wir über ausreichend Männer zur Bemannung der Festung, doch können wir jedwede Unterstützung gebrauchen, ob auf der Mauer oder in der Küche. Wir geleiten die Gruppe zur Feuerstelle und stillen dabei auch unseren Hunger. Meine Gedanken sind noch beim geheimnisvollen Mädchen. Gibt es so etwas wie Seelenverwandte? Vielleicht habe ich sie auch einfach so unangenehm lange angestarrt, dass sie irgendwann zurückblicken musste. Ich schüttle meinen Kopf frei von all diesen Überlegungen. Es sollten mich nun ganz andere Dinge kümmern. Gedankenverloren bin ich als Erster mit meinem Haferbrei fertig und eile zu den Stallungen, um mir einen guten Schlafplatz im Stroh zu suchen, möglichst nahe beim Vieh. Hier ist zwar nicht alles perfekt, doch bin ich lieber hier als draußen bei diesen schwertschwingenden Teufeln.

Cap. II

Bei Tag Schlaf zu finden, kann trotz langer Wachdienste schwerfallen. Besonders heute habe ich kaum ein Auge zugetan. Verträumt stehe ich vor den Stallungen. Übermüdet und dennoch angespannt verharre ich in Gedanken an die Ereignisse des Morgens. Steht der Feind noch vor unseren Toren? Und dieses Mädchen will mir einfach nicht mehr aus dem Kopf gehen. Vermutlich erschien sie mir heute Morgen nur wegen der Situation so vertraut. Denn nicht selten werde ich von den älteren Wachen als »Marcus aus dem Albgau« bezeichnet. Niemand spricht diesen Zusatz mit Verachtung oder Groll aus. Es kann aber auch niemand mehr dazu äußern. Man sagte mir einmal, dass ich als kleines Kind an eine einflussreiche Familie am Bodamansee verkauft wurde. Was mit meinen Eltern passiert ist, weiß ich nicht. Habe ich Geschwister? Ich kann mich an nichts erinnern. Ich kenne bloß Arbona und einige nahe Siedlungen. Seit ich denken kann, stand ich hier in der Küche, in den Ställen und in der Rüstkammer; zumindest bis ich alt genug war, um bei der Ausbesserung des Wassergrabens zu helfen und schließlich für den Wachdienst auf den Mauern eingesetzt wurde.

»Hey, du da, hörst du überhaupt zu? Hol dir was zu essen und mach dich dann zur nächsten Wache bereit!« Völlig überrascht blicke ich in das bärtige Gesicht eines älteren Kriegers. »Nun, was ist los?« Ich wage nicht zu widersprechen, schnalle mir meinen Sax, also mein einschneidiges Kurzschwert, um und marschiere los. Wie lange ich wohl in Gedanken dagestanden habe? »Falsche Richtung, Idiot!« Noch immer wage ich nicht, den Mund zu öffnen. Stattdessen schlage ich einen Bogen, um die Richtung zu ändern, so als ob dies von Anfang an beabsichtigt gewesen wäre. Vor mir erhebt sich eine stattliche Steinmauer, der ich folge, bis ich an eine offene Feuerstelle gelange, wo bereits einige Männer sitzen. Ich kenne jeden Winkel dieser Siedlung und seiner Festungsmauern, und doch haben mich die Ereignisse der letzten Stunden und Tage so aus der Bahn geworfen, dass ich mich beinahe verirrt hätte.

»Nimm dir eine Schale, unsere neueste Errungenschaft bringt dir gleich was zu essen«, grinst mich einer meiner Wachgefährten an. Jemand berührt meine Schulter, und ich zucke, wie vom Blitz getroffen, zusammen, drehe mich um und blicke in das Gesicht des Mädchens von heute Morgen. Ihr Gesicht erstrahlt frisch gewaschen, und ihr dunkles Haar ist zu festen Zöpfen zusammengebunden. Wunderschön. Es gelingt mir nicht, auch nur ein Wort mit ihr zu wechseln. Stattdessen schließe ich mich bald darauf meinen Kameraden für den Dienst auf den Mauern an.

Als wären meine Gedanken der Schlaflosigkeit von

heute Nachmittag erhört worden, nähert sich schon nach zwei Stunden der Centenar: »Deine Wache endet heute früher, der Tribun sucht nach Männern.« Ich weiß, was das heißt. Bestimmt wieder ein Auftrag mit ungewissem Ausgang. Und dabei möchte er keinen seiner erfahrenen Krieger einsetzen. Vielmehr nutzt er den jugendlichen Ehrgeiz der Jüngeren und die Schuldgefühle der unerwünschten Neuankömmlinge. Das war's wohl mit dem zusätzlichen Schlaf. Ich werfe einen letzten Blick in die Nacht hinaus. Der Nebel ist bereits am späten Nachmittag verschwunden und hat uns die Sicht auf ein nicht sehr weit entferntes Lager eröffnet. Seit meinem Wachantritt am frühen Abend habe ich immer wieder kleine Schwadronen zum Lager reiten sehen, beladen mit reicher Beute. Der Feind will uns wohl verhöhnen oder aber zu einer dummen Handlung verführen, indem er sich vor unseren Augen häuslich einrichtet und uns dabei zusehen lässt, wie unsere heimatliche Umgebung geplündert wird. Ich folge dem Centenar hinunter in den Hof, wo bereits drei andere Männer warten. »Holt euch was zu essen und wartet am Feuer bei der Küche, der Tribun persönlich wird euch instruieren.« Was für eine Ehre, hätte ich am liebsten geantwortet, doch möchte ich mir keinen zusätzlichen Ärger einhandeln.

Als wir uns der Feuerstelle nähern, erkenne ich schon von weitem die schlanke Gestalt des Mädchens von heute Morgen. Allzu viele Pausen werden ihr offenbar auch nicht gegönnt. Ihr Leinengewand ist um die Hüften durch eine einfache Hanfschnur tailliert. Woher sie wohl kommt? Sie schenkt mir ein kleines Lächeln, das ich jedoch nicht zu erwidern wage. Ich möchte nicht das Gesicht vor den anderen verlieren, und in der Dunkelheit hätte man es vielleicht ohnehin nicht gesehen. Von meiner Reaktion enttäuscht, füllt sie erst die Schalen der anderen, dann die meine auf.

»Tribun!«

Wir erheben uns alle, doch der Tribun weist uns per Handzeichen auf unsere Plätze zurück und kommt ohne Umschweife zum Punkt: »Noch halten wir sie uns vom Leib. Und ich weiß, dass wir das auch weiterhin können. Doch dafür brauchen wir zwei Dinge: Vorräte und Informationen. Der Landweg ist versperrt, doch können wir uns immer noch über den See bewegen. Steigt heute Nacht hinab zum Ufer und bereitet ein Boot vor. Bei der ersten Dämmerung brecht ihr auf über den See nach Wazzarburg. Obwohl unsere Feinde jenen Ort vor uns erreicht haben, konnten wir bisher weder Rauch noch Flüchtlinge ausmachen. Der Abt des Galluserklosters scheint seine Leute dort gut ausgestattet zu haben. Findet heraus, was im nördlichen Teil Alemanniens vor sich geht und ob schon bald Hilfe naht. Und bringt ja Vorräte mit.«

Der Tribun möchte sich gerade umdrehen, da beginnt einer meiner Kameraden: »Wird uns denn nicht unser Herzog zu Hilfe eilen?«

Der Tribun spuckt verächtlich aus und fügt hinzu: »Unser selbst ernannter Landesherr führt noch immer seinen nutzlosen Krieg in Italia. Selbst wenn ihn Kunde von unserem Schicksal ereilt, wird er es unmöglich rechtzeitig hierher schaffen. Viel Glück euch allen.« Er dreht sich um und stapft davon.

Natürlich hatte er recht. Das Gros der kampffähigen Männer aus allen Teilen der Alemannia hatte vor vielen Tagen und Wochen dem Herzog Heeresfolge geleistet. Im Bestreben, seinen Einflussbereich weiter nach Süden zu vergrößern, war dieser zusammen mit seinem burgundischen Schwiegersohn nach Italia gezogen. Kaum waren die meisten Verbände in Richtung Alpes abgezogen, ereilten uns die ersten unheimlichen Nachrichten von Sichtungen fremdartiger Reiter. Ausgerechnet in der größten Not bleibt die lokale Bevölkerung ihrem eigenen Schicksal überlassen. Ohne Krieger und ohne Festungen. Einzige Ausnahmen bleiben jene Befestigungen, die noch aus alter Zeit stammen, wie eben unser Arbona.

»Was, wenn wir stattdessen nach Constantia segeln?«

»Viel zu weit weg.«

Ich erwache aus meinen Gedanken und lausche der neu entbrannten Diskussion unter meinen Gefährten.

»Außerdem ist es ein direkter Befehl des Tribuns. Und der Bischof wird uns ohnehin nicht helfen. Seit er die noch verbliebenen Krieger zu sich gerufen hat, soll er sich hinter seinen Mauern verstecken.«

»Also wie ihr?«, höre ich aus der anderen Ecke eine sanfte, jedoch zugleich beherzte Stimme antworten. Das Mädchen hatte uns offenbar die ganze Zeit belauscht.

»Was weißt du schon? Wegen dir und deinen Freunden sind wir doch erst in dieser Situation! Wir öffnen gnädig unsere Tore, und ihr fresst uns die letzten Vorräte weg«, gibt Strello, einer der Gefährten unserer Mission, wutentbrannt zurück.

»Was ist aus unserer christlichen Nächstenliebe geworden«, schalte ich mich dazwischen, »wenn wir nicht einmal mehr unseren Nachbarn helfen? Diesem Feind müssen wir alle geschlossen entgegentreten. Und wir alle leisten unseren Teil auf eine andere Art und Weise.«

Statt Dankbarkeit erhalte ich seitens des Mädchens jedoch nur ein schnippisches Schnauben: »Ach, du meinst, ich könne also glücklich sein, in der Küche untergekommen zu sein?« Nun lachen die anderen und machen sich auf etwas Unterhaltung gefasst. »Ich weiß durchaus, ein Schwert zu führen«, setzt sie zum zweiten Stoß an, »und wenn ihr's wissen wollt, Wazzarburg ist bei Weitem nicht so gut ausgestattet, wie ihr alle zu wissen glaubt. Ich wollte erst dort Schutz suchen, doch wurde ich von den Mönchen abgewiesen. Entweder, sie leiden bereits seit Tagen Hunger, oder sie zeigen ebenso wenig Nächstenliebe wie ihr.« Das Mädchen wirft nun Strello einen strengen Blick zu und fährt fort: »Der Abt des Gallusklosters hat in seiner unendlichen Weisheit alle wehrlosen Greise und Knaben nach Wazzarburg geschickt, während er seine wertlosen Bücher bei den Mönchen in Augia in Sicherheit gebracht hat. Auf jener großen Insel hätten sowohl mehr Menschen als auch mehr Vorräte Platz gefunden.«

»Woher weißt du das alles?«, möchte ich von ihr wissen.

Sie zieht ihre Augenbrauen hoch und will gerade zu einer Antwort ansetzen, als sie von meinem Nebenmann

Sindolt unterbrochen wird: »Wie eine Spionin sieht sie jedenfalls nicht aus.«

Verärgert will sie sich von unserer Gruppe wegdrehen, wird jedoch sogleich von Strello am Arm zurückgezogen: »Nein, im Ernst, warum sollten wir dir vertrauen? Woher weißt du das alles? Wir kennen nicht einmal deinen Namen.«

Widerwillig beginnt sie zu sprechen: »Man nennt mich Anna. Bis vor wenigen Tagen war ich noch als Magd des Praeses Wolfbert in Puachhorn tätig. Da konnte ich so manche Unterhaltung der Dienstboten des Gallusklosters belauschen. Vor Wochen ist mein Herr jedoch dem Ruf unseres Herzogs Burchard gefolgt. So musste ich auf eigene Faust fliehen, als sich die Schreckensnachrichten von fremden Reiterhorden verdichteten und aus der Ferne bereits die ersten Rauchsäulen zu sehen waren.«

»Sie sollte uns bei Sonnenaufgang begleiten«, meldet sich nun erstmals Milo, der älteste von uns vieren zu Wort. »Das Mädchen kennt sich am nördlichen Ufer besser aus als wir, und als ehemalige Magd des Wolfbert dürfte sie dem einen oder anderen Wortführer bekannt sein.«

»Ist das nicht zu riskant für sie?«, werfe ich ein.

»Gefährlicher als hier?«, entgegnet Anna.

Innerlich muss ich ihr recht geben. Zudem möchte ich ihre Nähe nicht mehr missen.

»Also ist es beschlossen«, folgert Milo. »Wir fünf brechen beim ersten Anzeichen der Dämmerung auf. Sindolt, Strello, bringt einige Vorräte hinunter zum Boot.

Ich melde dem Centenar unsere neue Ausgangslage und folge euch nach.« Er wendet sich an uns: »Wir sehen uns gleich außerhalb der Mauern, seid bloß leise.«

Während die drei sich entfernen, bleiben Anna und ich zurück und schweigen noch kurze Zeit das Feuer an. »Hat dich dein Weg schon früher einmal nach Arbona geführt?«, setze ich schließlich zum Gespräch an.

»Ich glaube nicht«, flüstert Anna sehr knapp und in Gedanken versunken vor sich hin.

Um die peinliche Stille zu durchbrechen, nicke ich ihr zu und tue so, als müsste ich mir noch meine Sachen aus den Stallungen holen. Trotz meines kleinen Umwegs laufen wir uns jedoch kurze Zeit später wieder über den Weg. Mit einem kurzen Seitenblick auf meine bescheidene Ausrüstung, der ich offensichtlich nichts hinzugefügt habe, machen wir uns schweigend auf zur Mauer. Wir erreichen das plätschernde Ufer über eine kleine verbarrikadierte Öffnung in einem zusammengefallenen Halbrundturm an der nördlichen Festungsmauer. Dort warten bereits unsere Gefährten ungeduldig auf die Morgendämmerung. Wir hatten schon seit Längerem nichts mehr von den anderen Siedlungen am Bodamansee gehört. So waren viele der hiesigen Wachmannschaft über den Verbleib von Freunden und Verwandten im Unklaren. Und viele schlossen aus den täglich näherkommenden Rauchsäulen am Horizont schon länger auf das eigene Schicksal. Doch wir werden uns nicht kampflos ergeben. Wir nehmen es selbst in die Hand.

»Marcus und Strello, ihr übernehmt die Ruder. Machen wir uns bereit zum Aufbruch.« Milo verstaut die Vorräte im hinteren Teil des Bootes und heißt uns, über die Bordwand zu steigen.

Am Horizont erscheint ein dünner Streifen Licht. Milo stößt uns vom Ufer ab, und unser Boot gleitet in den endlos wirkenden See hinaus, während Strello und ich unsere Ruder im Einklang durchs schwarze Wasser ziehen. Wir entdecken am Ufer jenseits des Wassergrabens zahlreiche Lagerfeuer und können davor die Schatten vereinzelter Krieger wahrnehmen. Die Fackeln von Arbona werden hinter uns immer kleiner. Milo steht am Bug und versucht angestrengt, in der Dunkelheit potenzielle Gefahren auszumachen. Sindolt summt leise ein Lied in die kühle Morgenluft hinaus; so als wollte er den See günstig stimmen. Und das Gewässer ist uns diesen Morgen tatsächlich geneigt. Eine leichte Brise kommt auf, und wenige Momente später befiehlt Milo schon das Aufziehen des kleinen Segels. Wir legen die Ruder zu unseren Füssen nieder und überlassen dem Wind die Arbeit.

Das Morgenlicht reicht nun aus, um die Hügelkette am gegenüberliegenden Ufer zu erkennen, als Milo zu erzählen beginnt: »Ich war in deinem Alter, Marcus, als ich das erste Mal im Auftrag meines Herrn den See überquert habe. Wir fanden uns damals in Steinaun ein, nicht weit von Arbona entfernt. Obwohl erst seit Kurzem schwurberechtigt, war mir die Ehre zuteil geworden, als einer von über einem Dutzend Männern an der Seite des großen Grafen Burchard eine feierliche Landschenkung mit zu bezeugen. Ich werde den Tag nie vergessen.«

»Ihr meint doch nicht etwa dieses diebische Stück Scheiße?«, fährt ihm Strello dazwischen.

»Ich spreche von seinem Vater. Niemand hätte gedacht, dass sein Sohn diesen Weg einschlagen würde.«

»Während der Rebellion, auf wessen Seite standet Ihr damals?«, unterbricht ihn Strello ein zweites Mal.

»Es gab keine Seiten, kein Richtig oder Falsch«, gibt Milo verärgert zurück. »Man hatte den älteren Burchard beschuldigt, er wolle die alte Herzogswürde erlangen. Als hätte er dies nötig gehabt. Salomo, der machthungrige Bischof von Konstanz, schaffte es, geschickt gegen Burchards Familie zu intrigieren. Als Abt des Gallusklosters und Erzkanzler träufelte er mit seiner spitzen Zunge stetig Gift in des Königs Ohr. Am Ende fiel der ältere Burchard einem Mordanschlag zum Opfer, und beinahe seine ganze Sippe wurde gejagt und getötet. Einzig sein gleichnamiger Sohn konnte nach Italia fliehen. Unsere Hoffnung ruhte ausnahmslos auf ihm. Niemand hätte erwartet, dass seine von uns so ersehnte Rückkehr einen derartigen Bruderkrieg auslösen würde. Und auch wenn man es ihm nicht verübeln kann, nach allem was seiner Familie widerfahren ist, so hätte ich doch nicht mit einem solch rigorosen Handeln durch den jüngeren Burchard gerechnet. Nach seinen militärischen Siegen über Salomo und den König wurde das, was selbst für ihn undenkbar schien, schließlich Wirklichkeit. Noch auf dem Schlachtfeld erhob ihn die alemannische Kriegerelite zu ihrem Herzog. Seither haben sich die Machtverhältnisse drastisch verändert. Sein Vater hätte den Ungrern ein geeintes alemannisches Heer entgegengeworfen. Er hätte sich niemals mit den verräterischen Burgundern verbündet. Und«, Milo seufzt, »sein Vater hätte die Alemannia nie in solcher Not im Stich gelassen. Es gibt niemanden mehr, der genügend Mut aufbringt, sich diesen Horden entgegenzustellen. Denn selbst jene, die das könnten, verstecken sich lieber hinter ihren Mauern.« Und als würde Milo erneut eine Entgegnung von Anna erwarten, fügt er hinzu: »Wir sind einfach zu wenige.«

Die Sonne steht bereits hoch am Himmel, als das nördliche Ufer des Sees in unmittelbare Nähe rückt. »Nun müssen wir dem Ufer in östlicher Richtung folgen. So können wir Wazzarburg nicht verfehlen.« Wir lassen unsere Blicke nach Osten schweifen und sehen dort in der Ferne eine dichte schwarze Rauchwolke aufsteigen. Wazzarburg ist gefallen.

Cap. III

Donnerstag, 27. April 926

»LEGT EUCH IN die Riemen! Wir steuern direkt drauf zu«, ruft uns Milo zu. Wir nähern uns den zahlreichen Booten, die zuvor das vom Rauch eingehüllte Wazzarburg verlassen hatten. Selbst wenn oder gerade weil diese äbtische Bastion am Bodamansee gefallen war, müssen wir von den Leuten des Abtes mehr erfahren. Offenbar waren vor dem Eintreffen der Ungrer sämtliche Boote der Umgebung zusammengezogen worden, denn vor uns lag mittlerweile eine regelrechte Flottille. Als wir uns einem der größeren Boote nähern, hebt Milo mit gestrecktem Arm die Hand zum Gruß: »Wir kommen als Freunde! Benötigt Ihr Hilfe?« Was für eine schöne Art und Weise, zu verbergen, dass man eigentlich selbst der Hilfe bedarf.

»Wer seid Ihr?« Ein großgewachsener älterer Mann in Mönchskutte steht am Bug des angesteuerten Bootes und beschwichtigt mit einer kurzen Handbewegung seine mit Bogen bewaffneten Begleiter.

Milo senkt unmerklich den Kopf zum Gruß: »Ich bin Milo, Abgesandter des Tribuns von Arbona und überbringe Euch die Grüße meines Herrn.« Wir hören auf zu rudern, holen das Segel ein und treiben langsam auf das Boot des Mönchs zu. »Wie haben sie Eure Mauern überwunden? Habt Ihr viele Opfer zu beklagen?«

Grinsend mustert uns der Mönch reihum: »Bislang hat keiner dieser Teufel unsere Insel lebend erreicht. Und es sind auch noch keine Opfer zu beklagen.« Anna schaut finster in die Richtung des Mönchs, Milo mahnt sie mit einem scharfen Blick, nun bloß keine Geschichten aufzurollen.

»Aber Wazzarburg steht in Flammen!«, spricht Milo das Offensichtliche aus.

Den Mönch scheint dies nicht zu kümmern: »Das soll es auch.«

»Wie bitte?«

»Es wäre nur eine Frage der Zeit gewesen, bis der Feind eine Möglichkeit gefunden hätte, uns trotz des kleinen Streifens Sees zwischen ihm und der Insel des heiligen Georg zu erreichen. Unser Herr Abt hat uns die Alten, Kranken und Jungen geschickt, um sie in Sicherheit zu wissen. All jene, die außerstande wären, zu kämpfen. Unsere einzige Aufgabe ist es, am Leben zu bleiben, bis alles vorbei ist. Den Brand haben wir gelegt, um den Anschein zu erwecken, dass alles, was an Wert zu holen wäre, bereits verbrannt ist. Außerdem ist diese Rauchsäule überall an den Ufern des Bodamansees zu sehen. Damit sind alle gewarnt. Sobald sie weitergezogen sind, kehren wir zurück.«

»Das ist Wahnsinn«, setzt Milo zu einer Entgegnung an, wird aber vom Mönch mit strengem Blick zum Schweigen gebracht.

»Weder brauchen wir Eure Hilfe noch können wir Euch welche beikommen lassen. Unsere Vorräte reichen gerade mal für uns.« Wie erwartet, hat er Milos Heuchelei von Beginn an durchschaut.

Wir lassen die Flottille an Flüchtlingsbooten hinter uns und bewegen uns das nördliche Ufer entlang. »Vielleicht finden wir woanders Hilfe«, erklärt sich Milo.

»Wenn die Ungrer bereits in Arbona sind, zeigt das, dass sie bereits den Rîn überschritten haben. Bestimmt sind sie schon bis nach Constantia vorgedrungen. Wir sollten umdrehen.« Milo lauscht meinem Vorschlag, geht jedoch nicht darauf ein.

»Ich gebe dem Jungen recht«, hören wir plötzlich Sindolts Stimme. »Das Ufer des Bodamansees ist verloren, und die Bewohner der Inseln sind zu sehr auf ihre Vorräte angewiesen. Viel Erfolg versprechender wäre es, weiter im Landesinneren nach Hilfe zu suchen.«

»Sprich!«, ermutigt ihn Milo nun etwas aufmerksamer.

»Nun, hat der Mönch nicht davon gesprochen, dass lediglich die nicht Kampffähigen evakuiert wurden? Das würde bedeuten, dass der Abt des heiligen Gallus trotz Burchards Feldzug über einige Kämpfer verfügt. Vielleicht sollten wir ihn besser direkt um Hilfe bitten, als bei seinen Untergebenen zu hausieren.« Sindolts Vorschlag scheint Gehör gefunden zu haben, sodass Milo das Ruder herumreißt und Kurs auf Arbona nimmt.

»Euch ist schon klar«, kommt es nun gehässig von Strello, »dass wir eine erneute Erkundungsfahrt vergessen können, wenn wir bei Tag in Arbona anlegen und den Ungrern somit unser Boot zeigen?« Milo entschließt sich, etwas westlich von Arbona auf die Nacht zu warten.

Auch wenn ich Strello ebenfalls recht geben muss, fühle ich bei der ganzen Sache ein unerklärliches Unbehagen. Strello verbessert diesen Umstand zudem nicht gerade. Seit er durch Milo bestätigt wurde, hört er nicht mehr auf zu reden. Ich wünsche mir unsere ruhige morgendliche Überfahrt zurück. Bestärkt durch unser Schweigen werden seine Kommentare immer gehässiger, und schließlich erklärt er, wie froh er sei, dass wir nicht auch noch auf die Idee gekommen seien, die Flüchtlinge aus Wazzarburg nach Arbona einzuladen: »Wir haben schon genügend Fremdlinge aufgenommen, die uns das letzte Brot wegessen, als dass wir noch weitere Schmarotzer bräuchten.« Ohne Umschweife blickt er dabei Anna direkt ins Gesicht.

»Nun ist es aber genug«, bringt ihn Milo endlich zum Schweigen. »Du darfst gerne zurück nach Arbona schwimmen.« Die weitere Zeit verbringen wir schweigend. Am späteren Nachmittag legen wir westlich von Arbona an. »Nehmt nur das Nötigste vom Boot, wir werden weiterfahren, sobald die Nacht hereinbricht«, gibt Milo eine kurze Anweisung.

»Hast du gehört? Nur das Nötigste!«, blafft Strello Anna an, die sich beim Aussteigen eine wärmende Decke geschnappt hat.

»Noch ein Wort, Strello, und ich schicke dich hier und jetzt ohne jegliche Ausrüstung auf den Weg zum Kloster des heiligen Gallus«, knurrt Milo. Das wäre nicht einmal die dümmste Idee. Bestimmt wäre es von hier aus einfacher, unbemerkt durch die feindlichen Linien zu kommen, als vom belagerten Arbona aus. Mit meinem Sax bewaffnet und einem Stück Brot in der Hand setze ich mich in Annas Nähe. Ich habe das Gefühl, sie beschützen zu müssen, selbst wenn es gegen meine eigenen Leute ist. Unsere drei Gefährten stehen währenddessen direkt am Ufer, und ich vernehme den unzufriedenen Tonfall Strellos, Milos Ärger darüber und einen schlichtenden Sindolt dazwischen. Sollte ich mich ebenfalls einmischen und die drei daran erinnern, wie wichtig im jetzigen Moment absolute Ruhe ist? Ich setze mich näher zu Anna und möchte gerade einen Spruch loswerden, um die Situation etwas aufzulockern.

Doch Anna stößt mich mit voller Kraft zur Seite und schreit: »Achtung!« Ich stürze zu Boden und höre knapp hinter mir das dumpfe Geräusch von Metall auf Holz. Wir waren mitten in eine Gruppe ungrischer Späher geraten. In letzter Sekunde hatte mich Anna zur Seite gestoßen und dabei geistesgegenwärtig meinen blanken Sax an sich gerissen. Dadurch hatte der Angreifer ins Leere geschlagen, während Anna blitzschnell reagiert und ihm meinen Sax zwischen die Rippen gestoßen hat. Der Todesschrei des fremdartigen Kriegers vermag allerdings kaum das Schreien zu überdecken, welches fast gleichzeitig vom Ufer ertönt. Ich sehe, wie Sindolt den schwer verletzten Milo über einen gefallenen Ungrer ins Boot hievt, während Strello einem weiteren Feind den Gnadenstoß versetzt.

»Schnell zum Boot!«, rufe ich Anna zu, die den Sax inzwischen wieder frei bekommen hat. Doch stürmt bereits ein weiterer dieser Teufel auf uns zu. Ich kriege gerade noch einen dicken Ast zu greifen, um ihn auf Distanz zu halten. Anna steht dicht an meiner Seite und hält ihm herausfordernd die vom Blut seines Kameraden tropfende Schwertklinge entgegen. Von rasender Wut ergriffen, wagt er einen Schritt nach vorn, doch zertrennt im selben Augenblick die Klinge einer Axt Muskeln und Sehnen seiner Schulter und zertrümmert den Knochen des Schlüsselbeins. Hinter dem zusammensackenden Krieger erscheint Sindolts triumphierendes Gesicht, das sich jedoch fast im gleichen Moment zu einer schmerzerfüllten Fratze verzerrt. Von einem Pfeil getroffen sinkt er zu Boden. Während Anna dem Ungrer den Gnadenstoß versetzt, werfe ich einen Blick ins umliegende Dickicht und sehe den Schützen im Wald verschwinden. »Bestimmt warnt er seine Leute. Wir müssen hier weg!« Ich packe Anna am Arm und möchte zum Boot eilen, doch liegt dieses längst nicht mehr am Ufer. Um seine eigene Haut zu retten, hat sich Strello vom Ufer abgestoßen und ist für uns bereits unerreichbar.

Auf unsere Rufe reagiert er lediglich mit einem selbstzufriedenen Winken und dem Satz: »Das Boot war ohnehin zu voll«.

»Dieser Bastard!«

»Hoffentlich hat es immerhin Milo geschafft«, flüstert mir Anna zu, wischt die Klinge an der Kleidung ihres letzten Opfers ab und beobachtet, wie der Verräter in den See hinaus rudert. Sie reicht mir den Sax und packt die wenigen zurückgelassenen Sachen zusammen.

Wir durchstreifen den Wald im Hinterland von Arbona, kommen in der zunehmenden Dunkelheit aber nur sehr schwer voran. Schließlich geben wir auf und machen es uns in besonders dichtem Buschwerk für die Nacht bequem. Im morgendlichen Licht werden wir hoffentlich besser vorankommen. Und vielleicht suchen sie dann nicht mehr nach uns. »Wie kommen wir morgen bloß nach Arbona?«, überlege ich laut.

»Nach all dem möchtest du wirklich dahin zurück?« Ich denke über Annas Frage nach und vermag, keine Antwort zu finden. »Besser, wir schlagen uns allein durch und suchen die Krieger des heiligen Gallus.«

Darauf entgegne ich: »Aber im Wald wird es doch ebenso von Spähern wimmeln.«

»Dann müssen wir eben auf der Hut sein. Außerdem konnten wir uns vorhin doch ganz gut gegenseitig beschützen.«

Damit habe ich meine Antwort. »Einverstanden.« Ich würde nicht von ihrer Seite weichen. Zusammen sehen unsere Überlebenschancen gar nicht so schlecht aus.

Wir sitzen nah beieinander. Anna hat die Decke vom Boot über uns geworfen, und so warten wir auf die vollkommene Dunkelheit. Damit erübrigt sich auch das abwechselnde Wache halten. Wer würde uns im dunklen Wald schon finden? »Ich bin dir noch immer eine Antwort schuldig«, spricht Anna leise.

»Eine Antwort worauf?«, frage ich ehrlich verwundert.

Anna fährt fort: »Ich war, soweit ich mich erinnern kann, nie in Arbona, aber ich scheine dir vertrauen zu können, als wären wir uns schon einmal begegnet. In deiner Nähe fühle ich mich sicher.«

»Mir geht es genauso«, stimme ich ihr zu, »und dies nicht nur, weil du mich heute vor dem sicheren Tod bewahrt hast. Ich schulde dir etwas.«

»Woher kommst du? Und sag jetzt bloß nicht Arbona. Ich weiß selbst, wo ich dich gefunden habe«, setzt Anna belustigt nach und ignoriert damit besonders meinen letzten Satz ganz geschickt.

»Du wirst es mir nicht glauben, aber ich weiß es nicht. Ich kann dir weder sagen, woher ich komme, noch wer meine Eltern sind«, versuche ich meine wirren Gedanken zu ordnen. »Ich kann mich bloß an Arbona erinnern. Man nannte mich aber auch einmal ›Marcus aus dem Albgau‹. Damit konnte ich noch weniger anfangen.« Wir schweigen uns an. Nun hält sie mich wohl endgültig für verrückt.

Doch dann beginnt Anna zu erzählen: »Es ist wohl einfach zu viel passiert in den letzten Tagen. Meine Erinnerungen sind wie von einem dunklen Schatten überzogen.«

»Und deine Geschichte als Magd des Wolfbert?«, frage ich vorsichtig.

Anna möchte antworten, hält dann kurz inne und versucht es erneut: »Nicht alles war erfunden.« Dachte ich es mir doch. »Tatsächlich verbrachte ich einige Zeit am Hof des Wolfbert, doch ist alles, was vorher passierte, nicht von Belang.« Ich beobachte sie stirnrunzelnd. Schließlich ringt sie sich zu einer Erklärung durch: »Meine Eltern habe ich nie kennengelernt. Stattdessen wuchs ich am Hof eines Bauern des Wolfbert auf.« Anna hält kurz inne. Ihr tiefes Schlucken und die bebenden Lippen lassen nichts Gutes erahnen. »Der Kampf um die Herzogsherrschaft über die Alemannia hat viel Tod und Verderben über uns gebracht.« Ich blicke schweigend auf meine Füße. »Wenn wir morgen überhaupt eine Chance auf Rettung durch das Galluskloster erhoffen möchten, sollten wir jetzt schlafen«, beendet Anna unser Gespräch. Sie dreht sich leicht mit dem Rücken zu mir, sodass ich nicht anders kann, als meinen Arm um sie zu legen. Für einen kurzen Augenblick vergesse ich die Gefahr und bin einfach nur froh, dass das Schicksal uns zusammengeführt hat. Gemeinsam schlafen wir ein.

Cap. IV

Freitag, 28. April 926

Ein unsäglicher Schmerz durchfährt meine rechte Schulter, sodass ich hochschnelle und sogleich die Kraft aus meinem Körper schwindet. »Runter!« Anna reißt mich zur Seite und drückt mich hinter einem Busch zu Boden. Ihre Hand presst sie auf meinen schmerzverzerrten Mund, sodass ich keinen Laut mehr herauskriege. In der Ferne ertönt ein schriller Pfiff, der von lautem Hufgetrappel beantwortet wird. »Er zieht sich zurück. Was für ein Glück! Nach den zwei Spähern heute Morgen, die unser Nachtversteck, ohne Verdacht zu schöpfen, passiert haben, habe ich nicht mit einem dritten gerechnet. Schön, dass du auch endlich wach bist. Da hatten wir echt noch einmal Glück«, flüstert mir Anna zu, doch sind die letzten Silben nur noch als unverständliches Glucksen zu verstehen. Das Glück hat sich gerade etwas relativiert. Ein dicht befiederter Pfeil steckt in meiner Schulter.

»Warum kommt er nicht zurück und erledigt mich endgültig«, stöhne ich mit bleichem Gesicht.

»Halte still«, befiehlt mir Anna, die ihre Stimme mittlerweile wiedergefunden hat. »Du blutest zum Glück nur schwach, doch kann ich den Pfeil nicht entfernen, ohne dass du zu viel Blut verlierst. Du musst ruhig bleiben.« Wie soll ich denn jetzt ruhig bleiben? Ich wurde grade von einem dieser berittenen Bastarde wie Wild erlegt. Kraftvoll drückt sie mir ein Bündel aus Moos und einem Stück Holz auf den Teil der Wunde, der von der Pfeilspitze neben der eigentlichen Einschussstelle zusätzlich aufgerissen wurde. Ich reiße den Mund auf zum Schrei, übergebe mich vor Schmerz aber ins dichte Unterholz des Waldes. Mit einem Stück ihres Leinengewandes legt Anna einen straff gezogenen Druckverband über meine verletzte Schulter. »Ich habe den Pfeil etwas stabilisiert. Der Verband sollte verhindern, dass zu viel Schmutz in die Wunde kommt. Jemand mit Erfahrung sollte sich das anschauen. Ich wage nicht, den Pfeil selbst zu entfernen.«

Einige Minuten bleiben wir beide an Ort und Stelle liegen. Momente der Ruhe, die ich bitter nötig habe. »Sie sind wohl endgültig weitergezogen. Wahrscheinlich halten sie dich ohnehin für tot. Für einzelne Personen scheinen sie sich nicht sonderlich Zeit zu nehmen. Die sind auf unbewachte Höfe, schwach befestigte Siedlungen und schnelle Beute aus.«

Langsam kehren meine Sinne zurück, doch wage ich nicht, mich zu bewegen. Ein stechender Schmerz durchfährt mich beinahe bei jedem Herzschlag. Doch steigt mir ein unangenehmer Geruch in die Nase: »Riechst du das?«

»Na, dein Erbrochenes ist es jedenfalls nicht«, entgegnet Anna, die – aufgeputscht vom Schrecken – schon wieder zu ersten Scherzen aufgelegt ist. »Aber ich weiß, was du meinst. In der Nähe brennt es wohl. Diese Richtung.« Sie weist mit ihrer Hand in irgendeine Richtung, doch kann ich weder erklären, woher sie das nun wieder weiß, noch ob es wirklich eine gute Idee ist, sich in Kriegszeiten einem Brandherd zu nähern.

»Aber Feuer ist im Moment gleichbedeutend mit der Präsenz ungrischer Krieger.«

Während sie mir beim Aufstehen hilft, entgegnet Anna harsch: »Was sollen wir sonst tun? Wir müssen schnellst möglich deine Wunde versorgen. Zurück zum Kastell können wir nicht. Die erwarten uns sicher. Und wer weiß, was Strello dem Tribun alles über unseren Verbleib erzählt hat.«

Wir kämpfen uns durch den fast undurchdringlichen Wald und nähern uns einer Lichtung. Hätten wir bloß eines der Schwerter der gestern getöteten Feinde mitgenommen. Anna lässt mich an einen Baum gelehnt zurück und sondiert die Lage. Mitten auf der Lichtung steht ein stattliches Gehöft in Flammen. Die Tiere wurden bestimmt schon alle weggeführt und die Menschen getötet oder versklavt. Hat der Späher deshalb von mir abgelassen? Der hat sich bestimmt lieber auf die schon fast offen dargebotene Beute gestürzt. Außer dem römischen Kastell sind mir kaum irgendwelche Befestigungsmaßnahmen aufgefallen. Ein wahres Freudenfest für eine solche Horde auf Raubzug.

»Bitte helft uns«, höre ich plötzlich eine zittrige Stimme von hinten. Ich versuche, den Kopf zu drehen, und blicke in die verschmutzten kleinen Gesichter zweier Kinder.

»Wer seid ihr? Was ist hier passiert?« Offenbar handelt es sich um die zwei Söhne des Bauern, der einst diesen Hof bewirtschaftet hat. Die beiden blicken sich ängstlich um und erklären sich mir mit wenigen Worten. Der Ältere, Liubman, ist nur wenige Jahre jünger als ich, der Jüngere, Jacob, zählt in etwa die Hälfte meiner Lebensjahre. Ich mustere die beiden, pfeife dann laut, um Anna zurückzurufen, und bitte den Älteren um Aufklärung. Ihre Mutter weilt anscheinend schon länger nicht mehr unter den Lebenden, während ihr Vater vor zwei Tagen losgezogen ist, um beim Abt von Sankt Gallen wegen der drohenden Gefahr um Hilfe zu bitten. Heute Morgen seien plötzlich vier Reiter aufgetaucht. Sie hätten gerade noch aus dem Haus in den Wald rennen können, während der Knecht ihres Vaters auf der Stelle niedergestreckt worden sei.

»Er liegt hinter der Scheune«, bestätigt Anna, die soeben zu uns zurückgekehrt ist. »Wir haben leider nicht die Zeit, ihn ordentlich zu begraben. Du musst versorgt werden, und es könnten jederzeit weitere Reiter auftauchen.«

»Lasst uns nicht zurück«, beginnt plötzlich Jacob zu wimmern, und Liubman fügt, an Anna gewandt, hinzu: »Wir können euch helfen. Mit dem Pfeil da kommt er nicht weit. Der Abt des Galllusklosters muss ganz in der Nähe sein. Er soll unten an der Sitteruna eine kleine Befestigung errichtet haben. Unser Vater wollte uns holen kommen, sobald er sich dessen sicher war. Ich kann euch dorthin führen.« Was bleibt uns anderes übrig?

Während Stunden kämpfen wir uns nun schon durch den dichten Wald. Ich muss meine letzten Kräfte mobilisieren, der Schmerz ist schier unerträglich geworden. Plötzlich hören wir vor uns Schritte und das Knacken von Ästen. »Noch mehr Späher?«, flüstert mir Anna zu. Doch das konnten keine Ungrer sein, dann wären wir längst tot.

Vor uns treten drei Mönche, zwei mit übermannsgroßen Stöcken, der dritte mit einem einfachen Jagdbogen und eingenocktem Pfeil. »Wer seid ihr? Woher kommt ihr? Was glaubt ihr, auf der terra sancti Galli zu finden?« Wir erklären uns hastig, froh, den Vertretern des heiligen Gallus begegnet zu sein, und sichtlich erleichtert, dass der zittrige Mönch mit dem Bogen endlich den Pfeil zurück in den Köcher steckt. Die Mönche, die zur Nahrungsbeschaffung ausgeschickt wurden, führen uns in ihr Refugium an der Sitteruna.

Schon während des Aufstiegs zum Torverhau hören wir eine halb belustigte, halb besorgte Stimme rufen: »Dachtet ihr, wenn es schon keine Nahrung mehr gibt, bringen wir stattdessen einige weitere hungrige Mäuler mit?« Ein respekteinflößender Mann von 30 bis 40 Jahren mit Kutte und Tonsur tritt vor das Tor hinaus. Sein Blick wird sogleich milder, als er die zwei Jungen in unserem Gefolge entdeckt. Er stellt sich uns als Dekan der Gemeinschaft des heiligen Gallus vor und führt uns hinein in die – wie er es nennt – »Burg«. Nun ja, Burg ist übertrieben. Arbon ist eine Burg, aber wir wollen die unerwarteten Gastgeber nicht schon bei unserer Ankunft beleidigen.

Stattdessen fragt ihn Anna besorgt: »Sind wir hier sicher?«

Bevor der Dekan antworten kann, hören wir eine andere Stimme: »Locus a Deo oblatus.«

»Eine Stelle wie von Gott dargeboten«, versuche ich mit inzwischen leiser und schwacher Stimme Anna die Aussage zu übersetzen, die von einem Mann kam, vor dem selbst der Dekan ehrerbietig einen Schritt zurücktrat.

»Der junge Herr spricht Latein. Welchem Konvent gehörst du an?« Bevor ich darauf reagieren kann, sacke ich zu Boden, und alles wird schwarz.

»Haltet ihn so fest ihr könnt!« Ich spüre, wie ich an Armen und Beinen mit festem Griff zu Boden gedrückt werde. Alles ist verschwommen. Ich kann weder einordnen, wo ich bin, noch was gerade vor sich geht. Wer sind all die Menschen um mich herum?

Da spüre ich eine warme Hand sanft über meine Stirn streicheln. »Sei jetzt stark, ich bin hier. Ich bleibe an deiner Seite«, höre ich Annas sanfte Stimme, während ich im schummrigen Licht ein glühendes Licht aufblitzen sehe.

»Jetzt!« Das Glühen verschwindet aus meinem Blickwinkel, und in meine rechte Schulter bohrt sich ein stechender Schmerz. Erneut verdunkelt sich alles.

Ich glühe und friere zugleich am ganzen Körper. Beim Versuch, mich wegzudrehen, schaffe ich es bloß, den Kopf hin und her zu werfen. »Alles ist gut. Bleib ganz ruhig. Ich bin da.« Annas Stimme gibt mir die nötige Zuversicht, dass wirklich alles in Ordnung ist. Mit einem kalten, nassen Tuch wischt sie mir den Schweiß aus dem Gesicht. Ich habe keine Vorstellung davon, wie lange ich schon hier liege oder wo ich bin. Zudem fehlt mir die Kraft, Anna zu fragen. Immer wieder schlafe ich ein und höre aus weiter Ferne besorgte Stimmen und Gespräche. Und immer wieder spüre ich Annas umsorgende Wärme und höre ihre Stimme. Alles ist gut.

»Was ist mit meinem Arm?«, vermag ich einmal, Anna zu fragen.

»Der Pfeil konnte entfernt werden, doch die starke Blutung musste sofort gestoppt werden. Der Infirmar hat deine Wunde mit einem glühenden Eisen ausgebrannt. Du wirst wieder gesund.« Anna flößt mir etwas Haferbrei und verdünnte Cervisa ein. Alles wird gut.

Dazwischen plagen mich wilde Träume. Vieles davon erscheint mir so wirr, dass ich mit einem Schrei aufschrecke. Einmal befinde ich mich wieder auf den Mauern in Arbona. Ich wandle durch Dörfer voller Blut und Feuer. Ich falle in ein schwarzes Nichts und warte auf den Aufprall, doch nie erreiche ich den Grund. Ein weißes Pferd bäumt sich vor mir auf. Hunderte Pfeile verbergen das Licht der Sonne. Und Anna. Immer wieder sehe ich Anna. Sie streichelt mein Gesicht. Einsam steht sie im finsteren Wald, in ihrer Hand ein rotes Stück Stoff. Um den Hals trägt sie ein merkwürdiges längliches Stück Knochen. Vertraute Gesichter blicken mich an. Immer wieder ist es derselbe Mann, dieselbe Frau. Ich kenne sie, aber woher? Dann plötzlich treibe ich einsam auf einem See. Das Ufer rundherum glüht. Es gibt kein Entkommen. Anna entfernt sich von mir. Ihr dunkles Haar fällt ihr in den Nacken. Fest umklammere ich mein Schwert. Überall stehen pferdeköpfige Gestalten. Aus der Ferne höre ich Annas Schreie. Ich kann nichts tun. Ich bin gefangen. Immer wieder schrecke ich hoch, mal ist es hell, mal ist es dunkel. Doch immer ist sie bei mir, hält meine Hand, hält meinen Kopf, tröstet mich. Alles wird besser.

Cap. V

Montag, 1. Mai 926

Ich blicke auf und sehe in die tiefblauen Augen derjenigen Person, die ich in diesem Moment an meiner Seite haben wollte. »Na, gut geschlafen?« Um Annas Mundwinkel kräuselt sich ein Lächeln. Sie selbst scheint erschöpft und besorgt, will sich aber offenbar nichts anmerken lassen.

Das Strahlen ihres wundervollen schmalen Gesichts lässt Wärme in mir hochsteigen: »Wie lange liege ich schon hier?«

»Wir sind vor drei Tagen hier angekommen, du hattest Fieber.« Ich versuche, mich von meinem Bettlager aufzurichten, doch sogleich durchfährt ein stechender Schmerz meine Schulter bis in die Brust. Augenblicklich lasse ich mich zurück aufs feuchte Moos und Stroh zurückfallen, wobei mir auffällt, dass ich nun in einem einfachen Hemd aus Hanf stecke. »Keine Sorge, die Mönche haben dir das übergezogen«, fällt mir Anna in die Gedanken. Mein Blick verriet offenbar mehr Unbehagen, als ich wollte. »Das neue Hemd hat leider nichts an deinem Gestank geändert. Ich helfe dir hoch«, spottet Anna mit gerümpfter Nase. Vorbei am steinernen Gebetshaus und dem Lager der Bediensteten des Abtes gehen wir langsam hinab in den unteren Teil der Befestigung, wo gerade drei Mönche mit der Hilfe der zwei Jungen, die uns vom abgebrannten Gehöft hierher geführt haben, einen Brunnenschacht ausheben. Jacob, der jüngere von beiden, winkt mir im Vorbeigehen fröhlich zu, bis er sich unter dem strengen Blick seines Bruders wieder seiner Arbeit widmet.

»Bis die Brunnen fertig sind, müssen wir wohl das Risiko auf uns nehmen, den sicheren Hafen des heiligen Gallus zu verlassen«, spöttelt Anna leise in meine Richtung. »Der Fluss ist mir ohnehin lieber. Seit du fiebernd auf deinem Bett lagst, habe ich nichts anderes mehr getan, als Essen zu holen. Dein Blut klebt wahrscheinlich immer noch an mir. Ich muss mich waschen.« Nur zu gerne würde ich ihr sagen, wie wunderschön sie aussieht. Ein Engel, der zwei Tage und Nächte über mich gewacht hat. »Wir wollen zum Fluss!«, ruft Anna, als wir uns dem südlichen Wallabschnitt nähern.

»Auf eure eigene Verantwortung«, hören wir hinter uns die gewohnt strenge Stimme des Dekans, »außerhalb der Wälle können wir euch nicht mehr beschützen. Öffnet das Tor!«

»Schnell, bevor er seine Meinung ändert«, zischt Anna in mein Ohr und drängt mich vorwärts. Die Bäume sind zur Errichtung der kleinen Festung und der zahlreichen Annäherungshindernisse in der ganzen Flussschleife gefällt worden. Flink eilt Anna Richtung Fluss. Am Rand der äußersten Biegung des Flusses entdecken wir einige niedrige Büsche, die uns vor den Blicken der

Wachen auf dem Wall verbergen dürften. Das Flussbett ist jetzt im Frühling wegen der Schneeschmelze wohl breiter als sonst. Also dürfte der Randbereich hoffentlich eine Sandbank mit langsam fließendem Wasser bereithalten. Ich begebe mich langsam in das etwas breitere und flachere Wasser des Flusses, während Anna das tiefere Wasser der Flussbiegung bevorzugt.

»Lass dich bloß nicht mitreißen!«, rufe ich ihr noch durch die Büsche hinterher, welche uns im Uferbereich die Sicht nehmen. Auf beiden Knien im Wasser schöpfe ich mit meinen Händen Wasser aus dem Fluss und möchte das kühle Nass über mein Gesicht gießen. Doch der pochende Schmerz in meiner linken Schulter lässt mich schnell davon absehen, sodass ich mich entschließe, einfach meinen ganzen Kopf unterzutauchen. Was für ein Segen! Am liebsten würde ich gleich ganz ins Wasser springen, doch weiß ich nicht, ob ich mich notfalls wieder allein aus dem Fluss würde schleppen können. Anna möchte ich nicht schon wieder um Hilfe bitten. Sie hat schon zu viel für mich getan.

Ich wasche mich mehr schlecht als recht und klettere dann etwas unbeholfen einige Meter den kleinen Abhang hoch, um mich auszuruhen. Als ich mich zum Setzen umdrehe, stockt mir der Atem. Nun etwas erhöht sitzend, fällt mein Blick durch die Büsche auf Anna. Anders als ich traut sie sich an die tiefen Stellen, wofür sie sich ihr Leinengewand abgestreift hat. Sie steht nackt und mit dem Rücken zu mir bereits knietief im Wasser. Mein Blick wandert ihre schlanken Beine hoch zu ihrem festen Hintern, weiter über ihre schmale

Taille bis zum Nacken, der zur Hälfte von ihrem langen dunkelbraunen Haar verdeckt wird. Ich bewundere ihre schneeweiße zarte Haut, welche die nun hervorkommenden Sonnenstrahlen beinahe einzusaugen scheint. Was für ein perfektes Wesen. Vorsichtig lässt sie sich ins eiskalte Wasser der Sitteruna gleiten, was ihren Körper kurz zusammenzucken lässt. Erst macht sie einen, dann einen weiteren Schwimmzug, bevor sie vollständig untertaucht. Dann dreht sie sich auf den Rücken und lässt sich kurz von der Strömung treiben. Ihre kleinen weißen Brüste scheinen kaum weiter aus dem Wasser zu ragen als ihr flacher Bauch und werden in regelmäßigen Abständen von den kleinen Strudeln des Flusses umspült. Völlig gebannt sitze ich hinter den Büschen und vermag kaum zu atmen. Alles fühlt sich schwer an. Mein Puls rast. Was tue ich da nur? Ich möchte mich abwenden, doch gelingt es mir nicht. Mittlerweile ist sie wieder untergetaucht und kommt einige Meter flussabwärts langsam ans Ufer des Flusses, wo sie sich aufrichtet und sich mir ihre ganze Vollkommenheit offenbart. So schnell hätte ich sie nicht zurück am Ufer erwartet, woraufhin ich mich augenblicklich zur Seite drehen möchte. Doch scheint mein Körper nicht ganz gehorchen zu wollen, und gerade, als ich ihren Blick langsam die Böschung hochwandern sehe, wird alles schwarz.

Ich öffne die Augen, und erneut erwartet mich ein Augenpaar. Doch ist es diesmal jenes von Jacob. »Er ist wach!«, höre ich seine Stimme dumpf aus der Ferne, obwohl er doch ganz offensichtlich über mir kniet. Sein

Gesicht verschwindet aus meinem Blickfeld, und stattdessen erscheint Annas besorgter Blick.

»Kannst du aufstehen? Wir sind schon viel zu lange außerhalb des Walls.« Ihre Stimme klingt nun viel klarer, und mir schießen urplötzlich die letzten Erinnerungen vor der Ohnmacht ins Bewusstsein.

»Ich … ich …«

»Keine Zeit!«, schneidet mir Anna das Wort ab. Mittlerweile trägt sie wieder ihr Leinengewand. »Die Späher berichten von einer Gruppe Ungrer, die hierher unterwegs sind.« Zusammen mit Jacob gelingt es Anna, mich hochzuziehen, und plötzlich spüre ich die Kraft zurückkommen. Wir begeben uns zurück zum Tor, und ich versuche, das Thema in eine andere Richtung zu lenken.

»Was machst du hier draußen?«, richte ich meinen Blick nun auf Jacob, ohne wirklich eine Antwort zu erwarten. Doch nun spüre ich sein Unbehagen und verstärke den Druck meiner Hand auf seiner Schulter, mit der er mich zu stützen versucht. »Jacob?«

»Ich wäre doch nicht gegangen, ohne euch Lebwohl zu sagen!«

»Gehen? Du wolltest von hier weg?«

Jacob wird schlagartig klar, dass wir wohl nicht im Traum auf diese Idee gekommen wären, und bereut seine vorschnelle Antwort. Er versucht, sich zu rechtfertigen, und berichtet von einer Gruppe Flüchtlinge, welche ebenfalls in der Burg der Mönche Schutz gefunden hat. Diese erzählten ihm von einer Handvoll Bauern, welche den Ungrern heimlich nachsetzen, um sich ihre gefangenen Angehörigen zurückzuholen, vielleicht auch nur, um sich an diesen Unheilbringern zu rächen. »Bestimmt ist mein Vater einer dieser Männer. Er ist so mutig!«

»Und du wolltest ganz allein und ohne Orientierungsmöglichkeiten durch den Wald streifen?«

Etwas ungläubig guckt mich Jacob von unten an: »Natürlich nicht! Ich wollte zu dem Floß, das ich gestern weiter flussabwärts entdeckt habe. Vater hat uns immer wieder eingeschärft, stets den Flüssen zu folgen, um nicht verloren zu gehen. Doch dann habe ich dich hier unten sitzen und aufs Wasser glotzen sehen und habe mich nicht weiter vorgewagt. Und dann bist du plötzlich umgekippt. Was hast du denn da unten gemacht?«

Damit wären wir also doch wieder bei dem Thema, von dem ich eigentlich ablenken wollte. Abwehrend entgegne ich: »Na, jedenfalls wollte ich mich nicht ohne Abschied aus dem Staub machen!«

Im Tordurchgang werden wir bereits ungeduldig von einem Mönch erwartet: »Was, bei Gallus und Otmar, habt ihr euch eigentlich dabei gedacht? Schnell, folgt mir.« Wir hören, wie der hölzerne Verhau, der im südlichen Abschnitt als eine Art Tor dient, erneut vorgeschoben und verankert wird. Mit schnellen Schritten, die mich beinahe erneut zusammenbrechen lassen, führt uns der etwas zu kurz geratene Mönch in den höher gelegenen Teil der Befestigung hinter das Gebetshaus. »Was war los mit ihm?« Verwirrt blicke ich auf und frage mich, warum er nicht gleich mit mir spricht.

Bevor ich reagieren kann, erwidert Anna: »Seine Wunde ist erneut aufgegangen. Ich konnte die Blutung stoppen und habe die Wunde notdürftig mit einem Stück Leinen verbunden.« Mein Blick wandert nach links, und tatsächlich entdecke ich dort frisches Blut an meinem Hemd. »Und, Bruder Infirmar –«, Anna zögert, »seine Wunde hat angefangen zu eitern.« Besorgt mustert mich der kleine Mann, der offenbar nicht einfach nur Mönch, sondern wohl gar der Sankt Gallener Klosterarzt ist. Er muss mich bereits bei unserem Eintreffen versorgt haben.

»Für ein erneutes Ausbrennen der Wunde ist es bereits zu spät. Die Öffnung beginnt, sich zu entzünden. Das Fleisch beginnt zu faulen. Ich sehe das nicht zum ersten Mal. Wenn nicht bald etwas geschieht, stirbt er.« Erneut erstarre ich zu Eis. Aber dieses Mal liegt es nicht an Anna; vielmehr ist es der blanke Horror, der mich mit offenem Mund und leerem Blick langsam zu Boden sinken lässt.

»Gibt es nichts, was ihr tun könnt?« Annas Stimme klingt nun bei Weitem nicht mehr so ruhig, wie ich es von ihr kenne.

»Das übersteigt meine Fähigkeiten und mein Wissen. Zudem fehlen mir hier draußen sämtliche Mittel.« Der Infirmar hält kurz inne und fährt dann fort: »Es sei denn …«, er schüttelt den Kopf, »nein, das schafft er nie.«

»Bitte sprecht!« Anna ist näher zum Mönch gerückt. Ihre Hände zittern.

»Es sei denn, ihr schafft es, den Infirmar unserer Brüder in Seckinga um Hilfe zu bitten. Ein weit gereister Mann, der einst bei den Sachsen auf der anderen Seite des Meeres, fernab vom Reich der Francen in den Diensten des großen Königs Alfred stand. Ich habe gesehen, wie er einst einen übelriechenden faulenden Fuß mit dem bloßen Auftragen einer geheimen Salbe geheilt hat. Das übersteigt meine Fähigkeiten bei Weitem. Ich kann lediglich etwas zur Schmerzlinderung beitragen und hoffen, dass der Faulungsprozess damit etwas aufgehalten wird«, ergänzt der Infirmar und reicht mir dabei ein kleines Tontöpfchen mit einer cremigen Substanz.

»Was ist das?«

»Das ist eine Salbe, die ich vor wenigen Tagen aus der Wallwurz, die hier unten am Ufer der Sitteruna wächst, hergestellt habe. Viel ist nach deiner Ankunft jedoch nicht mehr übrig geblieben. Hätte ich bloß meine Kräuter aus dem Infirmarium im Kloster.« Vorsichtig hilft mir Anna, etwas von der Salbe auf die Wunde aufzutragen, die nach anfänglichem Brennen schon nach kurzer Zeit meine Schmerzen etwas lindert.

»Wie kommen wir am schnellsten nach Seckinga?« Annas Tatendrang ist ansteckend, doch vermag ich gerade nicht klar genug zu denken.

Der Infirmar schüttelt nachdenklich den Kopf. »Das schafft ihr nie! Unser junger Freund ist viel zu schwach. Abgesehen davon: Woher wollt ihr wissen, dass Seckinga nicht ebenfalls schon von den Ungrern heimgesucht wurde?«

Während unseres Gesprächs eilen immer mehr Klosterbrüder hoch zum nördlichen Tor. Als das Stimmengewirr immer lauter wird, beschließen wir, uns den anderen anzuschließen, und begeben uns in den höher gelegenen Abschnitt der Burg. »Das ist unmöglich! Man hat uns gesagt, er sei tot.« Nicht nur dem Infirmar ist das Erstaunen ins Gesicht geschrieben.

»Bruder Heribald, du lebst!« Eine etwas dümmlich wirkende Person mit verwirrtem Blick kommt gerade durch das nördliche Tor geschritten. In seinen Armen hält er ein kleines Weinfässchen, und an der Kordel seines Mönchsgewands hängen einige kleine Beutel. Nun ist *tragen* etwas untertrieben. Vielmehr umklammert er dieses Fässchen, als wäre es sein Erstgeborener, was bei einem Mönch nun doch ein leicht ungeschickter Vergleich ist.

Der Infirmar ist stehen geblieben, doch Heribald, der ihn in der Menge offenbar sogleich erkannt hat, geht geradewegs auf diesen zu. »Wie geht es dir? Wie hast du es hierher geschafft? Was ist geschehen?«

Als hätte er gar nicht zugehört, versucht Heribald, einen der Beutel von seiner Kordel zu lösen, ohne sich dabei vom Fässchen zu trennen. Als dies endlich gelingt, schleudert er dem Infirmar das kleine Beutelchen vor die Füße und klagt: »Die sind völlig nutzlos! Ich wollte den Wein für unsere fremdländischen Brüder etwas schmackhafter machen. Die habe ich bei deinen Sachen gefunden.« Heribald deutet auf den kleinen Beutel im Dreck. »Hat ihnen nicht geschmeckt. Mir war's auch zu bitter.«

Der Infirmar beugt sich hinab zum Beutel, hebt ihn hoch und begutachtet seinen Inhalt: »Das sind auch keine Gewürze, sondern Heilkräuter!« Er dreht sich zu uns um und strahlt: »Hier drin sind auch Blüten der

Johannisblume! Die werden euch helfen.« Wieder an Heribald gewandt, ergänzt er: »Nur gut, hast du nichts davon getrunken. Das wäre dir gar nicht gut bekommen. Du hast doch nichts davon in den Wein gemischt?«

»Bei allen Heiligen! Unseren Gästen habe ich davon gegeben. Was passiert jetzt mit ihnen? Ich muss schnell zurück und sie warnen!«

»Das sind nicht unsere Gäste, und keinesfalls gehst du auch nur einen Schritt zurück!«

Der Dekan drängt sich nach vorne, legt seinen Arm um Heribald und führt ihn fort, weg von der Menge. »Geht wieder an die Arbeit, Brüder!«

Der Infirmar eilt mit dem Kräuterbeutel davon. Wir können ihm kaum folgen. Aus einem Topf, worin gerade die Überreste eines der letzten mitgeführten Schweine ausgekocht werden, schöpft er mehrmals die obenauf schwimmende Fettschicht ab und sammelt den trüben, dickflüssigen Saft in einem kleinen Töpfchen. Zurück bei unserem Schlafplatz der letzten Nächte, der sich gerade als mobile Krankenstatt des Infirmars herausstellt, erhitzt dieser das Schweinefett auf kleinem Feuer, zerpflückt die Blüten aus Heribalds Beutel und gibt sie ins kochende Fett.

»Was wird das, wenn es fertig ist?«

»Eine schmerzlindernde Salbe«, kommt Anna dem Infirmar zuvor und zwinkert mir dabei stolz lächelnd zu.

»Sehr gut, junge Dame. Ihr kennt euch aus. Sobald das Gemisch ausgekühlt ist, können wir es durch diesen Leinenbeutel abtropfen lassen.« Der Infirmar hält einen kleinen Beutel hoch und versichert mir, dass die schmerzstillende Wirkung ein gemächliches Reisen zulassen wird. »Bis morgen früh sollte die Tinktur ausreichend eingedickt sein.«

Urplötzlich zerreißen angsterfüllte Stimmen und Rufe die Ruhe der sich senkenden Abenddämmerung: »Seht dort! Rauch!«

»Herr im Himmel, unser Kloster! Es steht in Flammen!« Entsetzt wenden sich alle Blicke in die Richtung, in der das Kloster des heiligen Gallus zu stehen scheint, und tatsächlich erheben sich gleich mehrere schwarze Rauchsäulen gen Himmel. Aufgrund der fortgeschrittenen Dämmerung wären diese nicht mehr ohne Weiteres zu entdecken gewesen, hätte nicht ein fernes Glimmen das aufziehende Übel angekündigt. Und das Übel war nah.

»Und ich sah, und siehe, ein weißes Pferd. Und der darauf saß, hatte einen Bogen; und ihm ward gegeben eine Krone, und er zog aus sieghaft, und dass er siegte.« Ich drehe mich um und erblicke einen hochgewachsenen Mann. Mit entschlossenen Schritten marschiert er an uns vorbei zum unteren Abschnitt der Befestigung. Sein Blick ist fest auf eine Stelle am anderen Ufer der Sitteruna gerichtet. Seiner Tonsur und dem Mönchsgewand nach zu urteilen, gehört er wohl ebenfalls zu den Mönchen. Erst das große hölzerne Kreuz um seinen Hals lässt mich ihn als den Abt erkennen. An seiner linken Seite hängt ein beeindruckendes Langschwert mit edel verziertem Knauf, und am Hals ragt ein Kragen aus feinen Eisenringen unter der Mönchskutte hervor. Plötzlich bleibt der Abt stehen und zeigt nun in jene Richtung, die er gerade so konzentriert beobachtet hatte. Ich folge seinem Blick und sehe ein weißes Pferd, und der, der darauf sitzt, hat einen Bogen. Sie haben uns gefunden.

Cap. VI

In der Nacht auf Dienstag, 2. Mai 926

Das Krachen brechender Äste und unverständliche Rufe erheben sich näherkommend aus dem gegenüberliegenden Wald. Neben dem Reiter mit dem weißen Pferd treten immer mehr berittene Krieger hervor und reihen sich zu seiner Linken und zu seiner Rechten auf. Augenblicklich lässt der Dekan sämtliche Wälle besetzen und die Tore zusätzlich verstärken. Außerhalb der Befestigungen werden Feuer entzündet. Der Feind soll selbst in finsterer Nacht keinen Überraschungsangriff versuchen können. Jenseits der Sitteruna ist mittlerweile disziplinierte Ruhe eingekehrt. Mindestens zwei Dutzend Augenpaare durchbohren mich wie Pfeile. So zumindest fühle ich mich, wenn ich die Reiter in ihrer fremdartigen Tracht in Augenschein nehme. Anna erscheint an meiner Seite. Ihre Hand umschließt fest den Griff meines Kurzschwertes. Gerne würde ich mich nun selbst bewaffnen und ich ertappe mich beim Gedanken, sie um meine Klinge zu bitten. In meiner momentanen Verfassung wäre ich allerdings keine große Hilfe, und sie hat sich bereits als geschickt im Umgang mit Waffen erwiesen.

»Worauf warten sie bloß?« Der Infirmar, inzwischen ebenfalls mit einem robusten Stock und seinem Dolch bewaffnet, wiegt sich aufgeregt hin und her und meint schließlich: »Bestimmt halten sie uns damit bloß hin, zeigen uns, was wir sehen sollen. Fürchten sollten wir uns vor all dem, was wir nicht sehen. Ich befürchte, sie haben uns inzwischen eingeschlossen und suchen nun nach einer Schwachstelle zum Angriff. Versuchen sie es von Osten, Süden oder Westen, so müssen sie erst den Fluss überwinden. Und dabei beschießen wir sie mit allem, was wir haben. Der Bach im Norden hat das Gelände in einen regelrechten Sumpf verwandelt. Dort bleiben erst ihre Pferde stecken, und schließlich beißen sie sich die Zähne am mächtigen Felsen unter uns aus. Der einzige Zugang von der anderen Seite führt über einen schmalen Grat. Diesen können sie nur zu Fuß erklimmen, und oben angekommen erwarten wir sie mit Gesteinsbrocken und Speeren. Dennoch: Dort sind wir am verwundbarsten.« Der Infirmar blickt abwechselnd Anna und mich an und fährt dann fort: »Wenn sie durchbrechen, müsst ihr euch augenblicklich zum Südtor begeben. Habt ihr mich verstanden? Wenn sie erst entdecken, was sich alles an Kostbarkeiten hier oben im Gebetshaus verbirgt, dürften sie kurze Zeit abgelenkt sein. Verlasst die Festung, lasst euch im Schutz der Uferböschung ins Wasser gleiten und folgt der Strömung flussabwärts.« Nach einem kurzen Nicken packt er seinen Stock und folgt dem Abt hinab zum Südtor.

Wir harren noch eine Weile an Ort und Stelle aus. Am anderen Ufer der Sitteruna rührt sich mit einem Mal etwas. Wie auf Befehl wenden alle Reiter zugleich ihre Pferde und reiten zurück in den Wald. Mittlerweile ist die Nacht hereingebrochen, und überall im Wald gegenüber werden Feuer entzündet. Es wirkt ganz so, als es gäbe es heute keinen Kampf mehr. Offenbar richten die Ungrer ihr Nachtlager ein.

»Lasst euch bloß nicht täuschen! Bleibt wachsam!«, höre ich den Dekan rufen, während er näherkommend den Wall abschreitet. Mit etwas mehr Güte in der Stimme fährt er fort: »Jeder zweite von euch mag sich ausruhen. Doch achtet darauf, dass die Feuer nicht ausgehen, und lasst euch rechtzeitig bei der Wache ablösen. Ich will diese Nacht keine böse Überraschung erleben.« Sein Blick fällt auf uns, und er entschließt sich, seine Runde kurz zu unterbrechen. »Ihr seid ja bestens versorgt und beschützt.« Grinsend nickt er in die Richtung von Annas rechter Hand, die noch immer kampfbereit meinen Sax umschließt.

»Seid Ihr nicht besorgt um Eure Leute?«, frage ich, erstaunt über die Gelassenheit des Dekans.

»Natürlich sorge ich mich! Die ganze Zeit mache ich nichts anderes. Das ist meine Aufgabe. Wir müssen unsere Wehrhaftigkeit bewahren, und dafür kann ich keinen Haufen verängstigter Mönche gebrauchen. Soll ich mich etwa heulend in einer Ecke verkriechen? Was wäre ich bloß für ein Vorbild!«

»Wie haben sie uns hier mitten im Wald überhaupt finden können?«, wundert sich Anna.

Mit besorgter Miene lässt der Dekan seinen Blick zum Gebetshaus wandern, wo Bruder Heribald zusammengekauert sein Weinfässchen umklammert und vor sich hin summt. »Ich vermute, unser Bruder ist nur deshalb noch am Leben, weil sie wussten, dass er sie zu uns führen würde. Während wir alle gemeinsam das Kloster geräumt und uns hierher zurückgezogen haben, bestand er darauf, im Kloster zu bleiben. Einige wenige sind bei ihm geblieben und haben ihn schließlich mit Gewalt mitgezerrt. Dann ist er ihnen entwischt und offenbar zum Kloster zurückgekehrt. Wir konnten keinen weiteren Rettungsversuch mehr starten und hielten ihn, angesichts der sich nähernden Gefahr, bereits für verloren. Er ist ein herzensguter Mensch, doch seinem Geist wohnt noch etwas anderes inne. Er hat den Feind bestimmt nicht mit Absicht zu uns geführt.« Schweigend beobachten wir Heribald, und ich frage mich, was er uns wohl alles zu den Ungrern verraten könnte.

»Was gedenkt Ihr nun zu unternehmen?«, richte ich mich erneut an den Dekan, der nun seinen Blick von Heribald löst und verwundert zu mir aufblickt:

»Was meint ihr?«

»Wollt Ihr ihnen nicht entgegentreten und kämpfen, wenn sie Euch hier weiterhin belagern?«

»Ha!«, entfährt es ihm. »Woher kommt diese plötzliche Kampfeslust? Welchen Grund habe ich, diese sichere Burg zu verlassen?«

»Euer Brunnen ist noch nicht fertig, und Eure Vorräte werden nicht ewig ausreichen. Zudem ist Euch dieses Gelände vertraut. Sie können ihren Hauptvorteil, ihre Pferde, im dichten Geäst nicht zur Geltung bringen.

Und wahrscheinlich wärt Ihr die ersten, die sie überhaupt aktiv anzugreifen wagen. Sie wären überrascht von Eurem Mut.«

Der Dekan klopft mir lachend auf die linke Schulter und zieht mich näher an sich heran: »Du meinst wohl eher, sie würden sich krümmen vor Lachen über unsere Dummheit.« Als er merkt, dass ich es tatsächlich ernst meine, fährt er mit ruhigem Blick fort: »Wir können uns kein solches Risiko erlauben. Unsere Krieger sind allesamt nach Süden gezogen, im Gefolge unseres selbsternannten Herzogs.« Der Klang seiner letzten Worte zeugt von tiefster Verachtung, und ich erinnere mich an Milos Erzählung auf dem See vor Arbona. »Wir sind wehrlos und haben kaum genügend Waffen. Mit knapp fünf Dutzend Mönchen und einer Handvoll Bauern führt man keinen Krieg gegen eine ganze Armee von Teufeln.«

»Sie haben Euer geliebtes Kloster niedergebrannt«, starte ich einen letzten Versuch.

Trotzig schnaubend entgegnet der Dekan: »Unser Konvent besteht nicht aus Mauern, sondern aus der Glaubensgemeinschaft meiner Brüder«, dreht sich um und eilt zurück zum Wall, um seine Runde fortzusetzen.

»Bist du nicht etwas zu weit gegangen?«, flüstert mir Anna mit Unbehagen ins Ohr.

Ich widerspreche ihr: »Wir müssen hier so schnell wie möglich weg, sonst sind wir verloren. Wir folgen dem Fluss, wie der Infirmar gesagt hat.«

»Mir ist bei der Sache ja auch nicht besonders wohl, aber sollten wir nicht noch ein, zwei Nächte bleiben?

Vielleicht beruhigt sich die Situation ja wieder. Besonders nachdem uns hier so viel Hilfe zuteilwurde, können wir sie doch nicht einfach im Stich lassen«, entgegnet Anna in abschließendem Tonfall, womit für sie das Thema beendet scheint. Beim Umdrehen zupft sie an meinem Hemd und gibt mir damit zu verstehen, dass wir uns nun besser hinlegen sollten. Wir kehren erneut ins mobile Infirmarium zurück, da momentan ohnehin niemand der Pflege bedarf. Heute Nacht möchte ich Anna die bequeme strohgepolsterte Bettstatt überlassen. Doch bevor ich sie dazu auffordern kann, setzt sie sich selbst darauf, zieht mich zu sich herunter und beginnt wortlos mit dem Wechseln meiner Leinenbinde. Dankbar lasse ich sie gewähren, mit dem beklemmenden Gefühl, in welcher Schuld ich bereits stehe. Das letzte Stück Leinen lässt sich nur sehr mühsam und schmerzhaft mit etwas Wasser ablösen, doch ich wage nicht zu klagen. Nach dem vollständigen Entfernen des Verbandmaterials hält sie kurz inne, und ich höre ein leeres Schlucken, dass leicht mit einem Schluchzen zu verwechseln gewesen wäre. Doch ich wage nicht, mich zur Seite zu drehen.

»Vielleicht hast du recht«, bricht sie ihr Schweigen mit schwacher Stimme. Ich blicke in ihr Gesicht und erkenne eine einzelne Träne, die ihre zarte Wange hinabkullert. »Wir müssen nach Seckinga. Gleich morgen früh.« Noch immer wage ich keine Erwiderung. »Die Salbe mag deine Schmerzen gelindert haben, die Wunde heilt sie jedoch nicht.«

Es dauert eine Ewigkeit, bis ich in dieser Nacht in

den Schlaf finde. Meine Gedanken sind hierfür zu wirr: Annas Sorge um mich, die nahen Feinde, Jacobs ungewisse Zukunft, meine Gesundheit. Auch Annas Schlaf ist unruhig. Immer wieder höre ich, wie sie heftig aufatmet, sich dreht und leise ächzt. Ich drehe mich zu ihrer Bettstatt um und streichle vorsichtig über ihre Hand, bis sie sich etwas beruhigt. Ich versuche, mich an die schönen Momente des Tages zu erinnern, und schließe meine Augen.

»Zu den Waffen! Sie erstürmen den nördlichen Damm.« Ich öffne die Augen, und augenblicklich werde ich mir der Bedrohung bewusst. Wie der Infirmar vermutet hatte, greifen die Ungrer über den dammartigen Aufgang im Norden an. Noch immer scheppern Alarmsignale mit Hilfe von Töpfen und Schilden in die Nacht hinaus. Ich drehe mich zu Anna, vergewissere mich, dass sie inzwischen ebenfalls aufgewacht ist, und trete unter den freien Himmel. Noch immer ist es Nacht, doch erhellen erste Streifen Licht die Finsternis am Himmel. Es muss früher Morgen sein. Sie haben sich wirklich die beste Zeit zum Angriff ausgesucht. Die Finsternis der Nacht hat ihnen eine heimliche Annäherung gewährt, und das aufkommende Licht bietet ihnen eine hervorragende Mischung aus Tarnung und ausreichend Helligkeit zum Angriff. Zudem schlafen selbst die aufmerksamsten Wachen in den letzten Stunden der Nacht irgendwann ein. Als Anna neben mich tritt, höre ich bereits das erste Surren herannahender Pfeile. Ich packe ihre Hand sowie unsere vorsorglich gepackte Ausrüstung und möchte losrennen.

»Warte!« Anna reißt sich los, greift sich das Töpfchen mit der Johannisblumen-Salbe, und zusammen eilen wir zum unteren Befestigungsabschnitt. Durch das verstärkte Südtor kommen wir nicht, also bleibt uns nur das Überklettern des niedrigen Wallabschnitts im Westen. Niemand beachtet uns. Neben einigen wenigen Wachen auf den Wällen am Fluss, eilen die meisten in die obere Festung. »Da drüben könnte es funktionieren«, weist mir Anna eine Richtung. »Von da aus kommen wir leicht zu den Büschen von heute Morgen.« Ich lasse erst Anna und unsere Ausrüstung hinab, bevor ich selbst hinabklettere. Geduckt schleichen wir an die Sitteruna. Im Schutz der dichten Uferböschung halten wir kurz inne und achten auf Bewegungen und Geräusche in der direkten Umgebung. Doch niemand scheint uns bemerkt zu haben. In Fließrichtung eilen wir über die Uferböschung. Immer wieder werfe ich einen Blick zurück, um rechtzeitig auf mögliche Feinde reagieren zu können. Anna ist mir dicht auf den Fersen und versucht, sich einzig auf den Boden und ihre Schritte zu konzentrieren. Plötzlich spüre ich einen harten Schlag gegen Knöchel und Schienbein und falle flach zu Boden. Beinahe hätte ich laut aufgeschrien, doch hat mir das Abrollen über meine verletzte Schulter vor Schmerz den Atem genommen. Ich drehe mich weiter auf den Rücken und finde mich in einem großen Büschel abgetrennter Zweige wieder. Bin ich etwa in eine Tierfalle getreten?

»Gut gemacht«, höre ich Anna hinter mir flüstern. Bevor ich protestieren kann, werde ich mir der ebenen Unterlage bewusst. Ich liege auf dem Floß, von dem Jacob gestern gesprochen hat. Schnell entfernen wir alle Äste von den zusammengebundenen Stämmen, und ich versuche, das Floß mit leichtem Wippen ins Wasser zu kriegen. »Meinst du nicht, Jacob zählt ebenso auf diese rettende Möglichkeit wie wir?«, fragt mich Anna zögernd.

»Ich weiß nur eines: Wenn wir noch länger zögern, erwischen sie uns bestimmt, und dann hat auch Jacob nichts vom Floß. Hilf mir.« Zusammen rütteln und stoßen wir das kleine Floß in die schwarz glänzende Strömung der Sitteruna, springen samt Ausrüstung darauf und lassen uns flach liegend treiben. Die ersten Minuten erscheinen uns wie Stunden. Doch allmählich werden die Rufe und Schreie leiser. Mit einem Mal ertönt ein lautes Hornsignal. Die Festung ist wohl gefallen, und erneut sind wir dem Tod um Haaresbreite entgangen. Unsicher, ob sich nicht noch weitere Reiter an den Ufern beidseits der Sitteruna versteckt halten, bleiben wir weiterhin bewegungslos liegen. Einmal bleiben wir an einer Flusskiesinsel hängen, können uns jedoch mit paddelnden Händen und Füssen sowie mit einem langen Stock wieder befreien und treiben weiter flussabwärts, bis schließlich die Sonne voll am Himmel steht.

Wir nutzen die Sonne, um unsere Kleidung zu trocknen. Anna legt ihren Mantel ab und legt sich mit ihrem durchnässten Leinengewand flach auf die feuchten Baumstämme. Mir gelingt es kaum, meinen Blick von ihr abzuwenden. Sie ist so wunderschön. Ihre nassen Haare kleben ihr an der Stirn, und an den Schläfen haben sie sich beim Trocknen bereits etwas gekräuselt. Das durchnässte Kleid betont ihre wohl geformten Rundungen besonders. Ich tue es ihr gleich und lege mich eng neben sie. Mehr Platz bietet unser kleines Boot nicht. Schweigend lassen wir uns weitertreiben. Die Sonne steht inzwischen am höchsten Punkt. Wir lassen uns noch eine Weile vom Fluss leiten, bis ich mich schließlich ans Werk mache und die mitgenommene Verpflegung inspiziere. Ich reiche Anna ein kleines Stück Brot, wovon sie genüsslich abbeißt.

»Wir müssen sparsam mit dem umgehen, was wir haben«, ermahnt sie mich, umklammert dabei ihr Stück Brot jedoch so fest, als müsste sie befürchten, ich nähme es ihr wieder ab. »Und deine Wunde sollte nach unserer wilden Flucht nochmals versorgt werden.« Sie wickelt meine Schulter frei, greift nach der Salbe des Infirmars und betupft damit meine Wunde. Danach verbindet sie diese wieder und lässt ihre Beine im Wasser baumeln. »Weißt du, wohin uns dieser Fluss führt?«

»Ich bin mir nicht sicher«, muss ich gestehen. »Ich vermute, auch dieser Fluss mündet irgendwann in den Rîn und führt uns damit direkt nach Seckinga. Wir müssen nur dem Lauf des Wassers folgen.« Ich versuche, überzeugt zu klingen, und hoffe aus tiefstem Herzen, dass ich damit recht habe.

Cap. VII

Dienstag, 2. Mai 926

DIE SONNE HAT ihren Zenit längst überschritten, als das Flussbett vor uns plötzlich immer breiter wird. Wenn auch Anna bereits vorgeschlagen hat, uns eher in der Nähe des Ufers zu halten, so beruhigt mich die Gewissheit, der stärksten Strömung des Flusses zu folgen und keinesfalls am Ufer hängen zu bleiben. Die Uferbewaldung scheint Augen zu haben. Bereits zweimal hatte ich das unangenehme Gefühl, beobachtet zu werden. Noch habe ich Anna nichts davon erzählt. Meine Hoffnung ruht auf der Mündung in die Tura. Niemand würde uns dort so schnell erreichen können. Wie lange noch bis zur Tura?

»Wir müssen bald an Land«, unterbricht Anna meine einsamen Gedanken. »Ich will keinesfalls erst im Dunkeln einen Lagerplatz suchen«. Die Verbreiterung des Flusses täuscht nicht, ebenso wenig die tückischer werdende Strömung. Wir sind im Mündungsgebiet. Die erste Hürde ist beinahe geschafft. Unser Floß fügt sich mühelos in den neuen Flusslauf ein, und wir lassen uns etwas weiter flussabwärts treiben. Zwar habe ich mir die Tura wesentlich tiefer als die Sitteruna vorgestellt, doch sollte das potenzielle Verfolger zumindest etwas aufhalten. Um sicherzugehen, schlage ich deshalb einen Lagerplatz am linken Ufer der Tura vor. Anna stimmt mir zu, und so helfen wir der wankelmütigen Strömung durch das Abstoßen mit dem mitgeführten Ast etwas nach, um ans Ufer getrieben zu werden. Das Floß schlägt hart auf, und ich springe an Land, um es festzumachen. Erst wirft Anna unsere bescheidenen Habseligkeiten an Land, dann hilft sie mir, das Floß etwas weiter aufs kiesige Ufer zu ziehen.

»Such du eine geeignete Stelle zum Schlafen, ich sammle etwas Feuerholz«, wende ich mich an Anna, in der Überzeugung, ihr durch Anweisungen etwas Sicherheit zu vermitteln.

»Im Ernst? Willst du jeden Ungrer im Umkreis zum Essen einladen?« Ziel verfehlt. Natürlich hat Anna recht. Wenn ich mir schon Sorgen um Verfolger mache, entzünde ich bestimmt nicht auch noch ein Feuer. Wir werden wohl oder übel in der Kälte ausharren müssen. Schön, mache ich mich bei jeder möglichen Gelegenheit vor ihr lächerlich. Immerhin scheint die Salbe des Infirmars endlich zu wirken. Ich fühle mich schon deutlich agiler als noch im äbtischen Lager. Vielleicht ist es auch nur die Mischung aus Aufregung und Furcht. Anna öffnet unseren Vorratsbeutel und bricht eines der Brote, wobei sie mir das größere Stück reicht. Auf mein Zögern fügt sie an: »Nun nimm es schon! Du bist verletzt und brauchst die Kraft mehr als ich. Keine Widerrede!«

Wir haben es uns im Uferbereich leicht erhöht auf der nackten Erde gemütlich gemacht. So werden wir weder vom Wasser überrascht noch durch piekende kalte Steine vom Schlafen abgehalten. Glücklicherweise konnte Anna bei unserem überhasteten Aufbruch noch eines der zusammengerollten Schaffelle des Infirmars mitgehen lassen. Zusammen mit der gewebten Decke aus Arbona würden wir so einige Nächte in der Wildnis selbst ohne Feuer überstehen. Es ist so friedlich hier draußen, als wäre nie etwas geschehen. Als befänden wir uns in einer friedvollen Zeit. Als es dunkel wird, rücken wir etwas näher zueinander. Trotz der verstörenden Ereignisse der letzten Tage plagt mich noch immer die im Angesicht des Todes lächerlich scheinende Ungewissheit, ob Anna mich gestern Morgen beim Baden in der Sitteruna bemerkt hat. Doch habe ich sie bisher als frech genug erlebt, um zu wissen, dass sie mich damit schon längst konfrontiert hätte. Seit dem Aufschlagen unseres Lagers sind wir allerdings beide äußerst schweigsam. Wir haben zwischenzeitlich das Schaffell auf dem kalten Boden ausgebreitet und müssen uns nah zueinander legen, um uns vollständig zudecken zu können.

Dann wie aus dem Nichts: »Wie lange hast du mich gestern eigentlich schon beobachtet?« Nun wird mir trotz Fell und Decke eiskalt, gefolgt von der Hitze, die in meinen Kopf steigt. Musste sie sich hierfür ausgerechnet diesen Moment aussuchen? Die Dunkelheit hat nun immerhin den Vorteil, dass sie mein gerötetes Gesicht nicht erkennen kann. »Nun?«

Der neckische Unterton entgeht mir nicht, sodass ich mich mit meiner Entgegnung selbst überrasche: »Ich habe dich nur für einen kurzen Moment gesehen, dann hast du mir ja bekanntlich den Atem geraubt.« Wegen der Dunkelheit kann ich ihren Gesichtsausdruck nicht erkennen, doch glaube ich, das kurze starke Ausatmen eines erstaunten Lächelns zu hören, sofern ich es nicht mit einem verächtlichen Schnauben verwechsle. Dünnes Eis.

»Bist du immer so schnell unterwegs, wenn du ein Mädchen gerade erst kennengelernt hast?« Ganz und gar nicht, muss ich mir im Innern eingestehen. Jedenfalls kann ich mich nicht daran erinnern. Aber was könnte nach den vergangenen Tagen denn schon Schlimmeres geschehen, als dass ich mich vor ihr lächerlich mache? Ich verdanke ihr schon zu viel, als dass ich sie anlügen möchte. Das gestern war ein Versehen. Jedoch ein Versehen, das ich keine Sekunde bereue. Du bist das schönste Wesen, das ich je erblicken durfte. Nie habe ich derartigen Mut mit solcher Anmut verbunden gesehen. Besäße ich so etwas wie Mut, so hätte ich dies nun laut gesagt.

Stattdessen versuche ich, vom Thema abzulenken: »Ich stehe für immer in deiner Schuld.« Anstelle einer weiteren Bemerkung ihrerseits folgt nun Schweigen. Wie peinlich. Jeder Atemzug kommt mir nun wie eine Ewigkeit vor. Und mit jeder weiteren Sekunde bereue ich meine anfängliche Direktheit mehr. Was bin ich doch für ein jämmerlicher Feigling. Vielleicht kann ich es ja noch auf ein entzündungsbedingtes Delirium schieben. Stattdessen spüre ich die weiche Innenseite ihrer Hand in meinem Nacken.

»Keinesfalls stehst du in meiner Schuld. Diese Prüfung können wir nur gemeinsam bestehen. Wir sind aneinander gebunden. Und ich könnte mir keinen ehrlicheren und liebenswerteren Begleiter vorstellen als dich.« Der Druck ihrer Hand verstärkt sich, und sie küsst mich sanft auf die Wange. Mit leichter Belustigung in der Stimme fährt sie fort: »Dennoch solltest du dich nächstes Mal vielleicht etwas beherrschen, wenn jemand ein Bad …« Sie hält abrupt inne und zieht ihre Hand zurück. Das nahe Knacken eines Astes hat uns beide aufschrecken lassen. Haben sie uns nun doch gefunden? Ich taste nach meinem Sax, kann ihn im Dunkeln aber nicht finden. Ich rolle zur Seite, weg von Anna und dorthin, wo ich mich ursprünglich hingelegt hatte. Vermutlich liegt meine Waffe dort. Vor uns flackert ein grelles Licht auf. Nun ist es aus mit uns. Wer außer den Ungrern würde es wagen, hier draußen ein Feuer zu entzünden. Da spüre ich auf dem kalten Boden plötzlich die Scheide meines Schwertes. Wenn wir schon gehen, dann nehme ich immerhin noch einen dieser Teufel mit. Ich ziehe den Sax und stelle mich schützend vor Anna.

»Jacob!«, Anna springt auf und läuft an mir vorbei. Da erkenne ich den unerwarteten Gast ebenfalls. Erneut kreuzen sich unsere Wege zu einem kritischen Zeitpunkt. Mir fällt ein Stein vom Herzen, und ich trete auf den Jungen zu.

»Was machst du hier? Wie bist du entkommen?« Noch bevor Jacob Zeit zum Luftholen kriegt, fahre ich mit besorgter Stimme fort: »Ist dir jemand gefolgt?«

Jacobs Gesicht hat sich etwas verfinstert, da drängt mich Anna zur Seite und läuft mit offenen Armen auf ihn zu: »Ich danke Gott dafür, dass du es geschafft hast, Jacob. Setz dich zu uns und iss etwas.« Sie führt ihn an mir vorbei zum Fell am Boden.

»Dann können wir auch gleich ein richtiges Feuer entzünden«, murmle ich und stapfe etwas in den erhöhten Uferbereich, um Holz zu sammeln.

Als ich zurückkomme, nagt Jacob gerade zufrieden an einem Stück Brot, senkt seinen Blick bei meiner Ankunft jedoch und erklärt nun klar und deutlich: »Mir ist niemand gefolgt. Ich habe diese Fackel aus meinem Versteck im Wald geholt, und als ich bemerkte, dass mein Floß weg war, entschloss ich mich für eine Flucht zu Fuß. Ihr wart nicht besonders schnell unterwegs, so bin ich euch dem Ufer entlang gefolgt. Mir sind keine anderen Menschen begegnet, keine Sorge. Als ihr schließlich am anderen Ufer der Tura angelegt habt, musste ich erst nach einer Furt Ausschau halten. Aus Angst vor Verfolgern habe ich es nicht gewagt zu rufen. Erst als ich auf der anderen Seite war, habe ich mich getraut, meine Fackel zu entzünden. Vater hat mir gezeigt, wie man das macht. Und nun bin ich auf dem Weg zu ihm.« Sein Blick senkt sich, und mit kaum verständlicher Stimme flüstert er: »Warum habt ihr mich zurückgelassen?« Peinlich berührt schauen Anna und ich uns an und wissen keine Antwort.

Anna drückt Jacob sanft an sich und flüstert ihm zu: »Es ging alles so schnell, bitte verzeih uns.«

»Wir helfen dir, deinen Vater zu finden«, füge ich Annas Entschuldigung rasch an, obwohl mir ein erfolgreicher Abschluss meines Versprechens unrealistisch scheint. Um diese Unsicherheit zu überspielen, beginne ich, das gesammelte Holz zu stapeln, ergreife die Fackel, die Jacob in den Boden gerammt hatte und entzünde ein wärmendes Lagerfeuer. Die Fackel ersticke ich anschließend im lehmigen Boden der ansteigenden Uferböschung. »Die können wir bestimmt noch brauchen«, winke ich damit zu Jacob und Anna, obwohl mir eigentlich klar sein sollte, dass sie mich außerhalb des Feuerscheins ohnehin nicht sehen können. Ich stapfe zurück zum Lagerfeuer, setze mich Jacob gegenüber auf den Boden. Seine Kleidung ist nass und verdreckt, seine Haare zerzaust, und unter seinem Hemd zeichnet sich ein merkwürdiger Gegenstand ab. Ich mustere ihn aufmerksam und lasse mir seine abenteuerliche Flucht schildern.

»Der Angriff dieser Fremden währte nur kurz. Die Besatzung der Festung war so schnell auf den Beinen, dass deren Ansturm in den Pfeilen und Steinen des heiligen Gallus ihr Ende fand. Daraufhin wurden sie durch ein Hornsignal zum Rückzug bewegt.«

»Was für ein Glück«, fällt ihm Anna ins Wort, »sie müssen ausgerechnet die erste Gebetsstunde der Mönche als Angriffszeitpunkt erwischt haben. Natürlich war da die Verteidigung rasch organisiert.«

»Wie in Arbona sind sie also nur auf schnelle Beute aus und versuchen möglichst, Verluste zu vermeiden. Du hattest recht, Anna, bitte entschuldige, wir hätten in der sicheren Festung bleiben sollen«, wende ich mich meiner Begleiterin zu.

»Irgendwann hätten wir ohnehin nach Seckinga aufbrechen müssen. Und dies lieber früher als später«, nimmt Anna meine Entschuldigung an und nickt dabei in die Richtung meiner verwundeten Schulter. An Jacob gewandt, fährt sie fort: »Haben sie dich einfach gehen lassen?«

»Natürlich nicht. Du scheinst aber den Dekan ziemlich beeindruckt zu haben«, erzählt Jacob. »Kurz nach dem Abzug der Ungrer hat er eine große Zahl an Bewaffneten versammelt und setzte der feindlichen Nachhut nach, um ihnen endgültig einzubläuen, es nicht leichtfertig mit dem heiligen Gallus aufzunehmen. Während die äbtischen Truppen das Haupttor verließen, konnte ich die Wachen am Flusstor unter dem Vorwand, Wasser zu holen, dazu bewegen, mich rauszulassen.«

»Und dein Bruder?«, hakt Anna nach.

»Er hat sich dem Dekan angeschlossen«, gibt Jacob mit gesenktem Kopf zurück. »Ist mir auch egal. Wenn er Vater nicht finden möchte, soll er's eben bleiben lassen.« Die Enttäuschung und gleichzeitige Angst um seinen Bruder sind kaum zu überhören.

»Du bist mutiger als die meisten Erwachsenen«, muss ich gestehen und versichere Jacob erneut unserer Hilfe bei der Suche nach seinem Vater. Beginnen würden wir damit in Seckinga. Wir müssen vor den Ungrern dort ankommen, sonst ist alles verloren. »Bestimmt geht es deinem Bruder gut, und er wird sich vor dir brüsten, wie viele Ungrer er in die Flucht geschlagen hat.« Damit erhellt sich Jacobs Gesicht zwar etwas, wirklich überzeugt scheint er jedoch nicht.

Anna ergreift liebevoll seine Schulter und führt ihn zum Schaffell am Feuer: »Schlafenszeit, wir haben morgen einen weiten Weg vor uns. Schließlich wollen wir deinen Vater finden.« Sie bettet ihn warm in die Decke und wendet sich an mich: »Ich übernehme die erste Wache, ruh dich etwas aus. Ich wecke dich in einigen Stunden.« Ich reiche ihr meinen Sax und lege mich zu Jacob.

Cap. VIII

Mittwoch, 3. Mai 926

Ein krächzendes Schreien reißt mich aus dem Schlaf. Ein Graureiher streckt am anderen Ufer der Tura seine Schwingen, gibt einen letzten Schrei von sich und fliegt flussabwärts davon. Verdammt, ich bin wohl während meiner Wache eingeschlafen. Dabei trage ich doch nun die Verantwortung für eine weitere Person. Ich stehe auf und nähere mich dem Flussufer, um den Zustand des Floßes bei Tageslicht zu begutachten. Aber … hatte es nicht genau hier gelegen? Im steinigen Ufer erkenne ich Schleifspuren, doch ansonsten ist vom Floß keine Spur mehr zu sehen. »Anna! Jacob!« Ich trete ans inzwischen erloschene Lagerfeuer heran und warte, bis beide zu mir aufblicken. »Wisst ihr, was letzte Nacht mit unserem Floß passiert ist?« Anna richtet sich auf und blickt verwundert zum Ufer. »Das war doch wohl nicht der Dank dafür, dass wir gestern dein Floß genommen haben?«, blaffe ich Jacob verärgert an.

Anna stellt sich zwischen uns. »Der Junge hat bestimmt nichts damit zu tun. Das Floß kann auch einfach weggespült worden sein. Was ist nur los mit dir?« Jacob liegt wie erstarrt auf dem Fell, umklammert mit der Faust fest das Ding unter seinem Hemd und blickt scheu in die verkohlten Holzreste. An mich gewandt fährt Anna leise fort: »Reiß dich zusammen und lass den Jungen in Ruhe. Letzte Nacht wäre zwischen uns ohnehin nichts passiert.« Sie wendet sich von mir ab und hilft Jacob auf die Beine.

Den ganzen Vormittag über folgen wir schweigend dem Lauf der Tura und kämpfen uns durch die dichte Uferböschung. Aus Angst vor Überfällen wagen wir es nicht, die üblichen Pfade zu nehmen, doch muss früher oder später einmal eine Gelegenheit zum Übersetzen oder aber eine Siedlung auftauchen. Jacob berichtete uns davon, dass der Abt des Gallusklosters entlang dieses Flusses über zahlreiche Höfe verfüge. Er hatte seine Stimme wiedergefunden, als er vor mir über eine unter dem Laub versteckte Wurzel gestolpert war und ich die Gelegenheit wahrnahm, mich beim Aufhelfen bei ihm zu entschuldigen. Und nicht nur das: Es soll sich in der Nähe auch eine Fähre befinden, doch weiß er nicht genau, wo. Hauptsache, wir erreichen diese Menschen, bevor es die Ungrer tun. Als die Sonne im Zenit steht, ruhen wir uns kurz am Ufer aus. Mit dem von Anna vorausschauend rationierten Essen erhellen sich unsere Gemüter, und selbst Anna ist wieder zu Scherzen aufgelegt. Wir alle hoffen darauf, bald auf freundliche Gesichter zu treffen.

Doch auch während des Nachmittags sind es einzig die Stimmen von Vögeln und Bauten von Bibern, die unseren Weg kreuzen. In der Hoffnung auf eine baldige Verbesserung unserer Lage wagen wir es, selbst in der

Dämmerung weiterzumarschieren. Ich beginne gerade, mir ernsthafte Sorge zu haben, als ich urplötzlich den Geruch von brennendem Holz wahrnehme. Sind wir zu spät? Werden wir auf unserem ganzen Weg nur auf Tod und Verwüstung treffen? Nun nehmen auch die zwei anderen den Brandgeruch wahr, doch niemand erkennt deren Ursprung, bis sich dazu der Klang von aufschwappendem Wasser gesellt.

Jacob drängt sich an Anna vorbei nach vorne. »Das da vorne ist die Fähre, von der ich erzählt habe.« Noch kann ich nichts erkennen, doch können wir ihn nicht allein ins Unglück stürzen lassen.

»Bleib in unserer Nähe!« Anna hastet ihm besorgt hinterher, und mir bleibt nichts anderes übrig, als den beiden zu folgen. Mit einem Mal gelangen wir auf eine direkt an der Tura gelegene Lichtung. Außerhalb der dichten Bewaldung können wir im letzten Dämmerlicht nun auch klarer einige Umrisse wahrnehmen. Vor uns erstreckt sich ein kleines Gehöft mit niedrigem Flechtzaun. Über eine breite Öffnung im Zaun, die zu einem in den Wald weisenden Weg führt, betreten wir den Hof und stehen nun vor einem länglichen strohbedeckten Wohnhaus, woraus Rauch aufsteigt. Die Ungrer können unmöglich hier gewesen sein, und im Haus dürften wir ebenfalls auf keine Heerscharen von Feinden treffen. Ansonsten wäre die Erde hier draußen deutlich aufgewühlter, und wir hätten anstelle der festgemachten Fähre das Wiehern angebundener Pferde vernommen.

Ich trete vor und hämmere gegen den hölzernen Türpfosten. »Drei hungrige Wanderer bitten um Asyl!«

»Vielleicht waren die Bewohner dieses Hofes auch klug genug, rechtzeitig zu fliehen.« Ich möchte noch ein letztes Mal klopfen, bevor ich die Tür eintrete, da wird der verputzte Flechtverschlag von innen aufgedrückt.

Ein älterer Mann tritt heraus und beleuchtet mein Gesicht mit einem glühenden Kienspan. »Ihr seid ja noch alle Kinder. Was treibt ihr hier draußen? Ach, tretet ein.« Wir betreten nacheinander das wohlig warme Haus. Der Alte schließt hinter uns die Tür und dreht sich zu uns: »Wollt ihr auch übersetzen und Schutz in Constantia erflehen?« Unseren fragenden Mienen entnimmt er, dass dies offenbar nicht der Fall ist. »Ich bin Amalbert, der Fährmann. Wenn ihr Schutz und Essen für die Nacht sucht, so seid willkommen. Solltet ihr euch aber zur Sünde des Diebstahls verleiten lassen, so gnade euch Gott! Ich mag alt aussehen, auf meine Kraft und mein gutes altes Schwert kann ich mich aber nach wie vor verlassen.« Dabei beäugt er hauptsächlich den Sax an meiner Seite und klopft dabei auf den Knauf seiner Semispatha, ein zweischneidiges leichtes Schwert.

Anna tritt einen weiteren Schritt vor. »Wir beabsichtigen nichts dergleichen. Wir sind auf dem Weg nach Seckinga. Ich bin Anna. Das sind … meine Begleiter. Marcus und Jacob.« Amalbert mustert uns genau, entscheidet dann offenbar, dass er uns vertrauen kann, und weist uns einen Platz an seinem Tisch zu. Er trägt eine kleine Schale mit Brei auf, kramt nach einem Brotrest und stellt schließlich einen großen Krug Cervisa mit vier Bechern auf den Tisch.

»Wohnt Ihr hier allein?«, frage ich Amalbert, nachdem er sich ebenfalls einen Becher eingeschenkt und sich zu uns gesetzt hat. Als sein Blick erneut misstrauisch zu werden scheint, setze ich rasch nach: »Habt Ihr keine Familie?«

»Meine Frau ist längst an einem besseren Ort, und meine zwei Söhne wurden vor einigen Tagen vom Centenar nach Constantia gerufen, zusammen mit allen anderen wehrhaften Männern der Umgebung, die nicht schon für den Feldzug nach Italia einberufen wurden. Ihre Familien haben sich aus Furcht meist ebenfalls dem Zug an den Bodamansee angeschlossen. Ich durfte sie allesamt ans andere Ufer übersetzen. Mich wundert es, dass sie dich nicht zu den Waffen gerufen haben.« Amalbert mustert mich fragend. »Du scheinst gerade erst das wehrhafte Alter erreicht zu haben. Und wo hast du das Mädchen und den Jungen aufgegabelt? Ist sie deine Freundin?« Anna ignoriert seine letzte Bemerkung und beginnt damit, von unserer abenteuerlichen Flucht im Wald bei Arbona zu erzählen. Gewisse Details scheint sie dabei absichtlich wegzulassen. Ich staune ob ihrer Eloquenz.

Bei der Begegnung mit Jacob und seinem Bruder unterbricht Amalbert die Erzählung: »Du wurdest von einem dieser teuflischen Pfeile getroffen und atmest noch?«

»Wie ich schon sagte, trafen wir im Wald glücklicherweise auf die zwei Jungen, die uns …«, versucht Anna die Situation zu erklären, wird aber erneut von Amalbert unterbrochen:

»Wer hat diese Wunde versorgt?« Anna hat inzwischen aufgegeben und überlässt nun mir das Wort:

»Unser junger Begleiter hier«, ich klopfe Jacob auf die Schulter und überlege ernsthaft, ob ich die Mönche überhaupt erwähnen soll, »hat uns vom brennenden Haus seines Vaters weggeführt und uns direkt in die Obhut des heiligen Gallus gerettet.«

»Die Mönche haben es geschafft?«, fixiert mich Amalbert nun deutlich interessierter. Endlich scheint er zuzuhören.

»Nicht nur das. In einer Flussschleife der Sitteruna ist es dem Abt gelungen, eine nicht zu verachtende Festung zu errichten. Sie leben und haben es gar gewagt, diesen Teufeln im Wald nachzusetzen.«

Amalbert erhebt sich bestätigt und meint dann: »Ich habe es ihnen immer und immer wieder gesagt. Unseren Herrn Abt besiegt man nicht so leicht.« Triumphierend erhebt er seinen Becher Cervisa, sodass er einen großen Teil des Inhalts über den Tisch verschüttet. »Der Centenar hätte meine Söhne niemals nach Constantia führen dürfen.«

»Ihr steht wohl im Dienst des heiligen Gallus?«, wagt nun Anna, erneut ihre Stimme zu benutzen.

»In seinem Auftrag bringe ich hier normalerweise täglich Menschen und Waren über den Fluss. Wann sind seine Männer hier? Haben sie euch vorausgeschickt?«

Wir wagen kaum, uns Blicke zuzuwerfen. »Nun«, setze ich vorsichtig zu sprechen an, »der Abt wird seine Festung wohl kaum verlassen. Wie Ihr wisst, sind seine Hauskrieger zusammen mit den meisten Kämpfern, die dieses Land zu bieten hat, mit Burchard in Italia. Er wird nicht kommen. Am besten, Ihr begleitet uns nach Seckinga.«

Nach längerem Schweigen und einem kräftigen Schluck Cervisa findet Amalbert schließlich seine Stimme wieder: »Dann sind wir alle verloren.«

Seine Fähre würde uns einen überlebenswichtigen Vorteil verschaffen. Wie kann ich ihn bloß zur Flucht überreden? »Wir reisen im Auftrag des Abtes und sind auf jegliche Unterstützung angewiesen. Der Abt von Seckinga muss vor dem drohenden Übel gewarnt werden.«

»Ich soll euch also glauben, dass der mächtige Abt des Galllusklosters drei halbe Portionen wie euch als Boten losschickt? Bist du überhaupt volljährig?«, spottet Amalbert. Dann verfinstert sich seine Miene: »Ihr seid wohl vor ihm geflohen.«

Aus Furcht vor dem, was gleich kommen könnte, meldet sich nun erstmals Jacob mit piepsiger Stimme zu Wort: »Mein Freund wurde wirklich von einem Pfeil getroffen. Der Infirmar hat uns von einem Wundermittel in Seckinga berichtet, woraufhin wir losgezogen sind, um ihn zu retten.«

Amalberts Miene entspannt sich zu einem Grinsen. Er füllt Jacobs Becher nochmals bis obenhin auf und lässt dann seine Handfläche auf den Holztisch klatschen. »War das denn so schwierig? Ich hätte gleich den Kleinen fragen sollen.«

Sichtlich erleichtert wage ich, meine Frage zu wiederholen: »Also helft Ihr uns? Wenn wir früh genug aufbrechen, könnten wir den Rîn noch vor den Ungrern erreichen.«

»Ich helfe euch bereits. Ihr esst mein Brot und trinkt meine Cervisa. Mein Boot bleibt, wo es ist.« Dieser Sturkopf lässt sich auf ehrliche Weise wohl nicht überzeugen. Mir brennt so einiges auf der Zunge, doch entscheide ich mich dafür, es gut sein zu lassen. Immerhin haben wir für heute Nacht ein Dach über dem Kopf.

Stattdessen nicke ich ihm zu: »Dafür habt Dank. Wir werden eure Gastfreundschaft nicht überstrapazieren und ziehen morgen früh weiter.«

Wir dürfen es uns in einer Ecke nahe dem wärmenden Feuer gemütlich machen. Amalbert bringt uns mit Stroh gefüllte Decken und beginnt dann, in einer Truhe zu wühlen. Wir machen uns gerade ein gemütliches Lager zurecht, da tritt Amalbert ein zweites Mal auf uns zu. In seinen Armen trägt er ein gewebtes Wolltuch und eine leinene Tunika: »Die Gastfreundschaft in diesem Heim wurde früher hochgehalten. Ich bin mir sicher, meine liebe Frau hätte gewollt, dass ich euch gebe, was ich kann.« Er übergibt mir die Decke und reicht Anna die Tunika. »Das Boot ist die einzige Möglichkeit, meine Söhne eines Tages nach Hause zu bringen. Es tut mir leid.« Wir bedanken uns höflich und legen uns zum Schlafen hin.

Als ich höre, wie Jacobs Atmung ruhig und regelmäßig wird, drehe ich mich zu Anna um und stupse sie an. Als sie ihre Augen öffnet, flüstere ich ihr zu: »Schlafe, aber halte dich bereit. Beim ersten Hahnenschrei packen wir unsere Sachen zusammen und verlassen diesen Ort mit einem Boot.«

Im dumpfen Licht eines Kienspans erkenne ich Annas schockiertes Gesicht: »Du willst doch nicht …«

»Pst, sei leise«, versuche ich, ihre Stimme zu dämpfen, »der Alte sollte es uns gleichtun und verschwinden. Wir brauchen die Fähre dringender als er.«

Anna kann es immer noch nicht fassen: »So dankst du ihm seine Gastfreundschaft?« Kopfschüttelnd dreht sie sich von mir weg und starrt gegen die Wand. Ich fühle mich elend. Diese Nacht plagen mich schlimme Gedanken.

Als ich aufwache, habe ich das Gefühl, kein Auge zugetan zu haben. Worüber hatten wir letzte Nacht gesprochen? Anna und Jacob schlafen noch. Aus der anderen Ecke des Raumes höre ich Schritte. Ich schließe die Augen und höre, wie sich die Schritte wieder entfernen und jemand das Haus verlässt. Rasch setze ich mich auf und drehe mich zu meinen Gefährten um. »Wacht auf, wir müssen weiter.«

Während wir unsere Sachen packen, zieht mich Anna kurz zur Seite: »Falls du immer noch vorhast, eine falsche Entscheidung zu treffen, ziehen wir allein weiter.« Doch kann ich mich tatsächlich nicht mehr an alle Geschehnisse der letzten Nacht erinnern. »Ich hoffe sehr, du warst nur wirr wegen der Entzündung deiner Wunde«, fährt sie fort, während sie mir erneut beim Reinigen meiner Wunde und dem Verbandswechsel hilft: »Ich muss diese Stoffstreifen hier waschen, sonst besteht mein Hemd bald nur noch aus kleinen Fetzen.« Sie trägt die Salbe des Infirmars auf und verbindet meine Schulter mit einem weiteren Streifen ihrer

Kleidung. »Jetzt dreht euch beide zur Tür und wagt es ja nicht zu gucken«, weist uns Anna an, als Jacob mit fertig gepacktem Bündel zu mir getreten ist. In Ihrer Hand hält sie die Tunika, die ihr Amalbert in der Nacht zuvor geschenkt hat. Noch einmal mache ich diesen Fehler nicht. Ich drehe mich weg und ziehe Jacob mit mir. Als er dennoch versucht, einen Blick in Annas Richtung zu werfen, gebe ich ihm einen Klapps auf den Hinterkopf. Vermutlich füttert Amalbert draußen gerade sein Vieh, denn die Tiergeräusche werden seit einigen Minuten immer lauter und unruhiger. »Ihr dürft euch wieder umdrehen«, setzt Anna mit erwartungsvollem Ton an.

Doch da platzt plötzlich der alte Mann keuchend ins Haus. »Ihr müsst gehen. Sofort!« Seine Gastfreundschaft hat ja nicht besonders lange angedauert. Er lässt uns keine Zeit, zu antworten: »Sie kommen. Lauft!« Nun wird auch mir der Ernst der Lage bewusst. Wir packen unsere Sachen und folgen ihm aus dem Haus. Ganz in der Nähe steigt dicker schwarzer Rauch auf. Etwas weiter den Weg runter befindet sich wohl eine Siedlung. »Pussanwang steht in Flammen«, erklärt mir Amalbert kurz, so als hätte er mir die Frage nach der Brandursache angesehen.

Wir bringen unsere Habe gerade zur Fähre, als Anna aufschreit: »Dort!« Am Waldrand ist ein Reiter aufgetaucht.

»Lauft!«, befiehlt uns Amalbert. »Nehmt die Fähre und flieht. Rettet euch!« Er nickt uns zu, zieht sein Schwert aus der Scheide und dreht sich zum Feind um.

»Es ist noch genügend Zeit, kommt mit uns«, versucht Anna, ihn zu überzeugen.

Doch Amalbert läuft bereits zurück auf den Hof. »Niemand schändet das Haus meiner Familie. Eher brenne ich selbst alles nieder!« Er wirft einen letzten Blick in unsere Richtung und lacht: »Mehr Gastfreundschaft habe ich nun wirklich nicht zu bieten.«

Wir haben das Boot zwischenzeitlich vom Seil losgemacht, das der sicheren Fährverbindung gedient hatte, und versuchen, uns abstoßend und rudernd in die Strömung der Tura zu bringen. Vom Hof des Amalbert hören wir das Wiehern eines Pferdes. In aller Eile scheint er sein Vieh aus den Unterständen zu treiben. Warum reitet er nicht weg? Dann sehen wir den Fährmann inmitten seines Hofes zusammenbrechen. Unser Boot ist mittlerweile in Bewegung und treibt mit der Unterstützung unserer Ruder stetig flussabwärts. Und als wäre es mit Öl übergossen, geht Amalberts Haus mit einem Mal in Flammen auf. Ob er es selbst entzündet hat oder den Plünderern ein Missgeschick unterlaufen ist, lässt sich aus dieser Distanz nicht mehr erkennen. »Seine liebe Frau erwartet ihn schon.«

Cap. IX

Donnerstag, 4. Mai 926

Beidseits des Flusses steigen immer wieder schwarze Rauchsäulen in den Himmel. Überall nur Tod und Verwüstung. »Sie haben den Weg über die Tura offenbar schneller gefunden als erwartet«, breche ich die Stille, die uns seit dem Anblick von Amalberts Tod erfasst hatte. »Damit können wir weder ans rechte noch ans linke Ufer, und hier auf dem Fluss sind wir für ihre Bogen die reinste Zielübung.«

»Und dennoch ist es der sicherste und schnellste Weg«, unterbricht mich Anna. »Allerdings sollten wir zumindest für die Nacht einen sicheren Platz an Land suchen. Wenn wir im Dunkeln irgendwo hängen bleiben, sind wir blind der Gnade des Flusses ausgeliefert.«

»Hoffen wir, dass sie den Rîn noch nicht erreicht haben«, unterbreche ich nun meinerseits Anna. »Wenn er so breit ist, wie alle sagen, sind wir dort vorerst sicher.«

Jacob, der sich bisher rausgehalten hat, meldet sich verängstigt zu Wort: »Wir müssen vor allem hoffen, dass sie Seckinga nicht vor uns erreichen.« Uns wird klar, dass wir dem Jungen mit unserem Gerede nicht gerade helfen, und versuchen, dem Ganzen auch noch etwas

Positives abzugewinnen. Denn immerhin sind wir dank der Fähre nun wieder im Rennen. Und dank ihrer stabilen Bauweise, der Strömung der Tura und nicht zuletzt dank unserer drei Paar Ruderhände, die sich regelmäßig abwechseln, kommen wir nun deutlich schneller voran.

Kurz vor Mittag erheben sich auf unserer rechten Seite die mächtigen Grundmauern eines alten Kastells. Überall im Land haben die Romanen scheinbar von Zauberhand derartige Bauten errichtet. »Phina«, erklärt Jacob auf meinen fragenden Blick hin. »Mein Vater hat von diesem Ort berichtet. Hier schlug er als Bote im Auftrag des Herrn Abt oft sein Lager auf. Es erwarten uns noch weitere solche Lagerplätze.«

»Eine Schande, diese Befestigungswerke derart verkommen zu lassen. Arbona wurde in ähnlichem Ausmaß errichtet«, stelle ich fest, »und durch die Instandhaltung seiner Mauern hat es seine Bewohner vor dem sicheren Tod bewahrt.« Wir haben aufgehört zu rudern und treiben langsam auf die Höhe des Kastells zu, aus dessen Mitte Rauch aufzusteigen scheint.

»Wollen wir nicht an Land?«, erkundigt sich Jacob aufgeregt.

»Wir wissen nicht, was uns dort erwartet. Vermutlich sind es Freunde, es könnten jedoch auch feindliche Späher dort ihr Lager aufgeschlagen haben.«

»In der Nähe ist eine Siedlung!« Jacob hofft wohl, dort auf seinen Vater zu treffen, doch können wir das Risiko nicht eingehen, und ich verstärke sicherheitshalber die Ruderbewegungen, um rasch von hier wegzukommen.

Enttäuscht setzt sich Jacob hin, worauf sich Anna zu ihm gesellt. »Du sprachst gerade von mehreren dieser Orte«, versucht sie, ihn abzulenken. »Gibt es noch welche, die bewohnt sind?«

»Ich glaube schon, aber mein Vater hat sich meist entlang dieser Flüsse bewegt und sprach stets nur von einer Festung, die selbst Arbona an Größe übertroffen haben soll. Ougia … oder Ouges.« Anna legt den Arm um den Jungen, drückt ihn an sich und flüstert ihm Mut zu. Zwischenzeitlich haben meine Ruderbewegungen deutlich nachgelassen. Irgendwie werden die Ermüdungserscheinungen in meiner rechten Schulter immer offensichtlicher, und die Schmerzen lassen mich die Zähne zusammenbeißen.

»Lass mich mal ans Ruder.« Anna wirft mir einen besorgten Blick zu, doch möchte ich ihre Besorgnis nicht bestätigen, indem ich einfach so aufgebe. Sie bemerkt meinen Unwillen und fügt dann ärgerlich an: »Dann lass mich wenigstens deine Schulter versorgen. Was für ein unverbesserlicher Sturkopf!« Den letzten Teil fügt sie mehr zu Jacob gewandt hinzu.

Ihm entweicht ein leichtes Lächeln, und er setzt nach: »Ich übernehme das Ruder.« Mit seinen geringen Kräften wird er das Boot zwar nicht zusätzlich in Bewegung bringen können, doch reicht es aus, um es in der Strömung der Tura zu halten.

Zwischenzeitlich wühlt Anna noch immer in ihrem Beutel: »Ich kann die Salbe des Infirmars nicht finden.«

»Aber letzte Nacht hast du mir doch noch welche aufgetragen.«

»Sie muss im Haus des Fährmanns liegen geblieben sein«, stellt Anna entsetzt fest.

»Zurück können wir nicht mehr. Wie weit ist es noch bis Seckinga?«, wende ich mich an Jacob, während ich die Wunde wieder mit meinem Hemd bedecke.

»Ich weiß es nicht. Vater war immer sehr lange weg.«

»Das bringt uns nicht weiter, ich übernehme das Boot wieder. Je schneller wir vorankommen, desto besser!« Ich nehme das zweite Ruder und weise Jacob die rechte Seite des Bootes zu, während ich auf der linken rudre.

»Ganz sicher nicht!« Anna kann es nicht fassen, reißt mich zurück auf meinen Hintern und schiebt das Hemd zurück: »Lass mich die Wunde wenigstens reinigen. Du solltest dich schonen. Ohnmächtig oder tot hilfst du gar niemandem.« Ich lasse sie gewähren. Wieder ist sie die Vernünftigere von uns beiden. Zu schnell lasse ich mich von Stolz und Emotionen leiten, während mir der Mut fehlt, etwas überlegt und als Gruppe anzugehen. Ich bin Anna so unendlich dankbar, doch lasse ich jede nur erdenkliche Möglichkeit verstreichen, in der ich mich beweisen könnte. Anna spült die Ränder der Wunde mit einem Stück ihrer frisch gewaschenen Leinentücher ab und drückt einen mit frischem Flusswasser vollgesogenen Stofffetzen mehrmals sanft auf die Wunde. Sie verbindet die Schulter und fügt dann mit ruhiger Stimme an: »Wir sollten heute früh genug nach einem Platz für die Nacht Ausschau halten. Du musst dich schonen.«

Ich kriege ein leises »Danke« über die Lippen.

Anna lässt für einen kurzen Moment ihre Hand auf meinem Rücken ruhen, schnappt sich das zweite Ruder und bringt unser Boot zusammen mit Jacob in der Strömung voran. Auf der Suche nach einem geeigneten Lagerplatz beobachtet Jacob aufmerksam das Ufer vor uns. Mittlerweile habe ich sein Ruder übernommen und versuche, die stärker werdenden Schmerzen zu unterdrücken. Wann endlich entdeckt er eine geeignete Stelle?

»Ein Mann!« Es ist schon später Nachmittag, als Jacob mit beiden Händen aufgeregt in Richtung der rechten Flussseite wedelt.

»Setz dich sofort hin, es reicht, wenn er uns vorbeifahren sieht«, ermahne ich Jacob, »gib ihm nicht die Zeit, alle seine Schützenfreunde als Begrüßungskomitee zu versammeln.« Zu spät. Der Mann hat unser Boot längst entdeckt und mustert aufmerksam unser näherkommendes Grüppchen. Dann hebt er die Hand zum Gruß.

»Ein Freund«, höre ich die erleichterte Stimme von Anna.

»Das wissen wir nicht.«

»Skeptisch bis zum Ende, nicht wahr?« Anna schüttelt den Kopf und lenkt unser Boot ans rechte Ufer. Der Mann scheint auf einer kleinen Lichtung am Waldrand zu stehen und lächelt uns zu. So als gäbe es keinerlei Bedrohung.

»Willkommen in Niuvora, man nennt mich Cundher.« Offenbar dient diese Lichtung am Fluss üblicherweise als Anlegestelle für eine nahe Siedlung. Das Ufer hier bietet ausreichend Platz, ein Boot an Land zu ziehen, und verfügt über einige fest verankerte Pfosten zum Festzurren. Ich entscheide mich, das Boot für eine schnelle Flucht bereitzuhalten, und mache es lediglich an einem der Pfosten fest. Noch immer strahlt uns Cundher fröhlich an und zeigt dabei keinerlei Verwunderung über unser Schweigen. »Was führt euch hierher?«

Anna ergreift das Wort: »Wir sind Reisende, nun ja Flüchtende. Das ist Marcus, der Kleine heißt Jacob und mich nennt man Anna.«

»Flüchtende? Wovor?« Cundhers Ahnungslosigkeit erscheint uns doch etwas verdächtig. Wie kann in dieser Zeit jemand derart die Augen verschließen?

Ich beschließe, Cundher einer etwas genaueren Betrachtung zu unterziehen: »Wurdet Ihr denn nicht gewarnt? Seht Ihr die Rauchsälen am Horizont nicht?«

»Vor wenigen Tagen haben wir den Schauergeschichten einer kleinen Gruppe Bauern gelauscht, die auf dem Weg nach Westen war.« Wir blicken uns an. Ist das Liubmans Gruppe? Wortlos wenden wir uns wieder Cundher zu. Jacob soll nicht umsonst hoffen. »Allerdings haben wir die Berichte eher für eine gute Geschichte als Gegenleistung für eine reiche Mahlzeit gesehen. Als dann gestern im Osten Rauch aufstieg, haben wir einen Mann losgeschickt.«

»Der Mann ist längst tot. Und Ihr werdet es ebenfalls bald sein«, erkläre ich ihm mit gleichgültiger Stimme. Cundher mustert uns mit nun zunehmend besorgtem Blick, während wir ihm vom neuen Feind berichten. Als wir fertig sind, blickt er mit leerem Blick in die Tura. Von seiner anfänglichen Fröhlichkeit ist nichts mehr übrig.

»Folgt mir nach Niuvora. Berichtet dort selbst.« Was

denkt er sich bloß. Keinesfalls wagen wir uns erneut in die Nähe einer Siedlung. Da können wir gleich hier und jetzt einen baumhohen Mast errichten und als Einladung eine große Platte aus purem Gold im Sonnenlicht erleuchten lassen.

Ich entscheide mich für eine Notlüge: »Leider können wir uns nicht von unserem Boot entfernen. Schon einmal wäre es uns fast gestohlen worden.« Anna blickt mich erstaunt an. Schnell fahre ich fort: »Wir ruhen uns nur kurz aus und fahren dann weiter. Berichtet Euren Leuten und flieht«, rate ich Cundher.

»Selbst wenn sie mir glauben. Wenn ihr die Wahrheit sprecht, werden wir es nie rechtzeitig schaffen, zu entkommen. Ich habe eine Familie, eine Tochter, nehmt uns mit. Bitte!«

»Wir helfen Euch, geht und warnt Eure Leute, wir halten uns bis zu den ersten Strahlen der Sonne hier bereit und nehmen Euch mit«, verspreche ich Cundher mit gemischten Gefühlen. Dieser bedankt sich überschwänglich und verspricht, noch diese Nacht Vorräte zu unserem Boot zu schaffen. Daraufhin gelingt es mir lediglich, ihm dankbar zuzunicken, ohne dass ich ihm dabei in die Augen sehen kann. Um weiter abzulenken, nehme ich ihn zur Seite: »Sagt, guter Mann, gehörte zu der Gruppe Bauern, von der Ihr spracht, womöglich ein Liubman? Der Junge ist sein Sohn. Wir sind auf der Suche nach ihm.« Immerhin habe ich nicht alles erfunden. Doch kann Cundher sich an keinen der Namen erinnern. Von unserer Vertrauenswürdigkeit überzeugt, zieht Cundher los nach Niuvora. Wurde auch

Zeit. Viel länger hätte ich mich nicht mehr zusammenreißen können. Zu stark sind meine Schmerzen. Ich durfte nicht schwach erscheinen und musste ihn dazu bringen, unsere Vorräte aufzufüllen. Wer weiß, wann wir das nächste Mal solches Glück haben. Selbst meine eigenen Begleiter scheinen keinen Verdacht geschöpft zu haben. Überhaupt ist Anna schweigsam. Sorgt sie sich? Ich muss sie hier so schnell wie möglich wegschaffen. Weg und in Sicherheit. Sie übernimmt die erste Wache und lässt Jacob und mich ausruhen.

Als mich Anna aus dem Schlaf rüttelt ist es bereits finstere Nacht. »Schnell, da kommt jemand«, flüstert Anna. Doch ist es Cundher, der im Licht einer Fackel mit einem großen Bündel daherkommt. Mittlerweile ist auch Jacob wach.

Vollends glücklich wirkt der Mann aus Niuvora nicht: »Ich konnte meine Leute nicht alle überzeugen. Ich versuche es erneut und stoße mit meiner Familie im Morgengrauen zu euch. Hier nehmt das.« Er reicht mir einen schweren Beutel mit Vorräten. »Das ist alles, was ich auftreiben konnte, sollte aber für unsere Gruppe einige Tage lang reichen.« Erneut verspreche ich ihm, auf sie zu warten, und schicke ihn zurück in die Nacht.

»Anna, Jacob, wir sollten bereit sein. Ladet alles aufs Boot, wir verbringen diese Nacht ebenfalls darauf.« Zum Diskutieren ist es bereits zu spät, wir alle sind erschöpft, und so folgen die beiden meinen Anweisungen ohne weitere Fragen. »Ich übernehme jetzt die Wache, leg dich schlafen Anna.« Ich fühle mich miserabel. Die Ursache dafür liegt nicht nur im stärker werdenden Schmerz. Vielmehr plagt mich mein Gewissen. Was soll ich tun? Kann ich dieses Spiel aufrechterhalten? Wir können unmöglich alle zusammen auf dieses Boot. Das ist die Gelegenheit für uns. Wir haben Vorräte und mit dem Boot auch den nötigen Vorsprung. Wenn die Ungrer weiterhin so schnell vordringen, werden die Menschen von Niuvora kaum den Morgen erleben. Wir sollten hier weg sein, bevor es soweit ist. Aber was ist mit Cundher? Was wird aus seiner Frau? – Was aus seiner Tochter? Darf ich nur an mich denken und diese hilfsbereiten Menschen dem sicheren Tod überlassen? »Aber damit rettest du doch auch Anna … und Jacob natürlich«, höre ich eine andere Stimme in meinem Kopf. »Warum ihr Leben riskieren, um das von Fremden vielleicht retten zu können? Du solltest ohne diese Unbekannten weiterziehen.« Ich verbringe eine unruhige Nacht. Ein Einschlafen wäre in dieser Wache undenkbar. Zu viele Sorgen und Gedanken plagen mich. Das Mondlicht, das sich in der Tura spiegelt, wirft einen schwachen Schein auf das wunderschöne Gesicht der jungen Anna. Ich kann meine Augen einfach nicht von ihr abwenden. Und mit jedem Augenblick, der vergeht, überkommt mich ein neues Gefühl der Furcht. Ich darf sie nicht verlieren. Der Schmerz in meiner Schulter hat sich seit dem Rudern am Nachmittag weiter verstärkt und trägt noch weniger zur Beruhigung meines Gemüts bei.

Während ich so dasitze, weicht die nächtliche Finsternis langsam einem leicht rötlichen Licht am Horizont. Ich vergewissere mich, dass wir nichts am Ufer vergessen haben, ziehe meinen Sax, durchschneide das Seil, das unser Boot mit dem Pfosten am Ufer verbunden hat, und stoße uns mit einem Ruder vom Ufer ab. Ich habe mich entschieden. Die Furcht hält mich im Würgegriff. Die Feigheit hat triumphiert.

Cap. X

Freitag, 5. Mai 926

Wir befinden uns bereits wieder in der Strömung der Tura, als Anna erwacht: »Was ist geschehen? Wo ist der gute Cundher?« Ich ignoriere sie und fixiere weiterhin die Fließrichtung unserer Wasserstraße.

»Hört ihr das?« Jacob ist nun ebenfalls wach. Ich höre es auch. Aus der Ferne erklingt Waffenlärm, und Schreie durchschneiden die morgendliche Stille. Noch ist kein Rauch zu sehen, doch reichen die Schreie aus, um zu wissen, dass die Ungrer Niuvora erreicht haben. Ich blicke zurück zur Stelle, wo wir die Nacht verbracht haben und glaube, am Ufer zwei oder mehr Gestalten auszumachen. Ich habe Cundher verraten und ihn mit seiner Familie zum Sterben zurückgelassen. Vermutlich hätte es gereicht, die drei mit aufs Boot zu nehmen. Aber was, wenn plötzlich noch mehr aus dem Wald aufgetaucht wären und am Ende wir den Kampf um die letzten Plätze verloren hätten? Was, wenn anstelle von Cundher plötzlich die Ungrer auf die Lichtung getreten wären? Anna und Jacob sind in Sicherheit, und das ist die Hauptsache. Das sage ich mir immer und immer wieder, während ich die Blicke meiner Begleiter meide.

Cundhers Beutel liegt unberührt im hinteren Teil unseres Bootes. Was habe ich getan?

»Hast du die Ungrer kommen sehen?« Wir sind schon einige Zeit auf der Tura unterwegs. Jacob und ich rudern beidseits des Bootes, um uns in der tiefen Mitte zu halten. Anna hat sich mir zugewandt und sucht meinen Blick. Ich wage es, diesen zu erwidern und sehe, wie die Gewissheit langsam, aber sicher über Anna kommt. Ich habe Cundher samt seiner Familie dem sicheren Tod überlassen, und zwar ohne, dass unmittelbare Gefahr drohte. Zu meiner Überraschung schlägt Anna jedoch einen gänzlich anderen Ton an: »Vielleicht haben sie es geschafft.« Sie nimmt die letzten Reste unserer Vorräte vom Vortag und verteilt sie. »Du hast dich entschieden.« Der Tonfall wirkt schnippisch. Sie gibt Jacob ein Stück Brot und entdeckt die geraden Schnittspuren am Seil, womit das Boot befestigt war. »Ich habe kein Recht, über dich zu urteilen, aber du hast uns die Möglichkeit einer eigenen Entscheidung genommen, als du uns heimlich losgemacht hast.« Jetzt klingt sie schon eher nach Anna. Sie war letzte Nacht so ruhig. Bestimmt hat sie sich ihre eigenen Gedanken zur Situation gemacht und dürfte über meine spontane Aktion nicht wirklich unglücklich sein.

»Was hättest du an meiner Stelle gemacht?«, frage ich Anna direkt. In ihrem Blick steckt nichts Herausforderndes, vielmehr bestätigt ihre Ratlosigkeit meine Vermutung.

»Ich weiß es nicht«, gibt sie zu. »Vielleicht hätten wir noch einige Zeit am Ufer ausharren sollen, vielleicht hätten uns dann auch die Ungrer überrascht.« Wir beschließen, nicht weiter darüber zu sprechen, und hoffen, der Strömung folgend, möglichst bald den Flusslauf des Rîn zu erreichen. Es folgt eine ganze Reihe von Flussbiegungen. Zwar können wir weiterhin in der Strömung treiben, doch zehren die Kurven mehr und mehr an unseren Kräften. Einerseits bringt uns der Fluss immer weiter weg von der Gefahr, andererseits spielt er ein gefährliches Spiel mit uns. Denn so sind wir keinesfalls schneller als die berittenen Ungrer zu Land, die lediglich den geraden Straßenverläufen zu folgen haben, bis sie auf ihre nächste Beute stoßen. Ihre Späher durchstreifen bestimmt schon die flussnahen Wäldchen.

Doch endlich, kurz vor Mittag, erreichen wir nach zwei letzten kleinen Flussbiegungen den Rîn. Wir halten unser Boot in der Strömung, um vom natürlichen Zusammenfluss beider Ströme profitieren zu können. Der mächtige Rîn erfasst unser Boot und trägt uns sanft und schnell weiter unserem Ziel entgegen. Dieser breite Strom lässt sich nicht ohne Weiteres überqueren. Das dürfte den Feind einige Zeit auf der anderen Seite halten. Damit sollten wir zumindest auf der rechten Seite des Rîn solange in Sicherheit anlegen können, bis wir Seckinga erreicht haben. Doch müssen wir von nun an so viel Zeit wie möglich auf dem Boot verbringen, wenn wir das rettende Kloster überhaupt noch erreichen möchten. Der Schmerz plagt mich schon den ganzen Vormittag und wird immer unerträglicher. Ich bitte Anna, mir beim Verbandswechsel zu helfen, und überlasse Jacob allein das Ruder. Der Rîn fließt ruhig, stetig und beinahe gerade durch die Landschaft, sodass wir uns einfach treiben lassen können. Nach dem Auswaschen – oder nennen wir es besser abtupfen, der Schmerz ist zu groß – lasse ich die Wunde etwas an der Luft trocknen. Es ist ein steter Kampf zwischen delirantem Einschlafen bei zu großer Anstrengung und der steten Furcht vor einem Überfall sowie dem Drang, endlich an unser Ziel zu gelangen. Anna umwickelt meine Schulter mit einem sauberen Stück Leinen.

»Ich könnte etwas Hilfe gebrauchen!«, hören wir Jacob mit unsicherer Stimme. Ich drehe mich zu ihm und folge seinem Blick. Der Rîn scheint abrupt zu enden. Wir beenden unsere kleine medizinische Aktion so schnell wie möglich und übernehmen wieder zu zweit die Ruder. Der Rîn macht einen starken Knick nach rechts, und zu alledem bereitet uns ein kleines Flüsschen Sorgen, das exakt an der Außenstelle der Biegung in den Rîn mündet.

»Lasst uns auf eine stabile Strömung hoffen.« Anna blickt aufgeregt von Ufer zu Ufer, während sie sich auf ein notfallmäßiges Paddeln einstellt.

»Seht dort, ein alter Turm!«, durchbricht Jacob plötzlich unsere Konzentration. »Vater hat mir Geschichten erzählt, wonach all diese Türme und Festungen entlang des Rîn einst wegen früherer Feinde erbaut worden seien.« Wir passieren die steinernen Überreste einer einst quadratischen Anlage. Mit dem Turm könnte der Junge recht haben.

»Damals scheinen die Feinde allerdings von der anderen Seite des Flusses gekommen zu sein«, erwidere ich darauf, doch lässt Jacob nicht locker:

»Mein Vater hat auf seinen Reisen immer hier an der Mündung der Toissa angelegt. Die Grundmauern bieten Schutz.«

»Es tut mir leid, Jacob, aber wir können hier nicht anlegen, diese Seite des Flusses ist im Moment einfach zu gefährlich.« Ich sehe seine Enttäuschung und setze rasch nach: »Aber umso schneller und weiter wir vorankommen, desto eher siehst du deinen Vater. Jetzt halte dich gut fest!« Gleich geraten wir in den Strömungsstrudel von Seitenfluss und Flussbiegung. Wir machen uns bereit, und Jacob berührt den Gegenstand an seiner Brust, doch nichts passiert. Der Rîn ist uns gut gesonnen, und seine Strömung zieht uns gemächlich durch die Kurve.

»Wir sollten uns dennoch bald einen Platz zum Ausruhen suchen«, höre ich Annas Stimme, »du siehst gar nicht gut aus.« Ich fühle mich auch nicht gut, doch behalte ich das besser für mich. »Du bist ganz blass. Marcus, leg dich hin und überlass uns beiden die Arbeit.« Annas Tonfall ist nun deutlich gebieterischer. Ich übergebe das Ruder an Jacob und lege mich in die Mitte des Bootes. Wie gut das tut. Ich blicke in die Baumkronen am Rand, die sich plötzlich zu drehen beginnen, richte meine Augen dann auf Jacob, der mit seinem Ruder gerade die leicht gewellte Oberfläche des Rîns durchstoßen möchte, und dann wird alles dunkel.

Ich öffne meine Augen und liege auf dem nackten Boden. Um mich herum herrscht Dunkelheit. Wo sind Anna und Jacob? Haben sie mich allein zurückgelassen? Erwartet mich nun Cundhers Schicksal? Ist dies die Rache für meinen Verrat? Ich höre ein unverständliches Flüstern. Der Schein zweier Flämmchen erleuchtet die Finsternis. Wer ist da? Was geschieht hier bloß? Ich versuche zurück zu robben. Mit einem Mal beginnen sich die zwei kleinen Lichter wie durch Zauberhand zu verdoppeln und breiten sich immer weiter um mich herum aus. Eingenockte Brandpfeile! Die Ungrer haben mich gefunden. Anna hat mich wirklich zum Sterben zurückgelassen.

»Marcus!« Aus der Ferne ertönt ein Schrei.

»Anna!« Gerade als ich aufstehe, höre ich das Schnellen Hunderter Bogensehnen, und ebenso viele Lichter rasen auf mich zu. Ich laufe, laufe so schnell ich kann los in die Richtung, aus der ich Annas Stimme vernommen hatte. Doch bin ich kaum drei Schritte weit gekommen, da schlägt rund um mich herum ein wahrer Regen an Pfeilen spritzend in den lehmigen Boden ein. Im selben Atemzug werde ich zu Boden gerissen. Ein brennender Schmerz durchsticht meine Schulter. Ich möchte laut aufschreien, doch lassen sich meine Lungen nicht aufblähen. Ich fühle einen starken Druck auf meiner Brust, höre ferne Stimmen und spüre den festen Griff von Händen. Wie soll ich mich je daraus befreien. Ich bin verloren.

Die Stimmen scheinen plötzlich ganz nah zu sein. »Was wollt ihr? Bringt es zu Ende!«, brülle ich.

»Marcus!« Jemand berührt meine Stirn. »Marcus, du bist in Sicherheit.« Die Stimme klingt nun ganz ruhig und vertraut.

»Anna?«

»Öffne deine Augen. Bitte, Marcus.« Ich spüre die sanften Hände Annas über meine Wangen und Stirn streicheln. Angestrengt versuche ich, meine schweren Augenlider zu heben, doch umgibt mich noch immer Dunkelheit.

»Wo sind wir?«, versuche ich, meinen ersten klaren Gedanken zu fassen, während mein Kopf sicher in Annas Schoß liegt.

»Du wurdest auf dem Boot ohnmächtig. Wir haben an der nächsten sicher wirkenden Stelle am rechten Rînufer angelegt und dich an Land geschleppt. Jacob, such uns etwas Feuerholz!«

»Ich sehe dich nicht«, überkommt mich plötzlich der blanke Horror.

»Du warst lange weg. Die Nacht ist bereits hereingebrochen. Gott sei Dank wusste unser junger Begleiter von einem weiteren alten Wachturm auf der sicheren Seite des Rîn. Du solltest ihm das nächste Mal etwas mehr Vertrauen schenken.«

»Ich habe ihn und seine Familie zum Sterben zurückgelassen.«

»Cundher?«, traut sich Anna mit schwacher Stimme nachzuhaken.

»Ich dachte, ich sterbe«, flüstere ich kaum hörbar.

In erneut ernstem Ton fährt Anna fort: »Wir hatten große Angst um dich, doch dachten wir zuerst, du schläfst bloß. Als du dann angefangen hast, wie ein Wilder zu zucken und zu schreien, mussten wir dich mit aller Kraft zu Boden drücken, damit du dich nicht selbst verletzt oder am Ende noch im Wasser landest.«

Mein ganzer Körper schmerzt. Ich vermag noch ein leises »Danke« zu flüstern und schließe wieder die Augen.

Als ich am nächsten Morgen aufwache, spüre ich Jacobs Hand auf meiner. Ich drehe den Kopf zur Seite und entdecke hinter der Asche eines erloschenen Feuers die schlafende Anna. Die Sonne muss bereits am Himmel stehen, denn die Ruinen, die uns diese Nacht Schutz geboten haben, werfen einen langen Schatten. Ich löse Jacobs Hand vorsichtig von meiner und setze mich auf. Schon wieder wurde ich gerettet. Ich muss lernen, meinen Begleitern mehr zu vertrauen. Trotz der unglaublichen Schmerzen der vergangenen Nacht, fühle ich mich erstaunlich stark und zuversichtlich. Ich schaffe es, allein aufzustehen, und strecke mich absichtlich laut, sodass Anna aus ihrem Schlaf hochschreckt.

»Wie … Marcus, dir geht's ja besser.« Ein Lächeln erhellt ihr Gesicht. »Ich habe mir große Sorgen gemacht.«

»Keine Angst, so schnell werdet ihr mich nicht los«, gebe ich grinsend zurück. »Und danke!«

»Sehr gerne. Du hättest das …«

»Nein wirklich«, unterbreche ich Anna, »du, ihr beide habt schon so viel für mich getan, und trotzdem habe ich euch nie nach eurer Meinung gefragt. Es tut mir leid.« Anna lauscht geduldig meinen Worten, obwohl ich bemerke, wie ihr eine Bemerkung auf der Zunge liegt. Ich fahre fort: »Mein Zustand verschlechtert sich immer weiter. Bitte hilf mir. Ich werde von nun an auf dich hören. Führe uns nach Seckinga.« Anna schweigt. »Bitte, Anna.«

Endlich bricht sie ihr Schweigen: »Ich würde dich ebenso wenig allein zurücklassen, wie ich Jacob im Stich lassen würde.« Auf meinen fragenden Blick fügt sie schnell hinzu: »Du hast letzte Nacht im Fieber gesprochen. Du hast dich erst beruhigt, als ich dich fest in meine Arme genommen habe. Jacob musste deine Hände festhalten.« Das ist mir unangenehm, doch muss ich lernen, Hilfe anzunehmen, und nicke unmerklich. Mit Nachdruck ergänzt Anna: »Wir sind aufeinander angewiesen. Einzeln schaffen wir es nicht.« Dann nickt sie in die Richtung von Jacob, der wegen unserer Stimmen wohl gerade aufgewacht ist.

Ich drehe mich zu ihm um: »Ich danke dir. Du hast mir geholfen, obwohl ich dich nicht immer so behandelt habe, wie du es verdient hast. Ich hätte von Anfang an mehr auf dich hören sollen. Bitte verzeih mir.« Jacob ist mittlerweile rot geworden und nuschelt etwas Unverständliches vor sich her.

»Wir brechen auf«, unterbricht Anna die peinliche Stille und rettet dadurch Jacob aus seiner unangenehmen Situation. »Ouwa hat uns für die Nacht Schutz geboten, doch je schneller wir Seckinga erreichen, desto besser.« Wir packen alles zusammen und begeben uns zum Boot.

»Jacob, übernimm du eines der Ruder, ich nehme das andere.«

Bevor ich auch nur zur Widerrede ansetzen kann, weist mich Anna an: »Du legst dich hin! Wir rufen dich schon zu Hilfe, sollte es nötig werden.« Den strikten Anweisungen Annas wage ich nicht zu widersprechen, und ich möchte es auch nicht.

Wir lassen uns weiter von der Strömung flussabwärts tragen, und ich sehe die Ruinen des alten Wachturms langsam hinter uns verschwinden. Der Vormittag vergeht ohne größere Aufregung, doch obwohl ich nur daliege, spüre ich, wie der Schmerz allmählich zurückkehrt. Die bisherigen Tätigkeiten haben meiner Wunde zwar keine Ruhe gegönnt, doch konnten sie mich zumindest von meinen Schmerzen ablenken. Trotz der hochstehenden Sonne zittere ich vor Kälte. »Hätten wir die schützende Obhut des Abtes nie verlassen dürfen? Habe ich uns damit alle ins Verderben gestürzt?«

Anna setzt sich neben mich, legt eine der Decken aus Arbona über mich und nimmt meine Hände zwischen ihre: »Du hast entschieden und du hast richtig entschieden. Ohne den Infirmar aus Seckinga wärst du früher oder später gestorben.«

»Dann habe ich aus Egoismus entschieden«, stelle ich mit Ernüchterung fest.

»Ich war ebenso für diese Reise. Versuche, etwas zu schlafen, ich bleibe bei dir.« Der Rîn ist ruhig, und seit gestern Mittag war keine Verwüstung mehr zu sehen. Frierend, aber ruhig schließe ich die Augen. Annas Nähe gibt mir Zuversicht und Gelassenheit. Sie führt uns nun.

Jäh werde ich aus dem Schlaf gerissen, als unser Boot hart auf die Uferböschung trifft. Kratzender Kies erschüttert den Boden. Anna springt von der linken Seite an Land und eilt zum nächsten Bäumchen, um den Kahn festzumachen. Warum sind wir am linken Ufer des Rîn? Doch ich habe ihr versprochen, sie in ihren Entscheidungen zu unterstützen. Bestimmt hat sie ihre Gründe. Im Gegensatz zu meiner morgendlichen Stimmung fühle ich mich nun wieder miserabel. Doch geht es mir besser als gestern. Annas Aufforderung zu ruhen hat meinem Körper unnötige Strapazen erspart. Ich quäle mich hoch und bin heilfroh, dass sich Jacob sogleich meiner annimmt und mir hilft, an Land zu kommen. Vor uns erheben sich die gigantischen Ruinen einer alten Festung, die mich stark an die Mauern von Arbona erinnern.

»Zurzacha«, erklärt Jacob stolz, »ganz in der Nähe gibt es auch eine Siedlung.« Das erklärt Annas Entscheidung. Während ich mit dem wenigen Reisig, getrocknetem Moos und Baumrinde aus der näheren Umgebung beginne, ein Feuer zu entzünden, sucht Jacob nach Brennholz, und Anna macht sich auf, in der angrenzenden Siedlung weitere Vorräte zu erbetteln. Als Zahlungsmittel dürfte sie lediglich Informationen aus dem Osten anbieten können.

Die Dunkelheit ist bereits hereingebrochen, unser Feuer brennt lichterloh, und Jacob füllt den letzten unserer Trinkschläuche mit Wasser aus dem Rîn, als Anna aus dem Dickicht in den Schein des Feuers tritt. In ihrer Hand hält sie lediglich einen kleinen Laib Brot. »Gute Neuigkeiten«, verkündet sie strahlend.

»Ich hoffe, sie sind besser als das bisschen Brot«,

scherze ich und bereue augenblicklich die ruckartige Bewegung, die ich dabei mit dem Oberkörper gemacht habe.

Jacob setzt sich zu mir, und Anna erzählt: »Besonders großzügig waren sie nicht, das ist wahr. Aber die Männer des Dorfes rüsten sich zum Kampf, und sämtliche Vorräte wurden längst reisefertig gemacht. Anscheinend sammelt sich weiter westliche eine große Gruppe von Bauern, die sich der Bedrohung stellen möchte. Der hiesige Centenar weilt mit Burchard in Italia, ebenso seine Männer.«

»Das war ja nicht anders zu erwarten«, füge ich kopfschüttelnd an.

Anna fährt fort: »Das Dorf soll verlassen werden, bis die Gefahr vorüber ist. Bei der Größe der Siedlung ist das eine wirklich mutige Entscheidung. Sie verfügen sogar über eine steinerne Kirche.«

»Vermutlich haben sie alles Wertvolle in den umliegenden Wäldern vergraben«, ergänze ich nachdenklich. »Damit dürften die Ungrer ein leergeräumtes Dorf vorfinden. Vermutlich brennen sie alles nieder ...«.

»Es soll bis nach Seckinga nicht mehr weit sein, wurde mir gesagt.« Anna wirkt zuversichtlich und teilt das Brot gerecht unter uns dreien auf. Jacob nimmt sich hungrig sein Stück und setzt sich etwas entfernt von uns auf einen Stein.

»Meine Wunde?«, frage ich Anna leise. Doch kenne ich die Antwort bereits. Der zunehmende Gestank, der von ihr ausgeht, verdirbt selbst dem stärksten Magen den Appetit.

»Sie eitert wieder, nicht wahr?«, reagiert Anna mit einer Gegenfrage. Ich nicke nur und versuche, mir mit leichtem Armkreisen etwas Schmerzlinderung von der übelriechenden Schulter zu verschaffen. Natürlich verstärkt es den Schmerz nur noch. Ich frage mich, ob das faulige Fleisch zuerst meinen Arm oder gleich mein Leben als Tribut fordert. Nach nur wenigen Bissen lege ich das Brot zur Seite und versuche erneut, Schlaf zu finden.

Mir ist schwindlig. Mit größter Mühe öffne ich meine Augen. Erneut sehe ich nichts als Dunkelheit. Mit einem Wimpernschlag erkenne ich jedoch die Umrisse einer Person an meiner Seite, die durch eine nahe Lichtquelle beleuchtet wird. Ich möchte sprechen, doch entweicht meinen Lippen kein Ton. Die Gestalt über mir hält etwas Weißes in Händen, zieht diesen länglichen Gegenstand über den Kopf und legt ihn auf meine Schulter. Habe ich erneut den seltsamen Traum mit den zwei Lichtern?

Cap. XI

Sonntag, 7. Mai 926

Anna weckt mich diesen Morgen früh. Die Sonne ist erst vor Kurzem aufgegangen. »Lass mich deine Verbände wechseln.« Jacob steht knietief im Wasser des Flusses und wäscht sich. Aus Scham hat er sein Hemd lediglich etwas hochgezogen, damit es nicht ins Flusswasser hängt. Als er sich zu uns umdreht, fällt mir plötzlich der Gegenstand um seinen Hals ins Auge. Es handelt sich um einen Anhänger in Form eines länglichen Stücks Knochen mit merkwürdigen Schnitzereien. Jacob bemerkt meinen Blick und steckt die Beinschnitzerei augenblicklich zurück unter sein Hemd. Es muss ihm beim Waschen rausgerutscht sein. Nach dem Verbandswechsel besteigen wir erneut unser Boot, und ich lege mich folgsam in die Mitte des Bootes, während meine zwei Begleiter die Ruder übernehmen. Gerne hätte ich Jacob nach seinem Anhänger gefragt. Doch anscheinend ist er ihm sehr wichtig, und er möchte nicht darauf angesprochen werden. Warum sonst würde er ihn stets verstecken? Bestimmt ergibt sich noch eine Gelegenheit.

Die Weiterfahrt wird von einigen Flussbiegungen erschwert und stellt sich kurz vor Mittag sogar als ziemlich riskant heraus, als ein anderer breiter Fluss in den Rîn mündet. Doch auch dies meistert Anna mit einer Leichtigkeit und Sicherheit, die mich beeindruckt. Bei all den Schmerzen und der körperlichen Ermüdung versuche ich, eine positive Miene aufzusetzen. Und als sich ganz zufällig unsere Blicke treffen, muss ich spontan lächeln und entlocke ihr dabei ebenfalls ein zartes Lächeln, das ihre Mundwinkel umspielt. Plötzlich fühlt sich alles viel weniger schlimm an. Ich fühle mich leicht, so als könnte ich einfach davonschweben. Zwar geht es mir von Tag zu Tag schlechter, doch verliere ich nicht mehr einfach mittendrin das Bewusstsein. Das ständige Auf und Ab hat seinen Tiefpunkt nach dem Verrat an Cundher erreicht. Seit ich Anna und Jacob mehr Vertrauen und Respekt entgegenbringe, geht es mir besser, und ich döse friedlich vor mich hin. Jedes Mal, wenn ich die Augen öffne, hat die Sonne ihre Wanderung fortgesetzt. Ihren Zenit hat sie längst hinter sich gelassen. Wie lange wir wohl schon unterwegs sind? Gestern um diese Zeit haben wir doch längst einen Lagerplatz gefunden. Ich sehe Jacob leise mit Anna sprechen. »Na, habt ihr euch schon eine weitere Ruine für die Nacht ausgesucht?«, unterbreche ich die beiden mit einem Grinsen in der Stimme.

»Loufanperc«, pflichtet mir Jacob ohne Zögern bei, und als ich nicht darauf eingehe, fügt Anna hinzu:

»Wir werden wieder das linke Ufer ansteuern. Laut unserem jungen Freund soll sich in einer Flussbiegung eine gut geschützte Stelle zum Übernachten befinden.« Ich nicke abwartend. »Und ja, es ist wieder eine

Ruine«, lacht Anna. Langsam beginnt es einzudunkeln, und noch immer befinden wir uns auf dem Rîn. Jacob rutscht unruhig hin und her, doch Anna bleibt konzentriert.

Plötzlich erhebt sich vor uns ein breiter Hügel mit mächtigen steinernen Mauern. Doch was ist das? Überall auf der fast halbinselförmigen Erhebung ist das Leuchten von Feuern zu sehen. Da kommen wir unmöglich unentdeckt vorbei. »Wenn wir jetzt an Land gehen, können wir womöglich unerkannt vorbeischlüpfen«, sage ich zu Anna, »oder wir lassen uns bei völliger Dunkelheit vorbeitreiben.« Doch Anna steuert unbeeindruckt darauf zu. Ich werde ungeduldig: »Bist du wahnsinnig? Was tust du da?«

»Siehst du irgendwelche Pferde?«

»Nein«, antworte ich verdutzt, »aber …«

»Dann sind es auch nicht unsere Feinde«, erklärt Anna und klopft Jacob auf die Schulter. Dieser kann seine Aufregung kaum verbergen. Haben wir tatsächlich die Gruppe freiwilliger Bauernkrieger gefunden? Erweisen sich die Gerüchte als wahr? Wir kommen näher, und ich erkenne unter den Lagernden auch eine Vielzahl an Frauen und Kindern. Ungrer sind das bestimmt nicht, da hat Anna recht, aber können wir ihnen vertrauen? Umdrehen können wir nicht mehr. Längst begleiten uns am Ufer bewaffnete Männer. »Kurz vor der Biegung gehen wir an Land«, beschließt Anna mit fester Stimme.

Als wir anlegen, werden wir schon von einer Gruppe Bewaffneter in Empfang genommen. Doch machen sie keinerlei Anstalten, uns Waffen oder Habe abzunehmen. Stattdessen streckt mir ein hochgewachsener Mann die Hand entgegen: »Matheus.« Verdutzt erwidere ich seine Geste und stelle uns drei vor. »Schön, dass ihr hier seid, um unsere Sache zu unterstützen. Wir können jedes Schwert und jede anpackende Hand gebrauchen.« Mit einem Blick auf Anna fährt Matheus fort: »Ein nettes Paar seid ihr, gehört der Junge zu euch?«

»Wir sind …«, stottere ich los, werde aber sogleich von Anna unterbrochen:

»Jacob gehört zu uns, ja. Wir sind uns während der Reise hierher über den Weg gelaufen und helfen ihm bei der Suche nach seinem Vater.«

»Könnt ihr kämpfen?«, gesellt sich nun ein weiterer Kämpfer hinzu.

»Wir sind am Leben«, gebe ich knapp zurück, worauf jener halb lachend, halb anerkennend dem dritten Kämpfer im Bunde zuruft:

»Ha, Truogo, hörst du den?«

Der Mann, der offenbar Truogo genannt wird, kommt näher und betrachtet besorgt meine Schulter: »Zumindest lebst du gerade noch so. Das sollte sich jemand ansehen.«

»Der Infirmar des heiligen Gallus hat sich seiner bereits angenommen«, schaltet sich nun Anna wieder ein und fährt zögernd fort: »Der Infirmar von Seckinga soll über besonderes Wissen verfügen. Deshalb sind wir hier.«

Matheus lächelt: »Dann seid ihr wohl doch nicht hier, um uns zu helfen.«

»Was nicht ist, kann immer noch werden«, grinst nun auch der zweite Kämpfer, der zwischenzeitlich von den anderen Snato genannt wurde.

Truogo wendet sich etwas näher an Anna und mich: »Das Galluskloster? Dann habt ihr einen weiten Weg hinter euch, sofern ihr denn die Wahrheit sprecht. Folgt uns, wir führen euch ins Lager. Dort gibt es noch weitere Personen aus dem Turagau. Und wenn wir deren Geschichten glauben wollen, so steht in ihrer Heimat kein Stein mehr auf dem anderen.«

»Wir werden sehen«, beendet Matheus Truogos langatmigen Monolog, und gemeinsam schreiten wir im Halbdunkel den Hügel der Flussschleife hoch.

Beinahe oben angelangt, treffen wir auf eine Gruppe Männer, die sich essend um eine kleine Feuerstelle versammelt hat. »Frischfleisch«, spottet einer der Männer bei unserem Anblick, wird jedoch sogleich von einem Mann mit ehrfurchtgebietender Gestalt zum Schweigen gebracht:

»Tu nicht so, als wärst du ein Krieger. Wärst du einer, würdest du nicht hier sitzen, du Held.« Der Mann scheint nicht nur wegen seiner Muskeln den Respekt der anderen zu genießen. Als er zu sprechen begonnen hat, ist es still geworden am Feuer. Zusammen mit Matheus stehe ich in der ersten Reihe der Neuankömmlinge, wage aber nicht zu sprechen. Anna und Jacob müssen dicht hinter mir stehen, denn ich spüre andauernd ein Zupfen an meinem Hemd. Jacob muss fürchterlich nervös geworden sein angesichts der vielen Menschen.

Der Hüne wendet sich nun mir zu und mustert mich genau. »Sie kommen aus dem Turagau«, erklärt Truogo.

Und Snato ergänzt hastig: »Zumindest behaupten sie das.« Noch immer wage ich im Angesicht der riesenhaften Gestalt nicht zu sprechen.

»Ich bin Hirminger, ich führe diese Schar Bauerntölpel an. Die meisten stammen wie ich aus dem Frichgau, doch kriegen wir auch aus anderen Regionen Zulauf.« Hirminger macht eine kurze Pause und testet uns dann: »Woher genau kommt ihr?«

»Dem Galluskloster«, setzt Matheus an.

»Lasst sie selbst sprechen. Woher kommt ihr ursprünglich?«

»Arbona«, schießt es aus mir heraus.

»Liubman?«, dreht sich Hirminger zu einem seiner Männer um, wohl um uns zu testen: »kennst du …«

»Vater!«

Als Hirminger den Mann aus dem Turagau zu sich ruft, hat sich dieser aus dem Hintergrund erhoben, und als dabei das Licht des Feuers auf sein Gesicht fällt, hört das nervöse Zupfen Jacobs schlagartig auf. Er drückt sich an mir vorbei, vergisst alles um sich herum und stürzt sich auf den Mann namens Liubman. Dieser bleibt wie angewurzelt stehen. Aus seiner Gleichgültigkeit wird Neugierde, aus seiner Neugierde erwacht die Erkenntnis, und plötzlich erhellt sich sein Gesicht in purem Glück. Er breitet die Arme aus, um seinen Sohn zu begrüßen: »Jacob!« Hirminger, der sich derlei Unterbrechungen bei seiner Erscheinung wohl nicht gewohnt ist, bleibt unsicher stehen und beobachtet das unerwartete Ereignis.

»Damit wäre zumindest die Herkunft geklärt«, winkt er beiläufig ab und setzt sich zurück ans Feuer. Liubman hat Jacob zur Seite genommen, und Anna und ich gesellen uns mit gebührendem Abstand in deren Nähe, während sich unser Empfangskomitee in Luft aufzulösen scheint. Von Matheus' Seite nehme ich ein unmerkliches Nicken wahr, gepaart mit einem sanften Lächeln, als würde er sich für seine Menschenkenntnis gerade selbst auf die Schulter klopfen.

»Ich dachte, ihr seid Geiseln«, spricht der Vater zu seinem Sohn, »als ich zu unserem Hof zurückkam und ihn niedergebrannt vorfand, ohne jedwede Spur von euch, dachte ich, sie hätten euch als Sklaven mitgenommen. Ich habe mich unverzüglich nach Westen aufgemacht und bin auf diese mutigen Männer hier gestoßen.« Er streckt sich und blickt in die dunkle Leere, aus der wir gekommen sind: »Wo ist dein Bruder?«

Jacob versucht zu erklären, kriegt vor Aufregung aber kaum einen geraden Satz zustande. Er erzählt von unserem Zusammentreffen, der Zeit in der Festung des heiligen Gallus, vom überraschenden Angriff und der abenteuerlichen Reise: »Anna und Marcus haben immer auf mich aufgepasst.«

Korrigierend füge ich hinzu: »Ohne Euren Sohn, mein Herr Liubman, wären wir gar nicht erst so weit gekommen. Er hat uns den Weg gewiesen. Den Weg, den Ihr ihm immer und immer wieder erklärt habt.« Ernst blickt mir Liubman in die Augen.

»Entschuldigt die Unterbrechung«, ergänze ich hastig, »einen wirklich mutigen Sohn habt Ihr.«

»Wo ist dein Bruder?«, wiederholt Liubman seine eigentliche Frage. Während Jacob seinem Vater berichtet, wird mir so einiges bewusst, und nun verstehe ich auch Jacobs Aufregung. Er hatte schon länger gehofft, dass wir irgendwann auf seinen Vater treffen würden, und hat uns wohl auch deshalb von Ruine zu Ruine gelotst, immer auf den Reisestationen seines Vaters. Dessen Erzählungen scheint er lange genug gelauscht zu haben. Ist es womöglich gar mein Schicksal, dass ich nicht nur auf Anna, sondern auch auf Jacob gestoßen bin? Dass ich jetzt hier bin? Es passt zusammen. Muss ich diesem Weg weiter folgen? Was, wenn ich in den folgenden Kämpfen sterbe? Mein gedachtes Ziel waren Seckinga und die Heilung meiner Wunde, doch ist dies auch mein eigentliches Ziel? – Mein Schicksal?

Mit heftigen Schmerzen werde ich aus meinen Gedanken gerissen. Ich fühle ein Schwanken, als befänden wir uns noch auf dem Rîn, und das Klatschen des Wassers rührt bestimmt vom Ufer her. Es ist noch immer Nacht. Meine Stirn ist heiß. Etwas Kaltes berührt mein Gesicht. Ich höre die beruhigende Stimme von Anna, die mir zuflüstert: »Bleib liegen, alles wird gut.« Sie tupft mein Gesicht ab. Warum sollte etwas nicht gut sein? Es sind doch nur die üblichen Schmerzen. Ich höre Liubman, wie er seinem Sohn Anweisungen zur Führung eines Bootes gibt. Ich möchte den Kopf heben, doch Anna hält mich zurück: »Wir sind bald da.« Dann dämmert es mir. Ich muss erneut ohnmächtig geworden sein, weshalb man mich offensichtlich zurück aufs Boot getragen hat. Und wenn unser Jacob nur halb so viel von diesem Fluss und seinen Besonderheiten wusste wie sein Vater, so musste dieser ein wahrer Künstler sein. Wenn jemand die Fähre des seligen Amalbert selbst bei Nacht sicher nach Seckinga führen konnte, dann Liubman. Meine Gedanken verschwimmen aufs Neue.

Erneut öffne ich meine Augen und blicke dabei ins Licht der Sonne. Noch immer spüre ich Annas Hand, doch zeigt sich über mir das Gesicht von Matheus. »Wir sind am Ziel.« Lächelnd nickt er an mir vorbei: »Helfen wir ihm hoch!« Auf Anna und Matheus gestützt, werde ich vom Boot auf einen Landungssteg gehievt. Das Boot beginnt sich stark zu bewegen. »Starafrid, zurr das Seil fest!« Ein kräftiger junger Mann, der sich als einer von Matheus' Leuten herausstellt, stemmt sich mit aller Kraft gegen einen der Knoten, womit die Fähre an den Pfosten am Landungssteg festgemacht worden war. Liubman und Jacob stehen bereits auf festem Grund und blicken zu einer leicht erhöht erbauten Anlage hinauf. »Kommt, wir machen dem Abt und der Äbtissin unsere Aufwartung«, spricht Matheus, verstärkt seinen stützenden Griff, und so schreiten wir hoch zum Kloster. Gemeinsam haben wir es geschafft, wir sind in Seckinga.

Cap. XII

In den Morgenstunden des 8. Mai 926

»Ehrwürdiger Vater«, setzt Liubman mit gesenktem Blick zur Begrüßung an, als eine Gruppe von Männern und Frauen vor die Klosteranlage tritt. In seiner einfachen Kutte wirkt der Abt wenig ehrfurchteinflößend, zumindest weniger als der kämpferische Abt des Gallusklosters. Und die Klosterfrau an der Spitze einer kleineren Gruppe von Frauen gleich daneben wirkt ebenfalls nicht so, als handle es sich um die Äbtissin von Seckinga. Liubman und Matheus erläutern den Klosterleuten die aktuelle Situation, und schließlich nickt Matheus in meine Richtung, woraufhin sich zwei der Mönche meiner annehmen.

»Auch ihr seid natürlich willkommen«, höre ich im Vorbeigehen die Äbtissin, an meine Begleiter gerichtet, sagen, woraufhin sich Anna, Matheus und die anderen unserer kleinen Prozession ins Klosterinnere anschließen. Wir durchqueren den Kreuzgang, wo die anderen vom Bruder Hospitiar in Empfang genommen und zum Gästehaus geführt werden. Ich selbst werde in einen beengten Raum zwischen Küche und Dormitorium, dem Schlafsaal der Mönche, geleitet. Offenbar dient diese Kammer der Krankenpflege, denn abgesehen von einem aufgeschlagenen Buch und einigen gleichmäßig zugeschnittenen Leinenbahnen, die, zum Trocknen aufgehängt, den Raum zieren, schlägt mir ein starker Kräutergeruch entgegen. Die zwei Mönche lassen mich auf eine strohgepolsterte Pritsche gleiten.

»Danke«, entgegne ich, als einer der Helfer den Raum verlassen möchte, doch setzt sich der zweite mir gegenüber auf den Boden, und so lasse ich verwundert von weiteren Aussagen ab.

»Du wirst mich noch brauchen«, grinst mich der junge Mönch an. »Richart«, stellt er sich vor. Er dürfte nur wenige Jahre älter sein als ich. Auf mein Schweigen hin fährt er fort: »Bruder Wynfreth, unser Infirmar, kommt von einem Land jenseits des Meeres. Er soll einem Alfred von Westseaxe gedient haben. Sofern du seiner Sprache nicht mächtig bist, brauchst du Latein«, spottet der Mönch. Da betritt plötzlich ein hochgewachsener, blasser Mann den Raum. Richart erhebt sich ehrfürchtig, und Wynfreth bedeutet ihm, meinen Verband zu entfernen. Der Abt muss ihn bereits informiert haben, denn ohne ein Wort zu verlieren, beginnt der Infirmar damit, meine Schulter zu untersuchen.

»Laeceboc«, murmelt er dabei dem jungen Mönch zu, der offenbar sein Gehilfe ist. Widerstandslos erhebt sich jener und bringt seinem Meister eines der Bücher, die unter dem bereits aufgeschlagenen Buch liegen. Anschließend beginnt Wynfreth nach Zwiebeln, Knoblauch und Wein zu kramen und entfacht die Glut unter einem Messingkessel erneut zu einem Feuer.

»Will er uns eine Suppe kochen?«, wende ich mich erstaunt an Richart, was allerdings lediglich ein »Tace!« des Wynfreth zur Folge hat.

»Du sollst dich beruhigen«, versucht mir der Mönch zu helfen.

»Ich verstehe ihn schon!«

»Senke deine Stimme«, mahnt er mich erneut, »Bruder Infirmar mag wahre Wunder zu bewirken«, er bekreuzigt sich, »mit Gottes Hilfe.« Wynfreth fügt noch etwas Weiteres hinzu und lässt die Mischung köcheln. Daraufhin greift er sich ein halbleeres Töpfchen, ein kurzes Messer und wendet sich mir zu. Die Messerklinge hält er kurz in die Glut und lässt sie wedelnd auskühlen. Er nickt seinem Gehilfen zu, woraufhin mich dieser mit einem überraschend starken Griff auf die Pritsche presst. Das verheißt für mich wohl nichts Gutes, denke ich gerade, als der Infirmar kurzerhand die Klinge oberhalb meiner angeschwollenen Wunde ansetzt und einen tiefen Schnitt das faulige Fleisch entlang durchführt. Mir entfährt ein kurzer greller Schrei, doch fühle ich nach dem Schnitt eher die wohltuende Entlastung eines bereits gewohnten chronischen Schmerzes als neue Schmerzen. Durchsichtig-gelblicher Eiter läuft warm meinen Arm hinab. »Hoffentlich reicht die restliche Salbe noch aus«, blickt Richart sorgenvoll auf meine Wunde, »bis die neu angesetzte einsatzbereit ist, kann es einige Tage dauern.« Als sich meine Wunde entleert zu haben scheint, beginnt Wynfreth damit, die betroffene Stelle mit einem Kräutersud auszuwaschen, und trägt anschließend von der angeblichen Wundersalbe auf. Danach geht er nach draußen – wohl um sich die Hände zu waschen –, während ich zu einem notdürftigen Lager in der Küche geführt werde: »Ruh dich aus, iss etwas und lass um Himmels willen deine Wunde offen.« Daraufhin verlässt mich auch der Gehilfe des Infirmars.

Bereits mein erster Versuch einzuschlafen, dürfte von Erfolg gekrönt gewesen sein, denn jetzt, da ich wach bin, kann ich mich kaum mehr daran erinnern, wie ich hier in die Küche gekommen bin. Ich muss den ganzen Tag verschlafen haben, doch fühle ich mich nun bei Weitem nicht mehr so fiebrig. Mit schleifenden Schritten höre ich jemanden näherkommen. Erkundigt sich der Infirmar nach meinem Wohlbefinden? Doch es ist Richart, der mit einer dampfenden Schale um die Ecke kommt. Er erkundigt sich nach meinem Befinden und hilft mir beim Aufsetzen. »Essen kann ich auch selbst«, wehre ich mich hastig, gerade als der gute Richart dabei ist, mir einen Löffel in den Mund zu schieben, »aber danke, danke für alles!«

»Wie kam es dazu?«, fragt mich Richart mit Blick auf die Wunde. Er setzt sich zu mir. Ich beginne zu essen. Bei der klebrigen Masse handelt es sich um einen Brei. Vielleicht Dinkel? Ich versuche, mich zu sammeln, und beginne, Richart von der Begegnung mit dem ungrischen Späher zu berichten. Dieser vermag kaum seinen Mund geschlossen zu halten: »Was für ein Abenteuer. So was erlebe ich hier der Regel folgend wohl nie.«

»Sei froh!«, schießt es aus mir heraus, und: »Diese Bastarde ziehen geradewegs in Eure Richtung. Betet dafür, dass sie Eure Klosterinsel links liegen lassen.«

Richart denkt nach: »Wenn Gebete nichts ausrichten, was dann?« Er bleibt noch eine Weile an meiner Seite und erhebt sich schließlich wieder mit meiner leer gegessenen Schale. Bevor er aus meinem Blickfeld verschwindet, dreht er sich ein letztes Mal um: »Um deine Freunde bist du zu beneiden.« Richart lächelt mit verzogenem Mundwinkel. »Den ganzen Tag über wurde ich für einen Besuch bei dir von deinem jungen Freund bestürmt.«

»Jacob?«

»Genau, und deine Begleiterin ist vorläufig im Trakt der Klosterfrauen untergebracht. Ich schaue, was ich tun kann, aber sie wird wohl kaum hier in den Männertrakt kommen können.«

Als ich am nächsten Morgen erwache, spüre ich die Wärme einer Hand, die die meine umschließt. »Anna?« Ich habe letzte Nacht mehr als einmal von ihr geträumt und merke erst jetzt, wie sehr sie mir eigentlich fehlt.

»Nicht ganz«, grinst mich Jacob an, als ich schließlich meine Augen öffne. »Du siehst besser aus.« In der Tat fühle ich die Kraft in meinen Körper zurückkommen. Ich berichte Jacob von Wynfreth und Richart und versuche dabei immer wieder, Informationen über Anna zu erhaschen. Zwar genoss Jacob dank seines Vaters eine besondere Behandlung, doch blieb auch ihm der Kontakt zu den Bewohnerinnen des Frauentrakts untersagt. Jacob bleibt den ganzen Tag an meiner Seite. Währenddessen versorgt Richart in regelmäßigen Abständen meine Wunde, und in der Küche herrscht reges Treiben. Mein Fieber scheint endgültig gebannt.

Im Verlauf des späteren Nachmittags kommt Richart mit verschwörerisch anmutender Miene erneut zu uns, wartet, bis auch die letzte weitere Person die Küche verlassen hat, und berichtet von den neusten Ereignissen: »Es scheint, als wollten eure Leute unseren ehrwürdigen Vater dazu bringen, für ihre Sache zu kämpfen.«

»Sie wollen was?«, richte ich mich erschreckt an Jacob.

Dieser scheint kein bisschen überrascht und erklärt sich: »Hirminger hat nicht ohne Grund so viele Männer mitgeschickt. Starafrid soll die Männer aus dem Ougesgau davon überzeugen, sich uns anzuschließen, während Matheus Abt und Äbtissin von Seckinga entweder zur Flucht oder zur Gegenwehr bewegen soll. Und …«, zögert Jacob, »morgen werde ich zusammen mit meinem Vater südwärts ziehen, um aus dem Sisigau so viele Menschen wie möglich zu rekrutieren.«

Bevor ich auf Jacobs Ankündigung eingehen kann, unterbricht uns Richart: »Das erklärt auch den Streit von heute Morgen.« Nun hat er unsere volle Aufmerksamkeit. Scheinbar ist eine heftige Diskussion zwischen Abt und Äbtissin entbrannt, nachdem der Abt versucht hatte, den Konvent von der Flucht in die umliegenden Wälder zu überzeugen, während die Äbtissin auf Gottvertrauen gesetzt und Ortsbeständigkeit gepredigt hatte.

»Ihnen ist wohl nicht bewusst, dass diese grausamen Krieger weder zwischen Frau und Mann, noch zwischen Gotteshausleuten und Kriegern unterscheiden«, führe ich bestürzt an, doch mit einem scheuen Seitenblick auf Jacob fährt Richart fort:

»Offenbar hat dein junger Freund hier seinem Vater dieselbe Geschichte der kämpfenden Mönche des heiligen Gallus erzählt wie du mir. Und dieser hat es in Anwesenheit einiger Konventsmitglieder dem Abt vorgetragen. Der Konvent ist mittlerweile der Meinung, dass ein Verbleiben hier auf der Insel sicherer wäre als ein Verstecken und Davonlaufen. Und trotz des Verbots, Blut zu vergießen, möchte es ein Teil des Konvents den Mönchen des heiligen Gallus gleichtun …«, Richart zögert, »… zur Verteidigung ihres Glaubens.«

»Und was denkst du?«, frage ich Richart.

»Meine Meinung tut hier nichts zur Sache. Weder suche ich den Kampf noch meide ich ihn. Mein Meister Wynfreth hat mir einmal vom schier unmöglichen Widerstand in Westseaxe gegen übermenschliche Barbaren mit drachenköpfigen Schiffen erzählt, die mit purem Gottvertrauen vertrieben worden sind. Warum sollte uns das nicht ebenso gelingen?«

»Wenn Ihr hierbleibt, werdet Ihr mit Sicherheit das Martyrium erleiden«, setze ich nachdenklich an. »Wenn es das ist, was Ihr wollt, dann bitte. Ich verstehe sehr wohl, dass Ihr Eure heilige Stätte nicht kampflos diesen Teufeln überlassen wollt, aber eines ist sicher: Wenn Ihr diesen Kampf verliert, dann finden und töten sie Euch alle. Wir müssen ihnen einen solchen Schlag versetzen, dass sie die Lust an einer Einnahme von Seckinga verlieren. Wenn wir bisher etwas von diesem neuartigen Feind gelernt haben, dann dass er nur in dem Fall kämpft, wenn das Verhältnis zwischen eigenen Opfern und der zu erreichenden Beute stimmt. Zudem halten sie sich nie zu lange am selben Ort auf, da dies die Wahrscheinlichkeit erhöht, dass sich die potenziellen Opfer organisieren und selbst zum Kampf antreten.« Schweigen.

»Ich könnte meinen Vater davon überzeugen, den Kampf hierher zu tragen«, spricht Jacob leise. Auf meinen fragenden Blick hin fährt er fort: »Hirminger hört auf ihn.« Er greift sich an die Brust und umklammert durch das Hemd den ominösen Anhänger, während er fortfährt: »Vater besitzt mehr Einfluss als ihr glaubt.« Ihm wird bewusst, dass er offenbar zu viel gesagt hat, und so senkt er schweigend den Kopf.

»Ich muss zum Gebet«, verkündet Richart mit einem Mal und eilt davon. Zurück bleiben Jacob und ich. Inzwischen habe ich ihn fest in mein Herz geschlossen. Er ist weit mehr als nur unser Begleiter gewesen. Trotz meiner ungerechtfertigten Anschuldigungen, meiner Eifersucht und der selten verheimlichten Geringschätzung ihm gegenüber, ist er stets loyal geblieben, hat uns geholfen und ist seit der Verschlechterung meines Zustandes nie von meiner Seite gewichen. Er war uns stets ein Freund. Er ist mein Freund. Ich beobachte ihn, wie er unruhig auf seinem Hocker herumrutscht, unsicher, ob er nicht schon zu viel verraten hat.

Ich versuche den direkten Weg: »Was hat es mit deinem Anhänger auf sich?« Nun, da Richart beim Gebet weilt, vermag ich womöglich erneut seine Redseligkeit zu wecken. Jacob hört auf herumzurutschen, fixiert einen Punkt am Boden, scheint mit ernster Miene seine Möglichkeiten abzuwägen und mustert mich dann mit aufmerksamen Augen. »Hast du mir in jener Nacht am Fluss damit geholfen?«, bohre ich weiter nach.

»Ich wollte dich heilen«, beginnt Jacob nun doch zu sprechen, »aber es hat nicht funktioniert.« Langsam zieht er an der Schnur um seinen Hals und zieht ein breites Stück geschnitztes Holz oder Knochen hervor. Beidseitig gelocht mit Enden wie Flügel, wirkt es wie der Brustknochen eines Hühnchens, ein Hinkelbeinchen, allerdings viel größer.

»Woher hast du das?«, frage ich gebannt nach.

Sanft streicht Jacob über die fein geschnitzte Oberfläche. »Vater hat es mir gegeben. Es stammt vom Knochen eines echten Menschen«, erklärt er kindlich fasziniert. »Irgendein heiliger Mann, Maurentinus, Mauritinus oder so …«

»Eine geschnitzte Reliquie des heiligen Mauritius?«, frage ich perplex nach.

»Kann sein, ja, und durch seinen Knochen sollen wahre Wunder möglich sein. Er gehörte einst einem großen Heermeister und wird seither von Generation zu Generation weitergegeben. Er steht für die Macht des obersten Fürsten in Alemannia. Doch nur einem wahren Krieger vermag er Macht und Heilung zu verleihen.« Peinlich berührt blickt er zu Boden.

»Ein Wunder hat er bei mir nicht gewirkt«, klopfe ich Jacob aufmunternd lachend auf die Schulter. »Ein Mann, der noch vor der eigentlichen Schlacht von einem Pfeil niedergestreckt wird, ist wohl kaum eines solchen Ehrensymbols würdig.« Mir dämmert es langsam. Obwohl er gerade mal die Hälfte meiner geringen

Lebensjahre verlebt hat, scheint er die Last eines Vermächtnisses von Generationen auf seinen Schultern zu tragen. »Wer ist dein Vater wirklich?«

Cap. XIII

Mittwoch, 10. Mai 926

Am frühen Morgen kommt Jacob zu mir, um sich zu verabschieden. Abends zuvor waren wir vom hereinkommenden Liubman unterbrochen worden. »Ich ziehe mit meinem Vater nach Süden, um weitere Männer aus dem Sisigau zu mobilisieren. Wir sehen uns bald wieder«, führt er im Tonfall eines Erwachsenen aus. Ich werde den Jungen vermissen, er ist mir zwischenzeitlich sehr ans Herz gewachsen. Kurz bevor er die Küche verlässt, dreht er sich nochmals lächelnd um: »Du fragst besser nach meiner Mutter.« Mit einer weiteren unbeantworteten Frage bleibe ich zurück.

Inzwischen scheint Wynfreths Wundersalbe ihre Wirkung getan zu haben. Nach nur zwei Tagen befinde ich mich deutlich besser. Ich fühle mich noch immer schwach, und vollends geheilt werde ich wohl noch nicht so bald, doch ich bin ich mit jedem Tag stärker. Umso mehr wird mir aber auch bewusst, was ich in den letzten Tagen so alles getan habe, und schäme mich für die Feigheit in Niuvora bis aufs Blut. Was denkt wohl Anna von mir? Und was habe ich ihr nur alles zugemutet? Seit unserem Eintreffen sind drei Tage vergangen, als ich mich entgegen Richarts Rat von meinem Lager erhebe und durch den Kreuzgang nach draußen schreite. Die frische Luft tut gut. Wo Jacob und sein Vater wohl gerade sind? Da wir uns praktisch im Sisigau befinden, dürfte ihre Reise sie nicht mehr allzu weit nach Süden führen. Ob sie in Sicherheit sind? Wie viele Männer werden sich ihnen anschließen? Als ich meinen Blick nach Süden schweifen lasse, bleiben meine Augen an einem Punkt am Ufer hängen. Drei Frauen schöpfen mit Eimern Wasser aus dem Rîn. Doch nur zwei davon sind klar als Klosterfrauen zu erkennen. Die dritte trägt ein einfaches dunkelbraunes Gewand, doch würde ich Anna trotz jeder Art der Verhüllung wiederkennen. Gut gelaunt schreite ich zum Ufer: »Anna!«

»Marcus!« Anna dreht sich voller Freude um, wird dabei jedoch derart mahnend angeschaut, sodass sie ihre Stimme dämpft. »Schön, dass es dir wieder besser geht. Du siehst …«, sie blickt sich vorsichtig zu ihren zwei Begleiterinnen um, »… gesünder aus.« Die Anwesenheit der zwei – nennen wir sie Anstandsdamen – hemmt jegliche Art der Kommunikation. Anna beugt sich leicht zu den zwei Klosterfrauen, die daraufhin mit hochgezogenen Augenbrauen ihre Wassereimer nehmen und mich beim Vorbeigehen verächtlich anschauen. »Entschuldige«, beginnt Anna in einem völlig neuen Tonfall, »aber ich bin den Schwestern so unendlich dankbar für ihre Gastfreundschaft. Ich möchte etwas zurückgeben und habe mich deshalb freiwillig für die Krankenpflege gemeldet. Das bedeutet aber auch, dass ich mich allgemein etwas mäßigen sollte.«

»Mit ihren jungen Jahren wäre sie als Novizin noch bestens geeignet«, höre ich eine der Klosterfrauen, absichtlich laut an ihre Mitschwester gerichtet, sagen, wobei Anna beschämt die Augen zusammenkneift.

Sie versucht, das eben Gehörte zu ignorieren, und flüstert mir zu: »Warte dort hinten bei den Bäumen am Ufer. Ich bin bald zurück.« Dann eilt sie mit ihrem Wassereimer den zwei Schwestern nach. Bis sie im Gebäude verschwinden, blicke ich ihr nach und schlendere dann gemächlich zur Baumgruppe am Südende der Klosterinsel. Hoffentlich haben sie sie noch nicht völlig in ihren Bann gezogen. Am Ende tritt sie noch ins Kloster ein …

Ich warte nun schon einige Zeit und beginne mir langsam Sorgen zu machen. Immerhin haben zwischenzeitlich die Dauerbeschwerden tatsächlich merklich abgenommen. Mit den Füßen im kühlen Flusswasser und der frischen Luft fühle ich mich erquickt, und selbst meine Sorgen um die unzähligen Fehltritte, die ich mir in den letzten Tagen erlaubt hatte, scheinen vergessen. Mein Blick schweift über das sich kräuselnde Wasser des Rîn, und ich versuche, das Vergangene zu rekapitulieren. Plötzlich legen sich zwei Hände über meine Augen, gefolgt von einem leisen Kichern. »Anna?«

»Na, das war auf einer Insel voller Mönche und Nonnen wohl nicht so schwer zu erraten«, höre ich Annas feines Lächeln. Sie setzt sich zu mir, greift in eine Öffnung ihres Gewands und zaubert einen Apfel hervor: »Hunger?«

»Und wie!«, kommt es sogleich von mir. Zwar habe ich eben noch in der Küche meinen Hunger gestillt, aber wer weiß wie viel Zeit schon vergangen ist, und mal ehrlich: Wer würde die Einladung eines solch bezaubernden Mädchens ablehnen?

»Hast du ein Messer?«, blickt mich Anna suchend an. Mist, daran hätte ich im Leben nicht gedacht. Ich schüttle den Kopf. »Komm zu mir«, lächelt sie mich an und klopft auf ihre überkreuzten Beine. Ich rutsche vorsichtig näher, sie zieht mich mit sanfter Gewalt nah zu sich und legt meinen Kopf in ihren Schoß. »Ich habe mich schon völlig dran gewöhnt, auf dich aufzupassen«, scherzt sie, während sie mit der einen Hand durch meine Haare fährt und gleichzeitig ein großes Stück aus dem Apfel beißt. So fröhlich und unbeschwert habe ich sie noch nie erlebt.

»Woher hast du den denn?«, frage ich sie völlig überfordert und peinlich berührt.

»Aus den herbstlichen Vorräten, den vermisst schon keiner.« Sie lässt ihre Handfläche sanft auf meiner Stirn ruhen: »Ich bin so froh, dass es dir besser geht! Dein Fieber hat mir solche Sorgen bereitet. Und dann haben sie dich plötzlich mitgenommen, und ich habe dich aus den Augen verloren.« Sie schiebt mir ein Stück des abgebissenen Apfels in den Mund, wobei ihr Finger sanft meine Lippen berühren. Auf das leichte Kitzeln folgt der überraschend süße Geschmack des Apfels. Ich möchte diesen Augenblick genießen, möchte mehr vom köstlichen Apfel. Doch plagen mich nun wieder Schuldgefühle und peinliche Erinnerungen. Andererseits möchte ich ihr auch nicht die Stimmung verderben.

»Du warst stets in meinen Gedanken, Anna. Egal ob wach oder schlafend, du warst stets bei mir. Und doch konnte ich mir nie sicher sein, wie es dir ergangen ist.« Ich fühle mich stärker zu ihr hingezogen denn je. Liegt es an der Trennung? Geht es ihr genauso? Trotz meines Verhaltens behandelt sie mich so liebevoll, wie ich es noch nie zuvor mit jemandem erlebt habe. Ich blicke zu ihr hoch, wünsche mir, die sanfte Haut ihres Halses, die feine Kontur ihrer Wangenknochen zu berühren. »Haben sie dich gut behandelt?«

Anna erzählt von ihrer Aufnahme in Seckinga, beteuert, dass die Äbtissin trotz des merkwürdigen ersten Eindrucks ein herzensguter Mensch sei, und versichert mir, dass sie bisher gut behandelt wurde. Dabei streichelt sie langsam durch meine Haare. »Dennoch wären sie wohl wenig erfreut, uns hier so zu sehen«, grinst sie über beide Wangen, so dass um ihre Mundwinkel die Lachfältchen, die ich so an ihr mag, besonders stark zur Geltung kommen. Nun wird ihr wohl bewusst, wie selbstverständlich nahe wir uns sind, und nimmt ihre Hand von meiner Stirn: »Wie geht es Jacob? Hast du ihn nochmals gesehen?« Erleichtert und zugleich enttäuscht über den abrupten Themenwechsel, der in dieser Art geradewegs von mir hätte sein können, erzähle ich von der freundschaftlichen Sorge Jacobs um mein Wohlergehen. Selbst noch im Unklaren ob Jacobs letzter Äußerung, lasse ich die Beinschnitzerei um seinen Hals noch weg und erzähle stattdessen von seiner Mission, Liubman bei der Rekrutierung weiterer Männer zu unterstützen.

»Ist er dafür nicht zu jung? Ihm könnte weiß Gott was widerfahren«, fragt Anna erstaunt.

»Er ist stärker, als du denkst«, sage ich mit einer Selbstverständlichkeit, die Anna überrascht. Doch möchte ich nun nicht weiter darauf eingehen. Besonders stimmungsfördernd ist das nicht. »Zum Glück hat Liubman nicht dich mitgenommen«, versuche ich eine plumpe Ablenkung, »sonst wäre mir am Ende nur noch der griesgrämige Infirmar geblieben.« Sie nimmt den letzten besonders großen Bissen des Apfels, wirft das Kerngehäuse in den Rîn und grinst mich neckisch an.

Ich nehme ihre beiden Hände und ziehe sie langsam näher zu mir: »Wolltest du den eigentlich ganz alleine essen?« Sie möchte ihre Hände aus meinem Griff befreien, doch halte ich sie fest umschlossen. Sie lächelt und beugt sich langsam zu mir herab. Ich spüre die Wärme ihres Gesichts, schnappe mit meinen Lippen nach dem Apfelstückchen, das aus ihrem Mund ragt. Doch sie hebt immer wieder neckisch den Kopf hoch. Mit den Händen ziehe ich sie noch ein Stück näher. Meine Lippen umschließen die süße Spitze des Apfelstückchens, bis dieses in meinen Mund fällt. Ich lasse ihre Hände los, doch macht sie keinerlei Anstalten, sich wieder aufzurichten. Ich möchte mehr und erschmecke den süßen Geruch des Apfels auf ihren Lippen. Sie öffnet leicht ihren Mund, und wir küssen uns leidenschaftlich, während ihre Hand sanft meine Brust streichelt. Wir vergessen alles um uns herum. Nur das Hier und Jetzt zählt. Wir können nicht anders, küssen einander immer wieder und lächeln uns überglücklich an. Ein Lächeln, das ich niemals vergessen könnte, und das ich hoffentlich nie wieder missen muss. Meine Füße sind mittlerweile vom Flusswasser schon ganz eisig geworden, was ich vor lauter Aufregung bisher völlig ausgeblendet hatte. Ich sitze – natürlich nur sehr ungern – auf, rutsche ganz ins Trockene und lege meinen Arm um Annas Schultern. Dabei schmiegt sie ihren Kopf an meinen Hals. Wir sitzen einfach so da und beobachten eng umschlungen das vorbeifließende Wasser. Ich sehe Annas Miene nicht, doch ich bin mir sicher, sie lächelt ebenso glücklich wie ich.

Die Sonne ist mittlerweile untergegangen und trotz des warmen Sonnenscheins tagsüber fallen die Temperaturen an solchen Frühlingstagen abends schnell. Und obwohl ich die momentane Umarmung keineswegs beenden möchte, bringt uns ein ebenso abkühlender Themenwechsel schneller dazu, als beabsichtigt. »Glaubst du, sie können uns hier etwas anhaben?«, fragt mich Anna mit besorgter Stimme.

»Ich weiß nicht, ob sie sich vom Fluss abhalten lassen, aber unsere neuen Freunde werden bald hier sein und uns beschützen.« Zwar kenne ich die genauen Absichten Hirmingers nicht, doch erscheint er mir nicht als Mann, der es einfach so zulassen würde, dass unbewaffnete Klosterfrauen und Mönche abgeschlachtet werden. Zumindest hoffe ich, dass er so denkt.

»Meinst du, Hirmingers Männer reichen aus, diese Teufel aufzuhalten? Wenn sie ihre Stärke selbst vor den mächtigen Mauern von Arbona demonstriert haben, warum sollten sie sich von einer kleinen Gruppe Bauern einschüchtern lassen?«

»Bestimmt schließen sich mit dem zunehmenden Vorstoß der Ungrer immer mehr Kämpfer Hirmingers Sache an. Und warte erst, bis Liubman und Jacob zurück sind«, versuche ich, Anna Hoffnung zu geben.

»Niemand von uns schafft es hier rechtzeitig weg. Ich habe gehört, dass der Abt einen Teil des Klosterschatzes mit Reliquien und zwei besonders vertrauenswürdigen Männern auf unserer Fähre den Rîn hinab Richtung Alsaza geschickt hat. Nicht alle Grafen sollen Burchards Ruf zu den Waffen gefolgt sein. Der Konvent hofft auf die Krieger jenseits des Rîn. Und selbst nach Burgundia soll er einen Boten geschickt haben«, ergänzt Anna hoffnungsvoll. »Zumindest hat mir das die Äbtissin so erzählt.«

»Du hast mit der Äbtissin gesprochen?«, frage ich misstrauisch.

»Sie möchte hierbleiben und vertraut ihr Leben ganz Gott an«, erzählt Anna und endet mit leiser Stimme, »und sie hat mich gebeten, ihr dabei Gesellschaft zu leisten.« Ich bin starr vor Schreck. Damit hatte ich nicht gerechnet. »Ich trete nicht dem Orden bei, aber ich möchte helfen. Die ehrwürdige Mutter erzählte mir von einem Traum. Darin sah sie den gekreuzigten Herrn, eine trauernde Maria und Blut, viel Blut. Ich möchte nicht mehr davonlaufen. Hier und jetzt können wir helfen, etwas bewirken.« Ihre Stimme hat wieder an Stärke zugelegt, und sie scheint für ihre neu gewonnene Überzeugung zu brennen. Zugleich höre ich aber auch einen

Unterton der Enttäuschung. Hat sie etwa erwartet, dass ich, ohne weiter darüber nachzudenken, mich für das hiesige Martyrium entscheiden würde? Anna löst sich vollends aus meinem Arm, und gemeinsam schweigen wir in die Dämmerung, welche beinahe eine vollkommene Dunkelheit erreicht hat.

Ohne weiter darüber nachzudenken, beginnt mein Mund zu sprechen: »Ich bleibe bei dir. Jacob ist nicht weggelaufen, und ich laufe ebenso wenig weg. Wir helfen und kämpfen.« Ich habe mich entschieden, und doch fühlt es sich falsch an. Möchte ich ihr gefallen oder möchte ich tatsächlich etwas verändern? Wir finden es bald heraus.

Cap. XIV

Donnerstag, 11. Mai 926

Am nächsten Morgen entschließe ich mich, es Anna gleichzutun und den Abt aufzusuchen. Das stellt sich freilich nicht so einfach heraus wie gedacht. Ich hatte bisher nur die Räumlichkeiten des Infirmars und die Küche sowie einige angrenzende Räume kennengelernt. Ich streife durch den Gebäudekomplex, vorbei an Refektorium und Dormitorium, dem Ess- und Schlafsaal der Mönche, wie mir gesagt wurde, und denke an das Wiedersehen mit Anna. Ich sollte glücklich sein, doch wird nun alles von Furcht überschattet. Ich sorge mich um Anna, denke an den neckisch versteckten Kuss, den sie mir noch gegeben hat, als wir uns letzte Nacht vor dem Eingang zum Frauentrakt verabschiedet haben. Ich gelange zurück in den Kreuzgang und treffe hier erleichtert auf Richart. Der Frage nach meinem Verbleiben am Vortag und ob ich denn auch die Salbe nicht vergessen habe, weiche ich mit einer Gegenfrage nach dem Abt aus. Denn einerseits werde ich Anna heute Abend wiedersehen, und andererseits möchte ich meinem Versprechen nun ebenfalls Taten folgen lassen. Mit leichtem Lächeln ob meiner Unwissenheit erklärt mir Richart: »Versuch's doch mal in der äbtischen Pfalz.« Ich komme mir etwas dumm vor und folge mit einem kurzen Nicken Richarts richtungsweisender Hand. Bereits beim Verlassen des an die Klosterkirche angrenzenden Quadratbaus mit Kreuzgang erkenne ich am Nordende der Klosterinsel ein stattliches Haus. Die Pfalz scheint auch hohen Gästen Platz zu bieten, denn vor der Eingangstür erkenne ich eine kleine Gruppe von Bewaffneten. Welchem Herrn sie wohl dienen?

Beim Näherkommen erkenne ich Snato und einige der anderen Anhänger Hirmingers. Ich marschiere derart zielstrebig auf das Haus zu, dass mich niemand aufhält. Selbst Snato macht keine Anstalten, etwas zu sagen. Trotz eines kurzen Blickkontaktes scheint er mich nicht erkannt zu haben. Ich wirke wohl bei Weitem nicht mehr derart blass und kränklich wie am Abend unserer ersten Begegnung. Meine Kraft ist größtenteils zurückgekehrt, und mit dieser Energie betrete ich das Haus.

Alle Blicke richten sich auf mich. »Der Junge aus dem Turagau«, durchbricht Hirminger das zugleich eingetretene Schweigen mit einem Lächeln, macht allerdings keine Anstalten, an mich heranzutreten.

»Ich …« Alle starren mich an.

»Was maßt du dir an, Junge? Weißt du denn nicht, zu wessen Haus du dir Zutritt verschafft hast?«, werde ich von einem Mann in Mönchskutte angefahren.

»Mein Herr Dekan, der Junge gehört zu mir.« Nun richten sich alle Blicke auf Hirminger.

»Habt Ihr Eure Leute nicht zum Bewachen der Tür abgestellt?« Der empörte Dekan wird durch den am großen Kreuz erkennbaren Abt per Handzeichen zum Schweigen gebracht, der nun seinerseits mit einer Geste um Erklärung bittet:

»Erklärt Euch, Centenar.« Er ist Centenar? Voller Erstaunen beobachte ich den ehrfurchteinflößenden Hirminger.

»Dieser Junge hat es trotz Verletzung praktisch allein vom Kloster des heiligen Gallus bis hierher geschafft, um uns Kunde vom heranrückenden Feind zu bringen. Liubman, der Legat, bürgt für ihn.« Bei der Nennung dieses Namens blicken sich die Männer im Raum vielsagend an und um. »Sein Sohn weilte gar für kurze Zeit in Euren Mauern.«

Ich versuche, dem Spiel zu folgen: »Mein Herr, gibt es Nachricht von Herrn Liubman?«

»Leider nicht. Er sollte längst zurück sein.« Auf die fragenden Blicke des Abtes fügt Hirminger hinzu: »Ich habe, wie ich eben ausführen wollte, Gesandte in die umliegenden Gaue geschickt, um weitere Männer hierher zu führen. Wir können diese Teufel nicht ungeschoren durch unser Land ziehen, plündern und morden lassen.« Hirminger macht eine kurze Pause, tritt vor und schiebt mich näher zum Abt und seinen Leuten, unter denen ich auch Wynfreth erkenne: »Erzähl dem ehrwürdigen Vater von den Taten der Mönche des heiligen Gallus.« Nach weiterer Ermunterung beginne ich, den Anwesenden vom Kampf der Mönche gegen die Ungrer zu erzählen, versuche, dabei stets in meiner

Rolle zu bleiben, und schmücke das eine oder andere Element meiner Geschichte noch etwas aus.

»Ihr wollt, dass sich die Diener des Herrn mit Blut besudeln?«, tobt der Dekan. »In der Regula Benedicti steht eindeutig geschrieben …«

»Es steht mir nicht zu, etwas Derartiges zu verlangen, doch ist es für eine Flucht längst zu spät, und vor diesen Ausgeburten der Hölle wird Euch selbst das Wasser des Rîn nicht schützen«, unterbricht ihn Hirminger, wird selbst jedoch vom lauten Tischklopfen des Dekans zum Schweigen gebracht.

»Ist es denn nicht Eure Pflicht, uns zu beschützen, Centenar?« Das letzte Wort spricht der Dekan mit derartiger Verachtung aus, dass Hirminger kurz seine Fassung verliert:

»Ihr sterbt hier alle! Entscheidet, ob Ihr dabei beten oder kämpfen wollt. Wir kämpfen.«

Der Abt, der sich bisher zurückgehalten hat, meldet sich nun zu Wort: »Wissen die Brüder von den Untaten der Diener des Gallus?« Er blickt abwechselnd seinen Dekan und Hirminger an.

»Einem meiner Männer könnte durchaus das eine oder andere Wort entwischt sein, ehrwürdiger Vater«, senkt Hirminger demütig den Kopf. Doch selbst der Abt nimmt ihm diese Haltung nicht ab, wagt allerdings auch nicht zu widersprechen. Die verzweifelte Situation scheint ihm durchaus bewusst zu sein. Schweigen. »Noch können wir uns das Schlachtfeld aussuchen. Noch sind wir im Vorteil«, setzt Hirminger mit neuem Mut an. Sein Tonfall hat sich deutlich beruhigt, während er zum Abt spricht. »Selbst die hiesigen Schwestern werden uns bei unserem Vorhaben unterstützen«, greift Hirminger nun zu einem Mittel, das selbst den Dekan erbleichen lässt. Woher hat er diese Information?

»Wir werden dies mit dem Konvent besprechen«, schließt der Abt die kurze Unterhaltung.

Zusammen mit Hirminger verlasse ich die Pfalz. Snato scheint mich nun wieder zu erkennen. Vielmehr grinst er mich an, als wäre das alles so geplant gewesen. Hirminger bewegt mich mit leichtem Schulterdruck dazu, mit ihm einige Schritte abseits seiner Männer zu gehen. Nach einer Weile sagt er: »Du siehst besser aus, Junge.«

»Man hat sich hier gut mich gekümmert.« Wir gehen noch ein Stück Richtung Ufer. »Gibt es wirklich keine Neuigkeiten von Liubman und Jacob?«

Hirminger schüttelt den Kopf: »Selbst Starafrid hat mir mittlerweile Kunde aus dem Ougesgau überbracht.«

»Vielleicht schließen sich ihm derart viele Männer an, dass er diese erst organisieren muss«, setze ich hoffnungsvoll an.

Hirminger gibt mir einen freundschaftlichen Klapps auf den Rücken, der mich fast vornüberfallen lässt. »Behalte dir diesen Glauben bei, Junge, du wirst ihn bald mehr brauchen denn je.« Er schaut mich mit dem wohl freundlichsten Gesicht an, das er hinkriegt: »Schließt du dich uns an?« Ich denke an das Versprechen, das ich Anna gegeben habe und nicke entschlossen. »Hast du eine Waffe?«

»Einen Sax, aber …«, weiche ich Hirmingers Frage aus.

»Aber was?«, werde ich kritisch beäugt.

»Ich könnte wohl noch etwas Übung gebrauchen, und ich weiß auch nicht, wie sehr ich in einem Kampf von Nutzen wäre.«

»Deine Schulter?«

»Nicht nur«, erwidere ich verunsichert.

»Du hast deine Stärke bewiesen, indem du es bis hierhergeschafft und Liubmans Sohn mitgebracht hast. Und wir können jedes zusätzliche Paar Hände gebrauchen. Schließe dich heute Nachmittag unserem Training an. Sollte die Kraft für den Sax nicht reichen, so finden …« Ich bemerke, wie Hirminger unvermittelt innehält, und realisiere, wie abwesend ich wohl gerade gewirkt haben muss.

»Hörst du mir zu?« Natürlich höre ich zu; allerdings hat mich Hirmingers Erwähnung von Liubmans Sohn erneut ins Grübeln gebracht. Was ist so besonders an Jacob? Und was hatte es mit dem auffälligen Blickwechsel in der äbtischen Pfalz auf sich?

Ich entscheide, die momentane Vertrautheit Hirmingers zu nutzen, und spreche ihn direkt auf Jacob an: »Warum liegt Euch so viel an Jacob? Sein älterer Bruder Liubman ist der rechtmäßige Erbe des väterlichen Hofes.«

»Liubman ist nicht sein Bruder«, reagiert Hirminger prompt auf meine Frage, merkt dann allerdings, dass er wohl schon zu viel gesagt hat: »Was hat dir Jacob erzählt?«

»Er erwähnte seine Mutter.«

»Was genau hat er erzählt?«, hakt Hirminger mit ernster Miene nach.

»Ich … nun …«

»Du weißt also gar nichts. Glaub mir, das ist auch besser so.« Damit ist unser Gespräch beendet. Hirminger folgt Snato zu einem ans Ufer gezogenen Boot. Habe ich gerade meinen wichtigsten Fürsprecher verärgert? Er steht schon mit einem Fuß im Boot, dreht sich nochmals um und ruft mir zu: »Wir lagern im Mündungsgebiet der Sisla.«

So mache ich mich am Nachmittag auf zum Fährmann am östlichen Ufer der Klosterinsel. Dieser bringt mich ohne weitere Fragen ans andere Ufer und erklärt mir kurz den weiteren Weg: »Folge einfach dem Ufer flussaufwärts, die Sisla ist der nächste größere Bach. Falls du heute noch zurück zum Kloster möchtest, solltest du hier allerdings nicht zu spät auftauchen. Sobald die Sonne untergeht, bin ich weg.« Ich bedanke mich und folge dem Ufer. In der Tat komme ich dem spärlich bewachsenen Ufer entlang rasch voran und nehme schon von Weitem das dumpfe Geräusch einer Holz schlagenden Axt, den Geruch von Lagerfeuern und Stimmengewirr wahr. Das lichte Ufer verbreitert sich, und vor mir erstreckt sich das weit verteilte Lager des Hirminger. Rechts und links der Sisla wurde – vermutlich für den Bau des Klosters Seckinga oder aber einer nahen Siedlung – bis zu den dahinterliegenden Hügeln eine Schneise in den ansonsten undurchdringlich wirkenden Wald geschlagen.

»Marcus!« Von Weitem erkenne ich den winkenden Matheus, der sich, dem Arm Truogos folgend, aus einem Übungskampf löst und auf mich zukommt. »Du scheinst Hirminger beeindruckt zu haben.«

Verdutzt antworte ich: »Verärgert trifft es wohl besser.«

»Ach, den kann niemand so richtig lesen.« Zusammen überqueren wir die Sisla, deren Bachbett durch die vielen Menschen und vereinzelten Tiere schon gar nicht mehr so klar zu erkennen ist. So muss ich aufpassen, dass ich nicht im versumpften Boden stecken bleibe.

»Truogo«, nicke ich Matheus' Kampfgefährten zu, und komme nicht umhin, die beiden auf die Auswahl des Lagerplatzes anzusprechen: »Wessen Idee war das hier?«

»Snato hielt es für eine kluge Idee, den Männern auf einer größeren freien Fläche einmal ihre Zahl bewusst werden zu lassen und so ihren Kampfwillen zu stärken«, grinst Matheus, und Truogo ergänzt:

»Wären die Männer aus dem Sisi- und Ougesgau ebenfalls hier, hätte das vielleicht sogar geklappt.«

»Immer noch nichts von Liubman und Jacob?«

Matheus schüttelt den Kopf: »Und die Männer des Ougesgau müssen sich erst sammeln.«

»Sofern sie überhaupt kommen«, ergänzt Truogo nachdenklich, woraufhin Matheus unsere Sorgen zerstreut, indem er mir einen hölzernen Stab zuwirft, den ich gerade noch auffangen kann:

»Zeig mal, was du draufhast.« Ich greife Matheus mit nach vorne gerichteter Spitze an. Dieser lacht, versetzt meinem Stab mit dem seinen einen derart harten Schlag, dass er mir beinahe aus den Händen fliegt, lässt mich an sich vorbeitaumeln und versetzt mir einen deftigen Schlag auf den Hintern, sodass ich ausgestreckt im Matsch lande. Matheus reicht mir die Hand, um mich hochzuziehen: »Ich hoffe, mit deinem Sax kannst du besser umgehen.«

»Ich werde mit meiner Schulter wohl kaum in der Lage sein, mein Schwert sinnvoll einzusetzen. Zeigst du mir, wie ich mit einer Stabwaffe zu kämpfen habe?«

Truogo, Matheus und ich wechseln uns in mehreren Übungsgefechten ab, wobei ich die Gelegenheit habe, die anderen Kampfgefährten zu beobachten. Mir fällt auf, dass hier kaum jemand über eine Waffe aus Metall verfügt, und ernsthafte Zweifel packen mich. Bis auf die Männer des Arboner Tribuns sowie die wenigen Krieger, die nicht an Burchards Feldzug nach Italia teilgenommen haben, gibt es in Alemannia weder ausreichend Männer noch Waffen, um sich einem derartigen Feind siegreich entgegenzustellen. Durch einen ehrenhaften Kampf Mann gegen Mann sind diese Teufel nicht zu schlagen. Ich teile meine Besorgnis mit Matheus und Truogo, welche diese Erkenntnis nur wenig zu überraschen scheint: »Natürlich sind unsere Chancen gleich null.« Ich schaue sie entsetzt an. Matheus fährt fort: »Aber sollen wir kampflos zuschauen, wie unsere Leute getötet und unser Land verwüstet wird? In der Hoffnung auf weitere Unterstützer sind wir immer weiter nach Westen gezogen, doch ohne die Männer der lokalen Eliten sind wir lediglich ein Haufen undisziplinierter Bauern.«

»Dann nutzt dies zu eurem Vorteil.« Die beiden schauen mich fragend an. »Noch könnt ihr über das Schlachtfeld bestimmen. Noch könnt ihr steuern, wohin sie als Nächstes ziehen. Legt einen Köder aus, wartet im Verborgenen und überrascht sie im euch vertrauten Gelände.«

»Meinst du, darauf sind wir nicht schon selbst gekommen? Aber wie überraschst du einen Feind, der auf derart breiter Front und mit solcher Geschwindigkeit vorrückt? Ihre Späher sind einfach überall.«

»Bündelt ihre Kräfte und kanalisiert ihre Marschroute.«

»Jetzt dürfen wir uns von einem Jungen auch noch eine Lektion in Kriegskunst anhören«, spottet Truogo, doch Matheus blickt mir mit ernster Miene direkt in die Augen:

»Was schwebt dir vor?«

»Das wird euch nicht gefallen«, setze ich mit einem tiefen Atemzug an:

»Zündet im größeren Umfeld jede Siedlung, jeden Hof an, bringt sämtliche Vorräte in Sicherheit oder vernichtet sie. Nehmt ihnen jedweden Grund, auf der Suche nach lohnender Beute weiter auszuschwärmen. Lasst als Einziges Seckinga unbeschadet. Das ist unser Köder. Hier am Ufer lasst ein Boot liegen und diese Lichtung als übereilig verlassenes Lager zurück. Sie sollen denken, dass die letzten Bewohner geflohen sind und selbst der letzte Funke Widerstand gebrochen sei. Lasst sie hier ihr Lager aufschlagen, und wir werden sie des Nachts aus dem Schutz der umliegenden Wälder und Hügel überfallen.« Ich hoffe inständig, dass all das auch Sinn ergibt, denn die beiden blicken mich mit offenen Mündern an. »Mir ist durchaus bewusst, auf wie viele Faktoren wir uns verlassen müssen, aber wenn die Ungrer Seckinga plündern wollen, müssen sie den Rîn überqueren, und das Boot hierfür schenken wir ihnen in der Hoffnung, dass sie ihre Truppen dafür an der Stelle unserer Wahl übersetzen. Der Abstand zwischen Ufer und Insel ist auf der rechten Seite des Rîn bedeutend kleiner als auf der linken, weshalb sie den Fluss vor einem Angriff wohl überqueren werden, um über volle Kampfkraft zu verfügen. In diesem für sie kritischen Moment schlagen wir ohne Gnade zu. Wir versetzen ihnen einen Schlag, den sie nicht mehr vergessen.«

»Nun sehe ich, was Hirminger in dir sieht.« Matheus hat seine Hand auf meine Schulter gelegt und mich nach längerem nachdenklichem Schweigen zustimmend angelächelt. »Komm, wir suchen den Anführer unserer glorreichen Armee auf«, schmunzelt Matheus. Zu dritt schreiten wir auf die zentrale Stelle des Lagers zu. Hirmingers Umrisse sind selbst inmitten seiner bewaffneten Männer nicht zu übersehen. Dieser ist alles andere als überrascht, mich hier zu treffen, was mich insgeheim umso mehr freut. Er glaubt an mich, und ich scheine für einmal die richtige Entscheidung getroffen zu haben. Jetzt muss ich ihn noch von meinem Wert überzeugen.

»Erzähl ihm, was du uns gerade geraten hast«, bittet mich Truogo, als wir näher an Hirminger herantreten. Und so teile ich erneut meine Ansichten über den momentanen Lagerplatz sowie die geringen Chancen auf Erfolg und berichte von meinem Plan. In der Tat vermag ich es nicht, Hirminger, den Centenar, zu lesen. Er schaut mich lange und nachdenklich an, sodass ich unruhig am Knauf meines Sax' zu hantieren beginne.

»Du beweist Mut, Junge. Ich habe selbst schon über eine Möglichkeit zum Hinterhalt nachgedacht, und die Haltung der Mönche in Seckinga lässt uns keine andere Wahl, als den Feind hier zu stellen. Wir können das Kloster nicht schutzlos seinem Schicksal überlassen. Für einen Angriff brauchen wir jedoch weitaus mehr Kämpfer. Wir müssen eine direkte Konfrontation mindestens so lange hinauszögern, bis uns Liubman die Männer des Sisigau zugeführt hat.«

»Warten wir zu lange, können wir gar nichts mehr hinauszögern.«

»Wir warten noch zwei Tage, bis wir das Lager abbrechen.« Ich möchte mich erneut zu Wort melden, doch sollte ich den kleinen Vertrauensvorschuss nicht unnötig verbrauchen, nicke ich Hirminger zustimmend zu und begebe mich mit Truogo und Matheus zurück zum Training. Nach dem Gespräch mit Hirminger wird mir die Bedeutung einer Begegnung mit den Ungrern nur noch bewusster. Wir alle trainieren hart für den unweigerlich bevorstehenden Kampf. Wir werden uns bald Mann gegen Mann gegenüberstehen. Und eine Niederlage oder selbst ein entscheidungsloses Scharmützel würde für uns und unsere Liebsten den sicheren Tod oder die Versklavung bedeuten, egal ob bewaffnet oder wehrlos. Wenn wir sie nicht im ersten Ansturm vernichten oder in die Flucht schlagen, sind wir verloren.

Dieser Gedanke scheint inzwischen nicht nur mich, sondern all meine Kampfgefährten anzuspornen. Und wenn unsere Verbündeten rechtzeitig eintreffen, besteht sogar eine reelle Chance. Voller Energie und wachsender Zuversicht schreite ich zurück zur Stelle, an der mich der klösterliche Fährmann am frühen Nachmittag abgesetzt hat. Gedankenverloren folge ich dem Ufer und muss missmutig feststellen, dass der Fährmann, wie angekündigt, den Betrieb tatsächlich mit der einsetzenden Dunkelheit eingestellt hat. Bestimmt erwartet mich Anna schon am Südende der Insel. Was wird sie bloß von mir denken, wenn ich sie am Tag nach unserem ersten Kuss sitzen lasse? Selbst die Ungrer sind nun vergessen. Was mache ich nur? Ist das nun der Dank dafür, dass ich mich ändern möchte? Ich durchsuche das umgebende Gestrüpp nach einer Lösung. Doch wie soll das gehen? Und welches Risiko bin ich bereit, für Anna einzugehen? Nun, immerhin die Beantwortung der letzten Frage erscheint mir leicht. Nie wieder wollte ich sie enttäuschen oder im Stich lassen. Und dieses Versprechen breche ich bestimmt nicht heute. Ich muss schwimmen. Die Bundschuhe binde ich mit Hilfe der gelösten Beinwickel aneinander und hänge sie mir um den Hals. Ich muss mir jeden Vorteil verschaffen, den ich kann. Wo finde ich wohl die ideale Stelle zum Überqueren? Plötzlich fällt mir ein aus dem Wasser ragender dicker Ast auf. Ich stemme mich mit voller Kraft dagegen und versuche ihn mit auf- und abschwingenden Bewegungen vom Fleck zu bringen. Als er endlich nachgibt und unter meiner Führung von der Strömung des Rîn langsam flussabwärts getrieben wird, nutze ich die Chance. Auf der Höhe des Seils, das zum Fährbetrieb benutzt wird und deshalb den Rîn überspannt, begebe ich mich ins tiefe Wasser, umschlinge den oberschenkeldicken Ast und packe das Seil. Was in meiner Vorstellung völlig sinnvoll und einfach gewirkt hat, stellt sich nun als großer Fehler heraus. Zwar komme ich stabil einige Dutzend Fuß weit, doch zieht mich der Ast mit zunehmender Strömung nahe der Flussmitte immer stärker flussabwärts, sodass ich mich bald nur noch mit allergrößter Kraftanstrengung am Seil festklammern kann, ohne dass ich nur einen weiteren Fuß weiterkäme. Ich werde nicht umhinkommen zu schwimmen, und das sollte ich tun, solange ich noch über die notwendige Kraft verfüge. So lasse ich das Seil zurückschnellen, löse mich vom Ast und stürze mich in die Strömung des Rîn. Ohne die statische Last des Astes komme ich überraschend gut voran und kann weiter und weiter in Richtung der Klosterinsel vorschwimmen, während mich der Fluss vorantreibt. Zum Glück hat die Sonne ihren Dienst noch nicht völlig eingestellt. Dennoch fällt es mir zunehmend schwerer, das Ufer zu erkennen. Hoffentlich reicht es, das Ziel zu erreichen, bevor ich an der Insel vorbeigetrieben werde. Ich mobilisiere meine letzten Reserven und schwimme mit voller Kraft Richtung Ufer, bis ich in einen flacheren und scheinbar ruhigeren Teil des Flussbetts gelange. Ich versuche, festen Fuß zu fassen, tauche dabei jedoch unter und werde erneut abgetrieben. Verzweifelt mit den Armen schlagend versuche ich, das letzte Stück Wasser zwischen mir und dem nahen Ufer zu überwinden, versuche, etwas Festes zu greifen, doch der einzige Ast eines Baumes in der Uferböschung bricht unter meinen Händen weg. Plötzlich kriege ich etwas Festes zwischen meine Finger, und meine Hände umschließen die grobe Oberfläche eines anderen Astes, der wie von Zauberhand und definitiv in letzter Sekunde auftaucht. Ich ziehe mich daran näher ans Ufer, und mir scheint, als würde mich der freundliche Baum gar entgegenkommend zu sich ziehen.

»Marcus!« Jetzt spricht er auch noch. »Ich kann dich nicht mehr lange halten. Schnell ans Ufer!«

Endlich spüre ich festen Boden unter meinen Füßen. Ich stapfe die flache Böschung hoch, und vor mir am Boden liegt Anna. Neben ihr sehe ich das Ende eines dicken Astes. »Du? Wie?« Ich sacke erschöpft auf die Knie, und Anna, fast ebenso erschöpft, erklärt mir, wie sie mich auf dem Weg zu unserem Treffpunkt im Rîn schwimmend entdeckt hat und seither dem Ufer entlanggelaufen war, um mir notfalls zu helfen. Ich lege mich neben sie, und für eine kurze Zeit schweigen wir beide die umliegenden Bäume an. Ich hatte mir unser Treffen etwas anders vorgestellt.

Dann dreht sich Anna zu mir. »Du solltest dich aufwärmen. Los, raus aus dem nassen Zeug.« Sie hat recht. Jetzt, da die ganze Aufregung vorbei ist, beginne ich gar zu schlottern. Zum Glück habe ich immerhin meinen Sax im Lager bei Matheus gelassen. Er hat mir versprochen, die Klinge zu schärfen. »Los, setz dich auf!« Anna hilft mir, das lange Leinenhemd über den Kopf zu ziehen, und legt mir sogleich die wärmende Decke über die Schultern, die sie, wohl in Erwartung eines kühlen Abends, aus dem Kloster mitgenommen hat. Sie setzt sich ganz nah zu mir, hält mich fest umarmt und reibt mir wärmend den Rücken.

Ich berichte Anna von den neusten Ereignissen und meinem riskanten Plan, die Ungrer in eine Falle zu locken. Immer wieder mache ich Pausen, doch Anna hört mir nur schweigend zu. Habe ich Lob erwartet? Hoffte ich darauf, dass sie mir das alles ausredet? Noch vor Stunden habe ich diesen Moment mit Anna herbeigesehnt. Nun bin ich verunsichert. Am liebsten würde ich mit Anna davonlaufen. Doch nun ist es nicht mehr nur sie, die sich gegen ein Weglaufen entschieden hat. Ich werde bleiben und kämpfen. »Ich habe Angst«, flüstert mir Anna mit einem Mal zu. Und seltsamerweise macht mich das nun umso entschlossener. Sie rutscht nochmals etwas näher an mich heran. Ich möchte ihr Mut zusprechen, doch fehlen mir die Worte. Stattdessen versuche ich, im Halbdunkel ihren Blick zu erhaschen, und hebe einladend die Decke hoch. Ohne ein weiteres Wort schlüpft Anna eng an meine Seite, und wir legen uns der Länge nach hin. Unsere Körper berühren sich. Wir kuscheln uns wärmend aneinander und blicken in den wolkenverhangenen Nachthimmel.

»Hoffentlich ist es in der Nacht des Angriffs klarer«, überlege ich, während meine Augen angestrengt nach einem Stern am Himmel Ausschau halten, »dann können wir zumindest Freund von Feind unterscheiden.«

»Vielleicht hoffen wir besser darauf, dem Feind gar nicht erst zu begegnen«, flüstert Anna und rückt noch etwas näher zu mir. Leicht hebt sie ihren Kopf, sodass ich meinen Arm unter ihren Hals schieben kann. Ich nehme sie liebevoll in meinen rechten Arm und ziehe ihren Körper mit bestimmtem, aber sanftem Druck meiner Linken enger zu mir heran. Unsere Gesichter sind keine Handbreit voneinander entfernt. Ich spüre ihren Atem in meinem Gesicht. »In den kommenden Tagen kann viel passieren. Vielleicht schon morgen«, haucht sie mir zu und zieht zugleich ihr rechtes Bein leicht nach hinten, sodass meine Hand vom Rücken auf ihrer schlanken Taille zum Ruhen kommt. Ihr Atem fühlt sich nun ganz heiß an in meinem Gesicht. Möglichst unbewegt befeuchte ich meine vor Aufregung trocken gewordenen Lippen. Meine Nase streift zart die ihre, und unsere Lippen berühren sich zärtlich zu einem Kuss. Nie wieder möchte ich aufhören, sie zu küssen. Der Geruch ist vertraut und lässt meinen Kopf Höhenflüge antreten. Ihre zarten Lippen lösen in meinem ganzen Körper ein angenehmes Kribbeln aus. Wir küssen uns immer wieder aufs Neue. Ihre Atmung wird schneller. Ich spüre, wie mein Herz zu rasen beginnt. Sie legt ihre Hand an meine Brust und streichelt mich langsam, bis ihre Finger über dem aufgeregt pochenden Herzen ruhig liegen bleiben. Die Wärme ihrer Hand strahlt in meine Brust. Unsere Küsse werden immer länger und lustvoller. Ich spüre, wie sie ihr rechtes Bein ganz zur Seite verlagert, sodass sie mit ihrem Becken nun rücklings daliegt. Ich umfahre die feine Haut um ihren Bauchnabel, während mich ihre Küsse weiterhin in eine Art Trance versetzen. Meine Hand rutscht weiter hinab und kommt auf ihrem Oberschenkel zu liegen, wo ich sanft ihr weiches Leinenhemd zur Seite schiebe. Die unbeschreiblich zarte Haut ihrer Beine lässt mich förmlich erbeben. Als ich mit meiner Hand, der Wärme der Schenkelinnenseite folgend, zurück nach oben streichle, schiebt Anna wie in Erwartung leicht ihr Bein zur Seite. Ich spüre ein leichtes angespanntes Ausatmen durch ihre Nase. Meine Finger gleiten sanft zwischen ihre Beine, und ihren Lippen entweicht ein tiefer Seufzer. Alle Sorgen, alle Ängste sind wie weggeblasen. Diese Nacht gehört uns.

Cap. XV

Freitag, 12. Mai 926

Wasser plätschert sanft gegen das Ufer, und in den Bäumen über uns zwitschern die ersten Vögel. Die Sonne ist gerade erst erwacht. Ich drehe mich zu Anna um, ihre nackte Schulter ragt unter der Decke empor. Glücklich lächelnd fasse ich den Entschluss, sie nicht zu wecken. Wir sollten wohl nicht gleichzeitig aus unserem Versteck in der Uferböschung auftauchen. Ich küsse sie sanft in den Nacken, ziehe das verrutschte Leinenhemd hoch über ihre Schulter und decke sie vollständig zu. Dann begebe ich mich, vom Glück beflügelt, zurück zum Hauptbau des Klosters. Kurz vor dem Kreuzgang tritt der Dekan mit ernster Miene auf mich zu: »Wo warst du, Junge?«

»Ich habe mir bloß etwas die Beine vertreten und wollte dabei mit meinen Gedanken allein sein«, lüge ich ihm ins Gesicht.

Ich werde wohl nie erfahren, ob er mir das grade geglaubt hat oder nicht, denn ohne weitere Umschweife blafft er mich an: »Der ehrwürdige Abt will mit dir sprechen.« Er winkt mich in die Klosterkirche, wo der Abt gerade vor dem Altar kniet. Ich versuche so leise und andächtig wie möglich, die Kirche zu durchqueren.

»Gürte, du Held, dein Schwert um die Hüfte, kleide dich in Hoheit und Herrlichkeit. Zieh aus mit Glück, kämpfe für Wahrheit und Recht! Furchtgebietende Taten soll dein rechter Arm dich lehren.« Ich bleibe stehen. Spricht er mit mir? Nach kurzem Zögern schleiche ich so leise wie möglich weiter zum Altar. Kurz bevor ich neben ihm stehe, erklärt er sich auch schon: »Ich bin gewillt, mich diesen Heiden entgegenzustellen. Gott ist mit uns ... und hoffentlich auch möglichst viele meiner Brüder. Ich habe ihnen die freie Wahl gegeben zwischen Bleiben, Flucht und der aktiven Verteidigung ihrer Leben.« Ich bin hinter ihm stehen geblieben. Diese Nachricht sollte mich glücklich machen, doch aus dem Tonfall des ehrwürdigen Vaters ist jedwede Hoffnung geschwunden: »Alle werden sie hier bei mir bleiben. Und manchmal lässt sich der Teufel eben nur mit einem Knüppel vertreiben. Sag das deinem Herrn.« Obwohl mir klar ist, dass er mich wohl kaum sehen kann, neige ich ehrerbietig mein Haupt und verlasse mit leisen Schritten die Kirche. Die Sorge des Abtes ist keineswegs unbegründet, und ich frage mich, ob ich gerade mitgeholfen habe, eine ganze Gemeinschaft von friedliebenden Frauen und Männern dem Tod zu weihen. Doch wären sie wohl auch so nicht zu retten, und wir bieten ihnen lediglich die Hilfe zur Selbsthilfe. Und sie würden schließlich auf ihrer vom Wasser umspülten Insel bleiben. Das Pro und Kontra gegeneinander abwägend gewinnt – nicht zuletzt dank meinem seit vergangener Nacht kaum zu bremsenden Hochgefühl – der positive Aspekt. Und unter Einbindung von Seckinga und seinen kampfbereiten Mönchen ist außerdem ein weiteres Puzzlestück meines Plans bereit.

Von der Kirche aus gelange ich wieder zurück in den Kreuzgang und von dort zu meinem provisorischen Lager in der Küche. Ich tendiere dazu, meine wenigen Habseligkeiten in Hirmingers Lager zu schaffen, doch erspart mir die Aufrechterhaltung meines klösterlichen Schlafplatzes unnötige Fragen beim Überqueren des Rîn. Denn das werde ich auch künftig tun. Ich möchte meine Anna so oft wie möglich besuchen. Ich ziehe mir das trockene Hemd über, das mir Richart geliehen hat, und hänge das noch leicht feuchte der letzten Nacht zum Trocknen an eines der Vorratsregale. Diese Gelegenheit nutze ich auch gleich, um die schon fast vollständig verheilte Wunde mit Wynfreths Salbe zu bestreichen. Das restliche Töpfchen packe ich zusammen mit einigen Leinenstreifen und einem wärmenden Übergewand zusammen und mache mich auf zum Fährmann. Beim Durchqueren des Kreuzganges erhasche ich einen Blick auf Richart. Ich werde mich beim nächsten Mal für alles bedanken. Jetzt möchte ich so schnell wie möglich zu Hirminger.

»Ich frage gar nicht erst, wie du letzte Nacht zurück auf die Insel gelangt bist«, grinst mich der Fährmann an und stößt die Fähre mit mir an Bord vom Ufer ab. Obwohl ich vor Aufregung lieber stehen geblieben wäre, mahnt er mich zu sitzen, und so schwelge ich mit sehnsüchtigem Blick Richtung Südende der Insel in den Erinnerungen an die letzte Nacht. Eine Nacht mit dem Mädchen meiner Träume. Alles scheine ich ihr gegenüber also nicht falsch gemacht zu haben. Die Gedanken an Anna lassen mein Herz förmlich explodieren, und im Bauch spüre ich ein angenehmes Kribbeln. Vielleicht habe ich auch bloß Hunger. Nein, da ist etwas ganz Besonderes zwischen uns. Ich liebe sie, und es fühlt sich an, als wäre diese besondere Verbindung, die ich seit unserer ersten Begegnung verspüre, nun in eine schicksalshafte Fügung übergegangen. Diese Nacht möchte ich ihr meine Liebe gestehen. »Junge, worauf wartest du noch? Soll ich dich tragen?« Wir haben das Ufer links des Rîn erreicht, und ich mache mich auf zum Lager.

Als ich näherkomme, vernehme ich anstelle der gestrigen Kampfgeräusche Jubelrufe. Sind Liubman und Jacob nun doch endlich zurückgekehrt? Ich beschleunige meine Schritte. Der Tag wird ja immer besser. Um Hirminger und einige Vertraute hat sich eine Menschentraube gebildet. Als ich näherkomme, löst sich Matheus aus der Menge und läuft mir entgegen. »Sind sie zurück?«, frage ich aufgeregt.

»Liubman? Nein, tut mir leid. Aber ein Abgesandter der Leute aus dem Ougesgau, die Starafrid mobilisieren konnte, ist soeben eingetroffen. Noch heute Nacht wird Verstärkung eintreffen.« In der Tat ist dies eine Nachricht der Freude, doch hatte ich auf die Ankunft meines Freundes gehofft. Wir treten näher an die Gruppe heran und hören Hirminger sprechen, der gerade Teile meines gestern vorgeschlagenen Plans verkündet, während mir Matheus anerkennend auf die Schulter klopft und meint: »Wenn wir Erfolg haben, ist das zu einem wichtigen Teil dein Verdienst.«

»Und wenn nicht?«, entgegne ich unsicher.

»Wir werden Erfolg haben!« Hirminger gibt die letzten Anweisungen und sagt, an den Legaten des Ougesgau gewandt: »Versammle deine Kampfgefährten auf den Hügeln im Südwesten, links von der Sisla. Wir werden siegreich sein.« Daraufhin zerstreut sich die Menschenmenge, und wir nähern uns unserem hünenhaften Anführer.

»Mein Herr, der Abt, schließt sich unserer Sache an.«

Hirminger schaut mir triumphierend in die Augen: »Damit hatte ich gerechnet. Wann stoßen sie zu uns?«

Leicht verwirrt erwidere ich: »Gar nicht, mein Herr ... Sie werden ihre Klosterinsel mit Waffengewalt verteidigen.« Hirmingers Mundwinkel verziehen sich zu Widerworten, weshalb ich rasch nachsetze: »Aber damit leisten sie einen wesentlichen Beitrag zu unserem Plan. Sie beschützen den Köder und« – nun denke ich ausschließlich an Anna – »sie unterstützen und beschützen damit zugleich die Schwestern in der Versorgung unserer Verwundeten.«

»Ich sollte wohl dir das Kommando übergeben«, lacht Hirminger und führt mich an seine Feuerstelle, »oder ich lasse dich einfach mit den Ungrern sprechen. Vielleicht ziehen sie ja von selbst ab.« Noch bevor ich mich hinsetzen kann, um endlich einen Happen Essen zwischen die Zähne zu kriegen, ertönt heute zum zweiten

Mal das aufgeregte Stimmengewirr einer Menschentraube. Obwohl ich als Erstes an Jacob gedacht habe, wird mir ob des Tonfalls der Stimmen sofort bewusst, dass etwas ganz anderes vor sich gehen muss. Zusammen mit Hirminger und Matheus eile ich zur aufgebrachten Menge am Südende des Lagers. Einer der Männer hat offenbar einen Stofffetzen aus der Sisla gefischt und hält ihn nun hoch, damit ihn alle sehen können. Doch das erschreckende ist nicht das offenbar zerfetzte Hemd, sondern die Sisla selbst. Die Sisla ist ein Strom aus Blut.

»Ein Unfall?«, frage ich mit hoffnungsvoller Naivität.

»Der Tod kommt über uns«, flüstert Hirminger voller Entsetzen. Er bringt keinen weiteren Ton über seine Lippen und steht wie angewurzelt inmitten seiner Männer.

»Wir müssen handeln. Jetzt!«, wird er leise von Starafrid ermahnt.

»Nutzen wir die Gelegenheit und ziehen uns in die Hügel zurück«, stimme ich Starafrid zu. »Mehr denn je werden die Ungrer glauben, wir seien ob des vielen Blutes und des aufkommenden Verderbens geflohen.« Doch Hirminger scheint noch immer wie gelähmt. Weiß er etwas, dass uns anderen verborgen ist?

»Ergreift eure Waffen, packt nur das Nötigste ein, verbrennt das Übrige, verwüstet das Lager!«, ruft Starafrid mit einer Hand auf Hirmingers Schulter geistesgegenwärtig den Befehl zum Aufbruch in die Menge. »Wir sammeln uns dort drüben am Waldrand.« Während Starafrid versucht, Hirminger zur Vernunft zu bringen, eilt Matheus in den nördlichen Teil des Lagers und treibt die Leute zum Aufbruch an. Ich folge ihm und erhalte auf der Höhe seines Schlafplatzes meinen geschliffenen Sax zurück. Als ich mir das Kurzschwert umgürte, ertönen aus allen Teilen des Lagers Rufe und Befehle. Wir ziehen in die Schlacht.

Mit acht weiteren Kämpfern, die sich um Matheus und mich geschart haben, darunter Truogo sowie Adalo und Hartrat – zwei Männer, die ich während der Übungsgefechte als fähige Speerträger kennengelernt habe – machen wir uns auf zu Starafrid. Die wenigen Frauen und Kinder, die ihren Männern und Vätern bis hier aufs Feld der Sisla gefolgt waren, begeben sich westwärts, um sich entweder in den Wäldern zu verstecken oder um sich auf die Klosterinsel zurückzuziehen. Unsere Gruppe erreicht Starafrid, um den sich bereits eine ansehnliche Gruppe von Bauernkrieger versammelt hat.

»Snato, du bildest die Vorhut. Nimm dir drei Bogenschützen.« Neben Starafrid ist gerade Hirminger aufgetaucht, der sich anscheinend wieder gefangen hat und erste Befehle gibt. Snato eilt mit drei Bogenschützen – vermutlich Jäger aus der Region – in den Wald, um uns vor bösen Überraschungen zu bewahren. Er selbst trägt einen mächtigen Kriegsbogen und einen nicht ganz so prall gefüllten Köcher. Wir würden einen kleinen Bogen nach Osten schlagen, um die ans Sislafeld angrenzenden Hügel von hinten zu erklimmen. Der Feind soll die Spuren nicht direkt mit den Hügeln in Verbindung bringen. Mit einem Nicken bedeutet uns Hirminger, dass wir uns ebenfalls auf den Weg machen sollen. Wir folgen der Vorhut in gleichbleibendem Abstand. Matheus sichert mit vier Mann die linke Flanke, während Truogo und ich mit drei weiteren Gefährten die rechte Seite übernehme. Hirminger marschiert mit der Hauptmacht, und Starafrid bildet mit seiner Gruppe an Vertrauten die Nachhut.

Als wir leise durch den Wald streifen, beginnt mein Herz erneut wie wild gegen die Brust zu schlagen. Ähnlich wie vergangene Nacht, nur unter keinem solch guten Stern. Ich hoffe inständig, Snato und seine Schützen würden potenzielle Feinde frühzeitig entdecken. Ich habe keine Lust, erneut einem Pfeil zu erliegen. Immer wieder blicke ich über die Schulter, um den Kontakt zu Hirminger nicht zu verlieren. Was würde uns weiter im Süden erwarten? Ich bin nicht gerade scharf darauf, den Ungrern in die Hände zu fallen, die das Blutbad von eben zu verantworten haben. Meine Gedanken werden von einem jähen Knacken unterbrochen, und Truogo bedeutet uns allen, sofort in Deckung zu gehen. Wir warten einen kurzen Moment. Hirmingers Leute weiter hinten machen es uns gleich. War wohl nur ein Tier. Wir gehen weiter. Sollten die Ungrer eigentlich nicht eher von Osten kommen? Warum haben sie den Rîn als alemannische Lebensader verlassen? Früher oder später würde hier doch am ehesten eine lohnende … Ein weiteres Knacken! Dieses Mal klingt es ganz nah. Alle gehen wir blitzschnell in die Hocke. Die Bogenschützen links vor uns habe ich inzwischen aus den Augen verloren. Was tut Snato nur? Noch ein Knacken. Jetzt das Rascheln von Laub. Und plötzlich taucht vor uns ein blutverschmiertes Wesen aus dem Dickicht auf. In den Händen trägt es ein schweres Bündel. Wir zücken unsere Waffen und bilden zu viert eine kleine Abwehrformation. Wo bleiben die Bogenschützen? Das Wesen kommt immer näher. Ich höre ein schreckliches Keuchen.

»Liubman!« Völlig schockiert lasse ich meine Schwerthand sinken und trete auf die blutverschmierte Gestalt vor uns zu. »Was zum …?« Plötzlich ertönt Hufgetrappel, und keine zehn Speere entfernt preschen wie aus dem Nichts zwei Reiterkrieger mit eingenockten Pfeilen hervor. »Liubman, runter!«, schreie ich, doch würden die Pfeile mit Sicherheit trotzdem ihr Ziel erreichen. Zudem haben wir uns gerade zu einem lohnenderen Ziel gemacht. Ich möchte Liubman hinter unsere Reihe in Sicherheit bringen, doch welche Chance haben wir schon? Die zwei Reiter reißen ihre Pferde herum und spannen blitzschnell ihre Reflexbogen bis hinter die Ohren. Derart exponiert bieten Liubman und ich die perfekten Ziele. Mein Kopf ist leer.

Plötzlich wird der vordere Reiter mit solcher Wucht vom Pferd geschleudert, dass ich erst nicht verstehe, was gerade geschieht. Sein Kamerad richtet den gespannten Bogen nach rechts, wird aber zur selben Zeit ebenfalls von einem Pfeil durchbohrt, sodass der ungrische Pfeil ins Leere surrt. Hinter mir höre ich unzählige Füße auf uns zu rennen. Hirminger hat die Situation erkannt und eilt uns zu Hilfe. Doch die Gefahr scheint gebannt, und ich sehe nun auch, durch wen. Snato tritt in weiter Ferne hinter einem Baum hervor. Mit seinen kräftigen Armen hatte er den mächtigen Kriegsbogen in letzter Sekunde zur vollen Entfaltung gebracht und damit einen der Reiter förmlich aus dem Sattel geschleudert. Einer seiner Jäger hatte beinahe zur selben Zeit den zweiten Reiter zu Fall gebracht. Anscheinend hatte ich Snato die längste Zeit unterschätzt. Ich verdanke ihm mein Leben. Vor mir sinkt Liubman erschöpft zu Boden. Sofort eile ich an seine Seite, und als ich zu ihm hinabblicke, erkenne ich auch die wahre Gestalt seiner verzweifelt umklammerten Last. Tränen benetzen den leblosen Körper seines Sohnes. Jacob ist tot.

Cap. XVI

Tag des heiligen Pancratius, mittags

»Sie sind alle tot.« Liubman bringt kaum mehr als ein heiseres Flüstern über seine trockenen Lippen. Wer kann es ihm verdenken? Meine Freude, meine Hoffnung, alles weg. Jacobs Tod trifft mich bis ins Mark. – Umso mehr, da er sich so rührend um mich gekümmert hat und ich ihn seit unserer ersten Begegnung fast nur mies behandelt hatte.

»Was ist mit den Männern aus dem Sisigau?«, möchte Hirminger wissen.

»Keine Überlebenden«, flüstert Liubman mit starrem Blick auf den leblosen Körper seines Sohnes.

Hirminger entschliesst sich, seinen Freund nicht mehr weiter über die Mission zu befragen und kniet sich neben ihn: »Aus Jacob wäre ein großartiger Anführer geworden. Nach dem, was mir sein Gefährte Marcus alles erzählt hat, war er trotz seines jungen Alters tapferer als so mancher Krieger.« Hirminger macht eine Pause, meine Augen füllen sich mit Tränen. »Es soll eine Zeit der Trauer geben, mein Freund. Doch zuerst lass uns seinen Tod rächen. Die Zeit des Kampfes ist da.« Darauf geht Liubman nicht ein, doch ergreift er die Hand seines Freundes und steht auf. »Tragt ihn mit Ehre«, befiehlt Hirminger zwei danebenstehenden Kämpfern, »er war der Sohn einer Fürstin.«

Nun ist nicht der richtige Zeitpunkt, auf diese Äußerung einzugehen, doch scheint sich hinter Jacob doch mehr zu verstecken, als die meisten hier wissen. Als die zwei Kämpfer den toten Jacob hochheben wollen, bedeutet ihnen Liubman sogleich, dass er ihn selbst tragen wolle. Ich trete an ihn heran und nehme – ohne auf eine Antwort zu warten – Jacobs Füße, während Hirminger eine der mitgeführten Bahren bereitlegt. Wir betten den kleinen Jacob vorsichtig darauf und tragen ihn auf diese Weise mit uns. Truogo übernimmt die rechte Flanke nun allein, und auch die anderen sind bereits wieder ausgeschwärmt. Wir marschieren weiter. Doch hat die Stimmung nun einen Tiefpunkt erreicht. Unsere fast schon selbstverständlich erwartete Verstärkung aus dem Sisigau wird nie kommen. Was muss das für ein Gemetzel gewesen sein. Die blutrote Sisla wäre Ausdruck und Warnung genug gewesen für das Abschlachten vieler guter Männer, doch hatte es niemand von uns in diesem Ausmaß erwartet oder auch nur auszusprechen gewagt. Werden wir den Kampf dennoch wagen? Hirminger scheint dazu noch stärker entschlossen als zuvor. Aber wer weiß, ob sich uns der Ougesgau anschließen würde oder ob ihn inzwischen nicht dasselbe Schicksal ereilt hat. Und wer weiß, ob wir nicht gerade ebenso beobachtet und in jedem Moment niedergemacht werden. Selbst das leise Geflüster nach dem Abmarsch vom Sislafeld ist verschwunden. Es herrscht Totenstille.

Hirminger läuft an unserer Seite mit, sodass ich nicht umhinkomme, ihn leise anzusprechen: »Immerhin haben wir die ungrischen Späher erwischt. Noch kann unser Plan funktionieren. Er muss einfach.«

»Oh, das wird er«, antwortet Hirminger voll hasserfüllter Überzeugung. »Wir werden sie für all dies doppelt bluten lassen. Der neu entflammte Zorn unserer Männer wird sie dazu anstacheln, über sich hinauszuwachsen.« Nach einer Weile kehrt Snato mit seinen Spähern zurück ins Zentrum unserer Ordnung: »Wir schwenken nun nach rechts Richtung Hügel. Folgt uns mit etwas Abstand.« Wir wenden die ganze Marschordnung nach rechts, und ich beobachte, wie Snato und seine Bogenschützen erneut ins dichte Gestrüpp ausschwärmen. Mittlerweile hat mich Hirminger beim Tragen abgelöst, und ich kann mich erholen, zumal die Belastung besonders in meiner angeschlagenen Schulter zu spüren ist. Zwar war die Besetzung der Angriffsstellung auf dem Hügel nicht als Gewaltmarsch geplant, doch hat uns der dichte Wald und das unebene Gelände derart verlangsamt, dass die Sonne ihren Zenit längst überschritten hat. Wir sollten den Hügel bald erreichen, ansonsten würden wir hier im Wald bald nichts mehr sehen.

Auf der Hügelkuppe angelangt, entdecken wir die verwitterten Überreste eines verlassenen Jägerunterstands. Was hatte ich mir nur vorgestellt, natürlich war hier oben alles fast genauso zugewachsen wie in der Ebene. Immerhin ermöglicht der steil abfallende Hang hin und wieder einen Blick auf das Feld der Sislamündung. Wir wickeln Jacob in eine Decke und bahren ihn, vor Wetter und Tieren geschützt, im verbliebenen Teil der Jagdhütte auf. Hirminger lässt rund um das versteckte Lager Wachen aufstellen, während nun auch die letzten Teile unserer Truppe die Hügelkuppe erreichen. Einige Männer waren von Hirminger dazu ausersehen worden, zusätzliche Bündel mitzuschleppen. Keine Ahnung, was darin ist, lediglich einige dünne Holzstiele ragen heraus. Starafrid, Matheus, Truogo, Liubman, ich und einige weitere Vertraute haben sich nun um Hirminger versammelt: »Wenn wir Glück haben, wird ihre Hauptmacht – im Vertrauen auf die in alle Richtungen ausgesandten Späher – den direkten Weg die Sisla entlang nehmen und schließlich auf unser verlassenes Lager treffen.« Er spricht nun direkt an Starafrid gewandt: »Ich hoffe, ihr habt ihnen genug zu plündern und ausreichend Brennmaterial dagelassen?« Starafrid nickt, worauf Hirminger fortfährt: »Sie sollen es sich ruhig gemütlich machen und sich in ihrem jüngsten Sieg sonnen. Bald belehren wir sie eines Besseren. Keine Feuer heute Nacht, gebt das an die Männer weiter.« Wir beraten uns im kleinen Kreis weiter, während Liubman noch immer schweigt und uns die beinahe versunkene Sonne das letzte Licht des Tages schenkt. Da erkennen wir auf der Ebene der Sisla plötzlich drei Gestalten, und es werden immer mehr. Die Ungrer haben unser verlassenes Lager gefunden und machen sich nun selbst daran, ihre Feuer zu entzünden. Wir hören die immer zahlreicheren Neuankömmlinge johlen, als sie das als hastig verlassenes Camp inszenierte Feld betreten. Alles scheint aufzugehen. Nun ist Snato gefragt. Er muss uns bis zum Angriff jeglichen unerfreulichen Besuch vom Leib halten. Aber wahrscheinlich werden sie nach ihrem Sieg über das kleine Volksaufgebot des Sisigau und beim Anblick des verlassenen Feldlagers mit keinerlei Feinden rechnen und im Übermut hoffentlich auf die üblichen Sicherheitsmaßnahmen verzichten. »Wir greifen sie noch diese Nacht an«, verkündet Hirminger entschlossen, »ruht euch alle etwas aus«. Daraufhin löst sich unsere kleine Gruppe auf, und ohne auch nur ein einziges wärmendes Feuer zu entzünden, kauern sich die Bauernkrieger in ihren Mänteln zusammen. Matheus kommt kurz zu mir und überreicht mir einen starken kurzen Speer, den er offenbar einem der zwei getöteten Späher im Wald abgenommen hatte. Dann verschwindet er lautlos im Lager. Vermutlich informiert er seine Leute.

Der Plan scheint aufgehen zu können, doch verbreitet sich mit zunehmender Feindeszahl, die durch jedes zusätzlich entzündete Feuer noch gewaltiger wirkt, die Hoffnungslosigkeit in unserem kalten, dunklen Lager noch mehr. Unsere Freunde aus dem Sisigau sind bereits den Pfeilen und Klingen unserer Feinde zum Opfer gefallen. Wie sollen wir nur gegen eine solche Übermacht bestehen? Das sind Aussagen, die ich beim Gang durch unser Lager schon fast hinter jedem Baum vernehme. Meine Gedanken umkreisen Anna. Ich bin froh, sie in Sicherheit zu wissen. Wir dürfen keinesfalls versagen. Mit zunehmender Dunkelheit verstummen auch die letzten Stimmen in unseren Reihen, während aus dem ungrischen Lager Gesang und Lachen zu hören ist. Die angespannte Situation schlägt sich auch auf mein Gemüt nieder. Würde ich Anna je wieder in meine Arme schließen?

Da setzt sich mit einem Mal Liubman zu mir und reißt mich aus meinen Gedanken. »Er hat dich sehr bewundert, weißt du.« Ich bin überrascht, ihn wieder sprechen zu hören, und vermag darauf nicht zu antworten. »Mein Jacob hat dauernd von dir und den Abenteuern der letzten Tage erzählt.« In Liubmans Stimme ist etwas Leben zurückgekehrt, als er von seinem Kind erzählt.

»Er war mir in der kurzen Zeit der beste Freund, den man sich wünschen kann, mein Herr.«

»Nenn mich nicht so, ich bin lediglich Bote und Händler.«

»Aber Eure Frau war eine Fürstin?«, wage ich zu fragen. Das letzte Wort kommt mir nur noch als Flüstern über die Lippen.

Ich möchte mich schon für meine Unverschämtheit entschuldigen, da ergreift Liubman das Wort: »Ich hatte nie besonderes Glück mit Frauen. Versteh mich nicht falsch, ich hatte zwei wunderbare Ehefrauen, doch beide hat Gott zu früh zu sich geholt.« Nun wird es persönlich, und er braucht jemanden zum Reden. Nur, bin ich der Richte dafür? »Meine erste Frau ist kaum ein Jahr nach der Geburt meines ältesten Sohnes einer Krankheit erlegen …« Ich kann doch selbst grade keinen klaren Gedanken fassen, wie soll ich ihm jetzt eine Hilfe sein können. Doch Liubman spricht unentwegt weiter: »Wenige Jahre später habe ich Jacobs Mutter kennengelernt. Doch ist sie noch im Kindsbett verstorben. Sie war eine starke Frau, und ja, ihr Vermächtnis sollte beschützt werden.« Liubman schaut mich direkt an, zumindest vermute ich das, denn die Dunkelheit hat uns fast gänzlich verschluckt. »Ich habe bei unserem Aufbruch vernommen, wie Jacob mit dir über seine Beinschnitzerei gesprochen hat. Ich habe euch unterbrochen, um dich keiner unnötigen Gefahr auszusetzen. Je weniger du weißt …«

»… desto besser für mich?«, vervollständige ich den Satz, den ich mir in ähnlicher Weise bereits von Hirminger habe anhören müssen.

»Richtig.«

»Aber was soll diese Aufregung wegen einer Reliquie?«, hake ich nach.

Völlig perplex antwortet Liubman: »Das ist nicht bloß eine Reliquie. Es ist zugleich ein Rangabzeichen und stammt aus früheren, besseren Tagen. Es zu tragen, ist die größte Ehre, die einem Alemannen widerfahren kann.« Liubman hält erneut inne.

»Diese Geschichte habe ich Jacob immer und immer wieder erzählt. Sein Anhänger soll einst dem Herzog von Alemannia gehört haben, der es selbst wiederum wie ein Zeichen Gottes im Grab eines Kriegers aus alten Zeiten entdeckt hatte. Damit ist man praktisch unbesiegbar. Selbst die Francen sollen sich vor der Macht dieser Kriegerreliquie gefürchtet haben. Eines Tages wurde der Herzog mit den Seinen unter falschem Vorwand vom König der Francen nach Chanstada gelockt, wo er des Nachts von einem seiner Söhne verraten und des Anhängers beraubt wurde. Als am kommenden Tag die Falle des fränkischen Königs zuschnappte, war unser Herzog ohne seinen Anhänger schutzlos den Schwertern seiner Gastgeber ausgeliefert. Unzählige Grafen und Centenare wurden an jenem Tag dahingeschlachtet. Und nie wieder hat es seither jemand gewagt, die Macht eines Herzogs in Alemannia in eigener Person zu vereinen. Sein Sohn soll mit der Beinschnitzerei versucht haben, zurück an den Bodensee zu gelangen. Doch er wurde nie wieder gesehen. Erst durch den erlauchten Adalbert, dem der heilige Mauritius persönlich erschienen ist, konnte dieser mächtige Gegenstand wiedergefunden werden. Als engster Vertrauter des damaligen Königs Carl stellte er sich jedoch vehement gegen die Wiedererrichtung eines Herzogtums in Alemannia. Zugleich stand Adalbert unter dem Schutz des Königs, und so konnte auch niemand anderes in Alemannia eine solche Macht unter sich vereinen. Nicht, dass dies niemand versucht hätte«, grinst Liubman. »Als Carl von seinem Verwandten Arnulf gestürzt wurde, fiel auch Adalbert in Ungnade und hatte als einst mächtigster Mann in Alemannia nun um sein eigenes Leben zu fürchten. Seine Ländereien wurden konfisziert, und es war nur eine Frage der Zeit, bis jemand nach der Macht des heiligen Mauritius greifen würde. Allen voran standen seine Söhne im Verdacht.« Liubman hält kurz inne, atmet schwer und fährt mit deutlich ernsterer Stimme fort: »In ebenjener Zeit schickte ihm der heilige Mauritius ein neuerliches Zeichen. Ihm wurde eine Tochter geboren. Ich weiß nicht, ob aus zweiter oder dritter Ehe … jedenfalls wurde diese späte Zeugung als ein Wunder angesehen. Zusammen mit der Beinschnitzerei versteckte er seine Tochter vor dem Zugriff durch Arnulf und seine Häscher hier in Alemannia, allen voran Salomo, dem damaligen Abt des heiligen Gallus. Dieser war von Arnulf zum Abt und gleichzeitig zum Bischof von Constantia erhoben worden und vereinte bereits ungeheure Macht in seiner Person. In seine gierigen Hände durfte unser alemannisches Vermächtnis am allerwenigsten geraten.

Zehn Jahre nach Adalberts Tod sollte es der Zufall wollen, dass ich in meiner Funktion als einer der Legaten des Turagau an den Hof des Bischofs von Basala reiste, wo ich auf ein wunderschönes Mädchen traf. Ich weiß nicht, ob sie damals bereits ebenso empfand, aber für mich war sie die Erfüllung all meiner Träume. Erst später wurde mir klar, welch andere Bedeutung eine Rückkehr an den Bodensee für sie bereithalten musste. Da sie unter dem Schutz des Bischofs stand, konnten wir uns lediglich im Geheimen treffen. Als ich schließlich in den Turagau zurückkehren sollte, folgte sie mir nach nächtlicher Flucht. Wir gaben uns das Eheversprechen, und erst nach einem weiteren Winter erfuhr ich von ihrer Herkunft.«

»Adalberts jüngstes Kind«, spreche ich aus, was längst offensichtlich war.

»Adalberts Blut, ja. Zwar stand sie weit abseits einer rechtmäßigen Erbfolge, doch hatte Adalbert das Vermächtnis seiner Familie und das von ganz Alemannia in ihre kindlichen Hände gelegt und nicht in jene seiner erwachsenen Söhne. Dies erfuhr ich jedoch erst an ihrem Sterbebett, als mir Gott erneut das Liebste nahm. Doch wurde uns zuvor ein neues Leben geschenkt, Jacob. Mit dem mächtigen Erbe, das bereits mit der Geburt auf seinen noch so schwachen Schultern lastete, hätte er den Namen Adalbert verdient, doch wäre dies so nahe am Kloster des heiligen Gallus ein zu großes Risiko gewesen. Damals herrschte ein unerbittlicher Bruderkrieg um die Vorherrschaft in Alemannia. Dabei wurde die ganze Nachkommenschaft des erlauchten Adalbert, die sich nicht rechtzeitig in Sicherheit bringen konnte, vom Erdboden getilgt. In mir erwuchs die Hoffnung, das Versprechen, das ich meiner seligen Frau in ihren letzten Atemzügen gegeben hatte, doch noch in die Tat umsetzen zu können. Jacob könnte tatsächlich eines Tages in die alte Tradition der Bewahrer und Beschützer von Alemannia treten, wie zahlreiche Centenare und Grafen vor ihm. Jedoch hatte einer der Enkel des Adalbert die Säuberungen durch ein Exil in Italia überlebt und riss stattdessen das Herzogtum an sich. Doch er, der jetzige Herzog Burchard, kann und wird weder in Alemannia noch in Italia erfolgreich sein können. Nicht ohne das Zeichen des Mauritius. Für viele war Burchard bei Antritt seiner Herzogswürde der große Hoffnungsträger gewesen, doch verrät uns seine tatsächliche Politik etwas anderes.«

»Und mit Jacobs Tod ist jegliche Hoffnung auf eine rechtmäßige alemannische Selbstständigkeit verloren«, schließe ich aus Liubmans Erzählung. Die Vernichtung der Ungrer wäre die ideale Gelegenheit gewesen, Jacob als Retter an die Spitze des Widerstands zu stellen. Liubman geht darauf nicht ein. Ihm hatte wahrscheinlich dasselbe vorgeschwebt. Und das Wissen um Jacobs Erbe dürfte nicht wenig zur Rekrutierung neuer Kämpfer beigetragen haben. Er hätte unseren Kampfeswillen bestärken können. »Warum tragt nicht Ihr dieses Zeichen der Hoffnung und führt uns zum Sieg?« Immerhin seid ihr Jacobs Vater, möchte ich gerade noch anfügen, werde aber unterbrochen:

»Die Ungrer müssen den Anhänger im Beuterausch vom blutenden Körper meines Sohnes gerissen haben. Jedenfalls ist er verschwunden.« Meine jäh aufgeflammte Hoffnung hat sich im selben Augenblick wieder verflüchtigt. Wofür sollen die Männer noch kämpfen? Ihre Familien, ihr Land und ihre Zukunft würden – wenn nicht durch die Ungrer – durch einen unrechtmäßigen Herrscher geschröpft, sobald der Herzog in sein heimgesuchtes Land zurückkehrt. Sollten wir uns nicht doch besser allesamt im Wald verstecken? Ich lasse mich zu Boden sinken und starte den vergeblich wirkenden Versuch, doch noch kurz meine Augen zu schließen.

Cap. XII

Samstag, 13. Mai 926

Ich erwache jäh aus dem Schlaf, rundherum eilen Männer, versammeln sich Gruppen von Kämpfern. Es scheint loszugehen. Ich binde mir den Sax um, packe die Lanze, die mir tags zuvor Matheus gegeben hat, und begebe mich zu den anderen Kämpfern. Es fühlt sich an, als hätte ich kein Auge zugetan, doch hat die Nacht bereits etwas von ihrer Finsternis verloren. Bis zum Sonnenaufgang wird es nicht mehr allzu lange dauern. Langsam kehren die Erinnerungen an Liubmans Worte zurück, und zum Schlafmangel gesellt sich erneut die Hoffnungslosigkeit. Wir haben uns alle hinter der verfallenen Jagdhütte und somit in südlicher Richtung der Hügelkuppe aufgestellt, um den Geräuschpegel noch solange wie möglich vom ungrischen Lager in der nördlichen Ebene fernzuhalten. Denn inzwischen waren auch dort die Geräusche des nächtlichen Feierns verstummt. Inzwischen werden sie alle schlafen. Wo bleibt nur Hirminger?

»Danke, dass du für Jacob da warst … und für mich«, höre ich Liubmans vertraute Stimme in ruhigem Ton, während er mir im Vorbeigehen die Hand auf die Schulter legt. Ihm folgt Hirminger, der jedoch an meiner Seite stehen bleibt, während Liubman vor die Männer tritt. »Nicht jeder von euch kennt mich. Man nennt mich Liubman. Einst war ich ein Gesandter aus dem Turagau. Mein Wort galt etwas. Ich besaß Ehre.« Liubman zögert. Aus einigen Kehlen ist zustimmendes Raunen zu hören. »Doch ich habe euch alle enttäuscht.« Das letzte Flüstern erstirbt, und alle folgen gebannt den ruhigen Worten des Legaten. »Ich zog aus, um unsere Reihen mit weiteren tapferen Männern zu füllen. Doch ich habe euch enttäuscht.« Wenn er uns demotivieren wollte, gelingt ihm das ziemlich gut. Liubman fährt fort: »Mit meinem geliebten Sohn Jacob, Enkel des erlauchten Adalbert, zog ich nach Süden.« Bei der Erwähnung Adalberts erheben sich erneut zahlreiche Stimmen. Leichte Aufregung macht sich breit. »Glaubt mir, meine Freunde, wir fanden mehr Freiwillige, als ich zu träumen gewagt hatte. Die Männer des Sisigau waren ebenso bereit, für unsere Sache zu sterben, wie ihr. Doch hat sich durch den fehlenden Widerstand unserer Schutzherren, allen voran Burchard …« Die Stimmen werden wütender. »… durch den fehlenden Widerstand unserer Schutzherren fühlen sich diese beutegierigen Teufel offenbar umso mehr angestachelt, selbst das Land fernab der Flüsse heimzusuchen. Als wir auf unserem Marsch entlang der Sisla von einer kleinen Kriegergruppe überrascht wurden, glaubten wir uns erst im Vorteil, doch strömten sie bald in Heerscharen aus den Wäldern. Als hätten sich die Tore zur Hölle geöffnet. Immer, wenn wir uns formieren wollten, umgingen sie uns auf ihren wendigen Pferden und töteten uns aus der Ferne. Schließlich waren wir nur noch eine kleine Gruppe von Kämpfern, die sich ihnen widersetzte. Mein Sohn kämpfte wie ein Löwe mit des Pancratius' Schwert. Er kämpfte wie ein wahrer Alemanne!« Niemand wagt ein Wort. Was nun folgt, scheint Liubman einiges abzuverlangen. Doch nach kurzem Zögern fährt er mit starker Stimme fort: »Dann wurde er vor meinen Augen von einem Pfeil durchbohrt. Diese feigen Hunde haben sich nicht einmal die Mühe gemacht, von ihren Pferden zu steigen, um es zu beenden. Viele der tapferen Männer, die sich uns anschließen wollten, sind elend verblutet, so auch mein geliebter Sohn. Ich muss irgendwann bewusstlos zu Boden gegangen sein. Erst das Wimmern meines Sohnes weckte mich auf. Da waren diese Teufel längst fort und alle anderen tot.« Liubmans Stimme wird an dieser Stelle nicht schwach und erlischt, wie ich es nach dem gestrigen Tag erwartet habe. Vielmehr gewinnt sie immer weiter an Stärke und unstillbarem Hass. Rund um mich herum höre ich die Männer unruhig auf und ab stapfen. »Glaubt mir, Waffenbrüder, hätten sich diese Teufel im ehrenvollen Kampf Mann gegen Mann gestellt, hätten wir so viele von ihnen mitgenommen wie möglich. Nun sind wir an der Reihe. Unsere Stunde ist gekommen. Ich hole mir meine Ehre zurück und werde sie für den Tod meines Sohnes 100-fach mit ihrem Blut bezahlen lassen. Wer heute Nacht auf einen gerechten Kampf aus ist, soll diesen Hügel verlassen. Ich schwöre, wir lassen diese Bastarde ebenso bluten, wie sie uns bluten ließen. Sie schlafen oder sind betrunken. Ihre Pferde weiden außerhalb des Lagers. Damit sind sie ihrer wichtigsten Waffe beraubt. Wir treffen sie völlig unerwartet aus erhöhter Position. Und wir werden sie abschlachten, wie sie eure Brüder abgeschlachtet haben. Schont weder Gefangene noch Verwundete!« Seine Stimme bebt vor Zorn, sodass ich befürchte, selbst die Ungrer im Tal könnten seine Tirade hören. Mit leicht gezügelter Stimme setzt Liubman erneut an: »Ich habe euch enttäuscht und nicht die versprochenen Kämpfer mitgebracht. Und dennoch stehe ich hier und wünsche mir kein weiteres Schwert. Euer Anblick macht mich stolz. Dass ihr alle hier seid, zeigt mir eure Ehre und euren Mut. Ihr seid wahre Alemannen. Mit euch brauche ich keinen einzigen Krieger, Grafen oder Herzog an meiner Seite. Ihr alle seid mir Krieger genug. Eure Taten sind es, die euch erheben, nicht eure Geburt! Kämpft wie Löwen! Kämpft wie wahre Alemannen!« Aus dem vereinzelten Gemurmel und Getrampel wird nun ein beeindruckendes dumpfes Klopfen und Stampfen, als rolle der Donner eines Sommergewitters heran. »Kämpft nicht für euch. Kämpft für eure gefallenen Waffenbrüder, bewahrt eure Frauen und Kinder vor Tod und Versklavung. Vertreibt diese Hunde endgültig aus Alemannia. Sieg oder Verderben! Lasst uns heute ihr Verderben sein!« Das Schlagen von Speeren und Stampfen von Füßen auf dem harten Grund der Hügelkuppe lässt meinen Herzschlag in die Höhe schnellen und versetzt mich in eine Art Rausch. Die Bilder der schönen Anna werden von der blutüberströmten Leiche meines Freundes Jacob verdrängt.

Hirminger tritt entschlossen an Liubmans Seite: »Wir töten sie alle! Auf eure Positionen!« Diese Nacht werden wir Seite an Seite kämpfen. Ich tue das für Anna, für diese Menschen, für mich. Ich eile zur vereinbarten Stelle, und so tun es auch die anderen. Jeder kennt seinen Platz, sodass die Vorbereitungen für den Angriff absolut reibungslos verlaufen. Unser Plan könnte tatsächlich aufgehen. – Zumindest sofern unsere Verbündeten rechtzeitig auftauchen. Das Angriffssignal soll das Entzünden von Fackeln entlang der ganzen Kampflinie darstellen, das zugleich der Einschüchterung des Gegners dient. Das war also in den zahlreichen Bündeln, die Hirminger mitschleppen ließ. Die Fackeln werden an die Männer verteilt. Hoffen wir, dass unsere Waffenbrüder mit Fackeln und Männern antworten. Wir können nicht länger warten. Es ist beinahe dieselbe Stunde des frühen Morgens erreicht wie damals während des ungrischen Angriffs auf die Festung des heiligen Gallus.

Wir stehen in einer Linie entlang des Hügelkamms, als die Finsternis plötzlich von einem Licht durchbrochen wird. Hirminger entzündet die erste Fackel und hebt sie hoch. Seine Männer entzünden die ihren an seiner und reichen diese weiter, sodass in kurzer Zeit auf ganzer Front eine Feuerwand in die Nacht hinein zu brennen scheint. Hirminger rammt die Fackel in den Boden, zieht sein Schwert und marschiert mit einer Entschlossenheit los, als könne er es mit der ganzen Welt aufnehmen. Wir alle tun es ihm gleich und bewegen uns, immer schneller werdend, aufs feindliche Lager zu. Immer wieder werfe ich einen hoffnungsvollen Blick auf die andere Seite des Lagers. Wo bleibt der Ougesgau? Wir rücken leise, aber entschlossen vor. Unsere schlechte Bewaffnung und Ausrüstung könnte sich womöglich gar als Segen erweisen. Ohne die Panzerung eines hochgerüsteten Kriegers würde man unser Kommen erst zu spät hören, und die hauptsächlich mit hölzernen Stabwaffen ausgerüsteten Bauern würde man ohne jegliche metallische Reflexion erst zu spät erkennen. Zwar erzeugen wir mit den Feuern absichtlich Aufmerksamkeit, doch würde man unsere Kampflinie im Dunkeln zwischen den Fackeln auf dem Hügelkamm und den Lagerfeuern der Ungrer erst entdecken, wenn wir mitten unter ihnen wären. Inzwischen haben wir die Ebene am Fuß des Hügels erreicht und gehen in Laufschritt über. Es gibt kein Zurück mehr. Töten oder selbst getötet werden. Mein Herz schlägt wild in meiner Brust. Wo bin ich hier nur reingeraten? Wie soll man so etwas überleben? Schwindel und Panik steigen in mir hoch. Vor mir höre ich einige dumpfe Schreie. Snato und seine Schützen haben wohl die letzten nüchternen ungrischen Wachen erledigt, als diese wie vom Fackelschein aufgeschreckte Rehe aus ihrer Deckung kamen. Das erste Blut ist geflossen. Doch selbst mit dem Überraschungsmoment auf unserer Seite werden wir früher oder später überwältigt werden. Wir sind einfach nicht genügend Männer. Wo bleiben die Männer des Ougesgaus? Der Ansturm nimmt weiter an Geschwindigkeit zu. Hin und wieder höre ich einen meiner Kampfgefährten leise fluchen und zu Boden stürzen. Der unebene lehmige Untergrund hält besonders bei Nacht einige Tücken bereit.

Wir erreichen die ersten glimmenden Lagerfeuer. Wie wildes Wasser, das sich sturzflutartig durch ein ausgetrocknetes Flussbett wälzt, stürmen wir durch die ersten Reihen von Zelten. Rechts und links hacken Holzfälleräxte und Schlachterbeile auf alles ein, das sich bewegt. Speere und Lanzen durchstoßen blindlings die Außenhüllen von Zelten, während die ersten Dolche und Kurzschwerter nach dem Fleisch unserer schlafenden Feinde gieren. Vor mir tritt ein kleiner Mann aus seinem Zelt. Seine fremdartigen Gesichtszüge wirken auf mich völlig entstellt, und dennoch erkenne ich die kindliche Angst in seinen Augen und den Wunsch nach Leben auf seinen bebenden Lippen. Ohne zu denken, ramme ich ihm meinen Kurzspeer mit voller Wucht in den Bauch. Trotz geschärfter Klinge werde ich im Stoß von der Widerstandsfähigkeit des menschlichen Körpers überrascht, die mich zur Seite torkeln lässt. Ich muss an einem Knochen vorbeigeschrammt sein. Meine Hände zittern, ich lasse den Speer los. Dem Krieger an der Spitze meiner Waffe quillt Blut aus dem Mund, als er verrenkt zu Boden sackt. Plötzlich ist mein Kopf leer. Es ist, als hätte ich mich verwandelt. Als würde etwas in mir geweckt, dass bisher verborgen im Inneren schlummerte. Ich spüre weder Müdigkeit noch Schmerz. Der feindliche Krieger verwandelt sich vor meinen Augen in den blutenden Jacob. Voll unbändiger Wut ziehe ich meinen Sax und renne wie im Rausch zum nächsten Zelt. Dort zerrt Adalo gerade einen stark blutenden Krieger von seiner Schlafmatte, während Truogo einem Mann am Boden den Todesstoß versetzt. Wir werden siegen! Wir eilen immer weiter voran und achten auf keinerlei Verluste. Auch auf unserer Seite sind die ersten Toten zu beklagen. Denn selbst im Halbschlaf und betrunken nimmt es einer ihrer Krieger gerne noch mit dreien von uns auf. An der Spitze unseres Vorstoßes erreichen wir immer mehr freie Lagerplätze und verlassene Zelte. Wir wähnen uns laut brüllend im Siegesrausch.

Plötzlich stellen sich uns zahlreiche gerüstete Krieger entgegen. Zusammen mit Hirminger, Liubman, Hartrat und Matheus bilde ich die Spitze unseres Vorstoßes, der sich schon tief ins feindliche Lager gebohrt hat. Nun kommen wir ins Stocken. Das Überraschungsmoment ist vorüber. Doch wie konnten sich die Krieger vor uns so schnell kampfbereit machen? Starafrid taucht hinter uns auf. »Er sollte doch die linke Flanke überwachen«, flucht Hirminger.

»Sie setzen über!«, brüllt Starafrid und weist im ersten morgendlichen Licht in Richtung Rîn. Und tatsächlich. Nicht wenige ihrer Krieger hatten offenbar bereits im Schutze der Nacht mit unserem zurückgelassenen Boot den Fluss überquert und würden bald über Seckinga herfallen.

»Wir müssen sie augenblicklich stoppen!«, rufe ich meinen Gefährten zu.

»Dafür ist es längst zu spät«, bemerkt Matheus. Und er hat recht. Statt auf ein vollkommen schlafendes Lager zu treffen, war offenbar mehr als die Hälfte unserer Feinde seit Stunden kampfbereit auf den Beinen und mit dem Übersetzen ans andere Ufer des Rîn beschäftigt. Die Krieger am diesseitigen Ufer haben mittlerweile damit begonnen, sich gegen uns zu formieren. Unter lautem Kriegsgeschrei stürmen sie auf uns los. Hartrat wird direkt neben mir von einem Pfeil in die Brust getroffen und sinkt zu Boden. Unser Angriffskeil stumpft ab, die gesamte Kampflinie bricht zusammen. Wir sind verloren. Was haben wir uns nur gedacht. Der Kampf wird immer aussichtsloser, und gute Männer, die den Pflug besser zu führen wussten als das Schwert, sterben nun im erbitterten Zweikampf gegen den Feind, der sein Leben lang nichts anderes getan hatten, als zu kämpfen. Mit langsamen Rückwärtsschritten versuche ich, den Hieben der vorstürmenden Feinde auszuweichen. Hier und jetzt sterbe ich also. Starafrid wirft sich an mir vorbei in den Kampf gegen einen schwertschwingenden Ungrer direkt vor mir. Damit verschafft er mir etwas Luft, wird jedoch sogleich stark am Schwertarm verwundet, sodass Liubman vorspringt, um den Todesstoß zu verhindern, während Truogo seinen Gefährten hinter unsere Linie ziehen kann. Zwei der Ungrer vor uns werden unerwartet von Pfeilen niedergestreckt, sodass sich auch Liubman in unsere Formation eingliedern kann. Snato und zwei seiner Bogenschützen haben direkt hinter uns Stellung bezogen, während einige Speerträger zu uns aufrücken und versuchen, die Ungrer auf Distanz zu halten. Was uns erst etwas Zeit verschafft, wird längerfristig aber zu noch größerem Schaden gereichen. Wenn erst die Ungrer mit ihren Reflexbogen auftauchen, sind wir verloren. Zudem droht uns nach Starafrids Aufgabe der linken Flanke eine Einkesselung. Und noch schlimmer: Sollte es den Ungrern gelingen, an uns vorbei ihre Pferde zu erreichen, dann gnade uns Gott.

Wir haben eine kurzzeitige Pattsituation erreicht. Wir stehen uns gegenüber, können jedoch weder voranrücken noch zurückweichen. Wilde Beschimpfungen wechseln die Seiten. Hin und wieder fliegen Pfeile. Doch die ungrische Linie scheint auszudünnen, was auf die Umgehung an einer der Flanken hinweisen könnte. »Für einen solchen Kampf sind wir nicht gerüstet«, flucht Truogo.

»Wo bleiben die Männer aus dem Ougesgau?«, blafft Hirminger Starafrid an. Doch dieser liegt schwer blutend am Boden und vermag nicht zu antworten.

Plötzlich ertönt neuerlicher Kampfeslärm. »Sie überrennen unsere linke Seite!«, warnt Snato, der nun seinerseits die Position wechselt, um die dortigen Männer zu unterstützen.

»Centenar, wir müssen uns zurückziehen!«, höre ich erneut Truogos Stimme.

»Sie würden uns jagen und jeden Einzelnen töten. Rückzug ist keine Option!«, brüllt Hirminger. Alles scheint verloren, und vor meinen Augen verblasst Jacob. Stattdessen sehe ich meine liebliche Anna. Doch ist ihr Blick traurig. Ich habe sie im Stich gelassen. Plötzlich ertönt aus der Ferne ein hohes Hornsignal. Wir können dessen Ursprung erst nicht ausmachen, doch die Ungrer scheinen verunsichert. Da erblicke ich im Südwesten immer mehr Lichter aufflackern. Der noch gänzlich in

Dunkelheit liegende Wald erstrahlt im Schein unzähliger Fackeln.

»Der Ougesgau ist da«, ertönen die ersten Stimmen.

»Sieg oder Verderben!«, schreit Liubman.

»Folgt mir!«, brüllt Hirminger, der nun aus der sicheren Deckung unserer Speerträger hervorbricht und auf die verunsicherten Ungrer zustürmt. Mit lautem Brüllen stürmen wir voran. Der kurze Augenblick der Verwirrung hat gereicht, unsere Feinde aus der Fassung zu bringen. Ihre ohnehin ausgedünnte Linie weicht zurück. Hinter uns sehe ich unsere eben eingetroffenen Waffenbrüder den Hügel hinabstürmen. Die linke Flanke ist gerettet, und die dortigen Feindverbände sind nun ihrerseits eingekesselt. Erneut beginnt ein Gemetzel, dem die zahlreichen bereits übergesetzten Ungrer nur zuschauen können. Selbst wenn sie auf unsere Seite zurückkehren, wären sie keinesfalls schnell genug, und die Flöße für ihre Pferde wären zu träge, sodass jeweils nur wenige unberittene Reiterkrieger aufs Mal ans Ufer kommen könnten und sehr wahrscheinlich bereits beim Anlanden ohne allzu große Erfolge abgeschlachtet würden. Unterstützung durch ihre starken Reflexbögen dürfen die überfallenen Ungrer ebenfalls nicht erwarten, da sich aus der Ferne nicht mit Sicherheit zwischen Freund und Feind unterscheiden lässt. Doch ist der Sieg noch längst nicht unser. Die verbliebenen Ungrer kämpfen umso verbissener, zumal die Losung, weder Gefangene zu machen noch Verwundete zu schonen, von unseren Bauernkriegern rigoros eingehalten wird. Die Ungrer scharen sich in kleinen Gruppen zusammen und schlagen im Blutrausch um sich. Ihre langen, leicht gebogenen Schwerter durchtrennen Haut und Sehnen wie Butter und zerhacken die Knochen meiner Waffenbrüder wie auf einer Schlachtbank. Truogo ist wagemutig genug und schafft es, einen der Ungrer aus der Reserve zu locken, wird aber augenblicklich von einem Schwerthieb niedergestreckt. Adalo rächt seinen Freund, indem er dem Ungrer die Spitze seiner Lanze in den Hals bohrt. Der Kampf ist zu einem blutigen Handgemenge mutiert, und ich stehe mittendrin. Mit rein abwehrenden Bewegungen versuche ich zu verhindern, einen unserer eigenen Männer zu treffen. Da werde ich plötzlich durch einen stumpfen Schlag zu Boden gezwungen. Ich spüre eine warme Flüssigkeit über meinen Nacken sickern. Alles dreht sich. Um mich herum wird es dunkel.

Cap. XVIII

Sankt Servatius

Ich befinde mich in totaler Finsternis. Weder höre ich das Rauschen von Blättern noch das Gezwitscher eines Vogels noch die entfernte Stimme eines Menschen. Schwebe ich in der Leere? Unter mir spüre ich keinen Boden, und ich erkenne selbst unter größter Anstrengung nicht, wo das Dunkel endet. Plötzlich durchbricht die Helligkeit zweier Lichtquellen die dumpfe Finsternis. Noch immer sehe ich niemanden. Und doch weiß ich, dass ich nicht allein bin. Ich werde beobachtet. Das kommt mir alles so seltsam vertraut vor. Ich war hier schon einmal, habe all dies schon einmal durchlebt. Wo bin ich? In der Ferne entdecke ich vage zwei Gestalten. Einen Mann und eine Frau. Sie wirken besorgt und beobachten mich unentwegt. Der Mann nimmt die Frau in den Arm. Trotz der Entfernung kommen mir beide so unheimlich bekannt vor. Während ich darüber nachdenke, wen ich dort in der Ferne sehe, verblassen die Gestalten mehr und mehr, bis ich aus der ganz anderen Richtung Schreie und Hilferufe höre. Diese Stimme kenne ich. Ich drehe mich um und sehe meine schlimmste Befürchtung bestätigt. Näher als die zwei

Gestalten zuvor sehe ich ein Mädchen zusammengekauert und wimmernd am Boden sitzen. Es ist Anna. Ich würde sie immer und überall erkennen. Je näher ich ihr zu kommen versuche, desto weiter entfernt scheint sie. Ich rufe nach ihr. Doch scheint sie in einer völlig anderen Welt gefangen. Sie beginnt erneut zu schreien und bettelt um Gnade. »Anna! Komm zu mir! Siehst du mich denn nicht?«, schreie ich ihr entgegen. Doch noch immer reagiert sie nicht auf mich. Ich laufe zwei weitere Schritte auf sie zu, doch erneut entfernt sie sich nur ebenfalls weiter von mir. Ich sinke verzweifelt weinend zu Boden. »Anna! Ich bin bei dir!« Ich kann ihr nicht helfen. »Anna!«

»Komm schon, Junge! Marcus, komm zu dir!« Ich öffne meine Augen und erkenne Matheus, der mit verzweifeltem Blick neben mir kniet und mich mit eiskaltem Wasser beträufelt, während ich meiner schmerzenden Wange entnehmen kann, dass er mich gerade geohrfeigt haben muss. Aus seiner ernsten Miene wird sogleich ein helles Lachen: »Gott sei Dank, du lebst.« Sein Gesicht ist von Erde und Blut verschmiert, sein Hemd weist zahlreiche Risse auf. Er hilft mir, mich aufzusetzen. Augenblicklich spüre ich ein schmerzhaftes Stechen, das meinen Hinterkopf durchfährt, fahre mir durch die Haare und bleibe an einem verkrusteten und von Blut und Schweiß verklebten Büschel Haare hängen. »Du hattest größeres Glück als die meisten anderen, die hier heute gekämpft haben«, erklärt mir Adalo, der fast unbeschadet davonkam, aber mit einem Kopfnicken auf das Feld hinter mir weist. Neben abgebrannten und niedergerissenen Zelten liegen, soweit das Auge reicht, übel zugerichtete Leichen verstreut. Hie und da machen sich bereits die ersten Raben an ihnen zu schaffen. Ganz in der Nähe sehe ich den über einen Körper gebeugten Hirminger. Als ich mich den beiden nähere, erkenne ich den leblosen Körper Starafrids.

»Er ist hier mitten auf dem Feld elend verblutet.« Hirminger erhebt sich: »Du hast heute gut gekämpft, ... Krieger«, ergänzt er nach kurzem Zögern. »Wir haben heute viele von ihnen getötet.« Er blickt sich um: »Doch zu welchem Preis?«

Ich erinnere mich an meinen Traum: »Sind die Ungrer weitergezogen? Wie steht es um Seckinga?« Hirminger beißt sich auf die Unterlippe und blickt voller Scham Richtung Westen. Dichter Rauch erhebt sich wie eine Säule über die Bäume entlang des Rîn.

»Du musst lange bewusstlos gewesen sein ... Wir konnten sie nicht beschützen.« Hirmingers letzte Worte schnüren meine Kehle zu. Ich verliere die Kontrolle über meinen Körper und sinke zu Boden. Nun ist wirklich alles verloren. Wir mögen ein kleines Gefecht gewonnen haben, doch in Wahrheit haben sie mir mehr genommen, als ich ertragen kann. Matheus und Hirminger helfen mir hoch. Adalo erklärt, dass sich Liubman zusammen mit den wenigen unversehrten Kämpfern augenblicklich zum Kloster aufgemacht hätte, doch ohne Boot sei ihnen ein erfolgreiches Überqueren lange unmöglich gewesen. Als sie schließlich etwas Floßähnliches aufgetrieben hätten, seien die Ungrer bereits wieder abgezogen. Schwer beladen, wie Snato berichtete.

»Ich muss mich selbst vergewissern. Ich muss nach Seckinga!« Niemand hält mich auf, keiner wundert sich. Ist es respektlos, meine gefallenen Waffenbrüder hier auf dem Schlachtfeld zurückzulassen? Zusammen mit Matheus wanke ich zwischen den Toten über die Ebene. Hin und wieder taucht das Gesicht eines Mannes auf, den ich tags zuvor noch habe lachen sehen, erkenne Männer, mit denen ich kürzlich noch den Kampf trainiert habe. Würden wir lediglich die Toten zählen, wüsste keiner, wer an diesem Tag den Sieg davongetragen hat. Ungrer liegen neben Alemannen, bekannte Gesichter aus dem Frichgau neben Verbündeten aus dem Ougesgau. Wir haben den Rîn erreicht, lassen zwei Fuhrwerke links liegen und wenden uns westwärts den Fluss entlang.

Um die Überfahrt nach Seckinga zu erleichtern, wurde bereits behelfsmäßig ein Floß am Strick der Fährverbindung befestigt. Auf der Insel sehe ich eine Gruppe von Frauen. Wurden doch nicht alle Gottesleute vom Feind behelligt? Mit Hilfe eines Mannes, der wohl nicht zum ersten Mal eine solche Fähre führt und die Strömung des Rîn geschickt zur Fortbewegung zu nutzen vermag, setzen wir über. Ich sollte mich miserabel fühlen, doch hat nach dem ersten Schock ein Fünkchen Hoffnung seinen Weg in meinen Kopf gefunden. Womöglich liegt das am Schlag, der mich erst kürzlich schlafen geschickt hat, und an dessen Folgen ich mit jedem Schritt und mit beinahe jedem Pulsieren meines Herzens schmerzhaft erinnert werde. Wir haben kaum am Ufer von Seckinga angelegt, da werden wir von zwei der Frauen angesprochen: »Seid Ihr hier, um uns bei der Bestattung unserer Brüder und Schwestern zu helfen?« Wir erfahren, dass sich einige der Klosterfrauen auf Anraten der Äbtissin in der Nacht vor dem Angriff per Fähre auf das linke Ufer des Rîn in Sicherheit gebracht haben. Ihr war wohl klar, dass sie so nah am lohnenden Kloster weiter flussabwärts auf der linken Seite des Rîn eher außerhalb des Fokus' der Feinde standen als auf der rechten Seite, wohin der Großteil der feindlichen Truppen übergesetzt hatte. Die Äbtissin hatte mit einigen wenigen Schwestern nicht fliehen wollen.

»Man hat einige ihrer Leichen bereits zusammengetragen«, erklärt mir eine ältere Schwester mit gesenktem Haupt und schüttelt nachdenklich den Kopf: »All das unnötige Leid. Und dies am Tag des heiligen Servatius, der uns schon einmal vor den Horden aus dem Osten gewarnt hat.«

»Wo wurden sie aufgebahrt?«, übergehe ich ihre letzten Worte. »War eine junge Frau mit dabei? Fast noch ein Kind. Sie gehörte nicht zum Orden.«

»Du sprichst von der jungen Anna«, blickt mich die Frau nachdenklich an. »Sie ist nicht unter den Toten. Sie gehörte zu den Frauen, die an der Seite der Äbtissin auf der Insel ausharren wollten. Vielleicht hat man ihre Leiche in den Fluss geworfen. Nur Gott weiß, was mit ihr geschehen ist.« Ich weiß nicht, ob ich mich freuen soll, oder ob ihr Fehlen auf noch Schlimmeres hindeutet. »Wir konnten auch einige der anderen Frauen nicht unter den Toten finden. Vielleicht sind ihre Körper Opfer der Flammen geworden«, ergänzt die Klosterfrau und zeigt auf verkohlte Bauten. Einige der Wirtschaftsgebäude sind vollständig abgebrannt, und die einst stolze äbtische Pfalz steht noch immer in Flammen. Matheus und ich begeben uns zu den Hauptgebäuden, wo wir auf Liubman treffen. Wie durch ein Wunder ist der Hauptkomplex mit dem Kreuzgang und der Kirche größtenteils unversehrt geblieben. Einige Brandspuren zwischen Dormitorium und Refektorium deuten auf Versuche, alles in Brand zu setzen, doch hatten die massiven Eichenbalken diesem Vorhaben offenbar lange genug standgehalten. Völlig selbstverständlich betrete ich die Küche und meine alte Schlafstelle. Alle Vorräte wurden geplündert. Ich betrete den angrenzenden Raum des Infirmars und finde ihn ebenso geplündert vor, doch es kommt noch schlimmer. Auf einem Stapel Bücher liegt der tote Richart. Zwischen seinen verkrampften Fingern sehe ich ein Messer aufblitzen. Er muss die Bücher und Arzneien mit seinem Leben verteidigt haben. Doch was richtet schon ein Mönch mit einem Küchenmesser aus? Er war wie besessen vom Kampf, nun tränkt sein Blut die Seiten der Bücher, die er zu retten versuchte. Wir müssen ihn würdig beisetzen, denke ich mir, während ich zum Kreuzgang zurückkehre.

Meine Freunde sind nicht mehr zu sehen, doch höre ich Stimmen aus der Kirche. Liubman, Matheus und Snato stehen schweigend im Kirchenschiff, und mir bietet sich ein Bild des Grauens, als ich eintrete. Die Mönche scheinen alle den heiligen Schutz ihrer Kirche aufgesucht haben, und alle wurden sie hier vor dem Altar abgeschlachtet. Sie scheinen sich im letzten Moment gegen ein Blutvergießen entschieden zu haben und vertrauten sich Gott an. Viele gute Männer und Frauen klopfen am heutigen Tag an die Himmelspforte. Am Abt scheinen die Ungrer besondere Freude gehabt zu haben. An eine Säule gefesselt, hängt sein lebloser Körper, von unzähligen Martern gezeichnet, herab. Snato und Matheus machen sich daran, ihn loszubinden. Wir wickeln seinen nackten entstellten Körper ins zerrissene Altartuch. Niemand spricht ein Wort. Das ist mehr, als man in einem ganzen Leben ertragen kann, geschweige denn an einem einzigen Tag. Wir steigen zurück über die unzähligen Leichen toter Mönche und verlassen die Kirche. Ich trete auf die Wiese vor dem Hauptportal, muss mich aber sogleich umdrehen und mich, gegen die Mauern gestützt, heftig übergeben. Das alles ist zu viel für mich! So viel Tod an einem einzigen Tag. Hirminger nannte mich einen Krieger … er wollte mich damit ehren. Was an all dem Übel ist ehrenhaft?

»Wir haben den Tod so vieler unschuldiger Menschen zu verschulden«, beginne ich leise zu sprechen, als Matheus neben mir in die Hocke geht. Beim Sprechen schmecke ich das Erbrochene in meinem Mund und muss mich zusammenreißen, um meinen Magen nicht vollends zu entleeren.

»Wir haben uns verteidigt«, versucht mich Matheus zu trösten. Seine Hand ruht auf meiner Schulter. »Die Mönche wären auf offener Straße oder im Wald ebenso abgeschlachtet worden. Sich nicht zu wehren, war allein ihre Entscheidung«, schließt Matheus und steht auf, um sich Liubman anzuschließen. Anscheinend sind weitere Männer auf die Insel gelangt. Arbeit und Leichen gibt es genug.

Ich denke über Matheus' Worte nach. Der Abt hat mir vom Entschluss erzählt, sich zu wehren. Warum nur haben sie sich in letzter Minute zum rein himmlischen Kriegsdienst entschieden? Der schreckliche Verlust von Jacob war nur ein Vorbote des ganzen Unglücks. Und nun habe ich auch noch Anna verloren … Haben sie sie getötet, verschleppt oder ihr noch Schlimmeres angetan? Marcus, reiß dich zusammen! So elend nützt du ihr gar nichts. Ich muss die schrecklichen Bilder zumindest für den Moment aus meinem Kopf verbannen und meine ganze Kraft in die Suche nach Anna stecken. Leichter gedacht, als getan. Am besten folge ich erst einmal meinen Freunden, beschließe ich und drehe mich zum Richtung Ufer schreitenden Matheus um. Dort ist soeben Hirminger mit zwei seiner Männer sowie einer unbekannten vierten Person angekommen. Snato und Liubman scheinen ihn mit Hilfe der Klosterfrauen von vorhin über die Ereignisse auf der Insel in Kenntnis zu setzen. Als ich näherkomme, höre ich, wie sie über den gemarterten Abt sprechen. Bei der unbekannten Person handelt es sich um eine junge Frau, wohl nur wenige Jahre älter als Anna. »Wir haben einen unerwarteten Gast mit interessanten Neuigkeiten«, wechselt Hirminger das Thema, als er meinem Blick auf die junge Frau bemerkt. »Maia war einst Magd im weit entfernten Albgau, sie …«

»Ich kann selbst für mich sprechen«, wird der hünenhafte Hirminger zu unser aller Überraschung von der zierlichen Maia unterbrochen: »Wir dürfen keine Zeit verlieren. Die Toten können auch später betrauert werden. Ihr könnt sie noch immer einholen.«

»Du hast keine Ahnung, wovon du sprichst, kleines Ding«, fährt sie eine der Nonnen grob an, woraufhin sie nicht nur einen strengen Blick von Maia, sondern auch seitens Matheus erntet.

»Ich war während fast zwei Wochen ihre Gefangene«, bringt Maia die deutlich ältere Gottesdienerin zum Schweigen. »Als Ihr sie heute Nacht angegriffen habt, konnte ich diese Gelegenheit zur Flucht nutzen. Ich weiß nicht, ob andere meiner Leidensgenossen ebenfalls fliehen konnten. Ihr müsst ihnen helfen!«

»Du warst gezwungen, ihnen zu folgen?«, fragt Matheus entsetzt und verwundert zugleich.

»Sie ließen uns als Teil ihrer Beute mitmarschieren. Man hat uns weder eingesperrt noch gefesselt, aber ihren schnellen Pferden wären wir ohnehin nicht entkommen. Sie scheinen immer die jüngsten und stärksten Männer und Frauen zu versklaven. Solche, die den langen Marsch in die Stammlande der Ungrer auch überleben würden.«

»Sie führen einen Tross mit sich?« Wir blicken uns gespannt an, und alle scheinen denselben Gedanken geboren zu haben. Dabei fällt mir ein, dass mir nahe der Sislamündung zwei entladene Wagen aufgefallen sind: »Ein Tross macht sie langsam. Und weitere Beute und Sklaven halten sie noch mehr auf.«

»Unsere Schwestern!«, fällt es der jüngsten Klosterfrau wie Schuppen von den Augen, während ich zugleich die Hoffnung auf Annas Überleben wieder aufkeimen lasse.

»Wir können sie noch einholen«, schlage ich vor und kriege sofort die Unterstützung von Matheus, wobei ich mir nicht sicher bin, ob diese Haltung mir gilt oder Maia. Liubman, der bereits alles verloren hat, stellt sich ebenfalls auf unsere Seite. Hirminger macht sich daraufhin auf, um auf dem Sislafeld nach weiteren Freiwilligen zu suchen. Oto und Mahterat, die zwei Männer, die Hirminger soeben auf die Insel begleitet haben, bleiben an unserer Seite und helfen uns und den Klosterfrauen derweil mit dem Ausheben einer rechteckigen Grube an erhöhter Stelle nahe der Kirche.

Mit Hacken ausgerüstet befinden Liubman und ich uns nun schon eine ganze Weile im inzwischen zu einer hüfthohen Grube vertieften künftigen Grab. Nach der weichen Humusschicht sind wir leider überraschend schnell auf steinhart komprimierten Flusskies gestoßen, und langsam spüre ich wegen der festen Umklammerung meines Werkzeugs die Finger nicht mehr. Die Vibrationen der Schläge hinterlassen ein schmerzhaftes Ziehen in den Armen, und von meinem Rücken beginne ich gar nicht erst zu erzählen. Aber wie ich gerade feststellen muss, erweist sich die Arbeit auch als hervorragende Ablenkung vom ganzen Schrecken. Bei den kurzen Unterbrechungen, in denen Mahterat freigehackte Erde und Kies hinausschaufelt, kehren die schmerzverzerrten Gesichter sterbender Männer augenblicklich in meine Erinnerung zurück, sodass ich anschließend umso fanatischer an der Grube arbeite.

Mit zunehmender Erschöpfung erlahmt auch mein Geist. Ich komme zur Ruhe, und so lassen mich auch die Toten zunehmend in Frieden. Zwischenzeitlich tragen Matheus und Odo die Leichname aus der Kirche und aus den umliegenden Gebäuden, immer begleitet vom Gebet einer der Schwestern. Sie reihen die Toten am Rand der Grube auf, wo sie von den übrigen Klosterfrauen in Decken und Tücher gehüllt werden. Snato durchsucht mit Maia die Gebäude, um ausreichend Vorräte für die anstehende Verfolgung zu sammeln. Der harte Boden verzögert die Bestattung immer weiter, und wir befürchten bereits, dass es vorher dunkel wird. »Wir kriegen weitere Hilfe«, ruft uns eine der Klosterfrauen zu und deutet zur behelfsmäßigen Fähre. Hirminger kehrt mit fünf Männern sowie einem großen umwickelten Bündel zurück. Liubman springt aus der Grube und läuft den Männern entgegen. Ich folge ihm zögernd und realisiere plötzlich, was sich in diesem Bündel befindet. Liubman und ich nehmen den Männern den Leichnam Jacobs ab und tragen ihn behutsam zum Grubenrand. Liubmans tränenerfüllte Augen vermögen mehr denn je unerschütterliche Entschlossenheit auszustrahlen. Wir würden diesen Männern und Frauen ein würdiges Begräbnis zukommen lassen und uns nach einer Ruhepause an die Verfolgung unseres Feindes machen.

»Diese fünf tapferen Männer wollen sich uns anschließen«, verkündet Hirminger, als Snato, Maia, Matheus und Adalo ebenfalls wieder an unserer Seite stehen.

»Das sind alle?«, fragt Matheus überrascht.

»Ich danke Euch!«, wende ich mich an die fünf Kämpfer, zwei davon erkenne ich als Snatos Bogenschützen wieder. Sie nicken mir entschlossen zu.

»Wir können es ihnen nicht verübeln ... Sie haben ihre Pflicht getan, ihre Heimat verteidigt. Warum sollten sie diesen Teufeln weiter nachsetzen und dabei ihre Familien ungeschützt zurücklassen?«, rechtfertigt Hirminger die Entscheidung seiner Kampfgenossen, obwohl ich auch ihm die Enttäuschung ansehe. »Sie werden unsere gefallenen Kameraden würdig begraben, bevor sie alle nach Hause zurückkehren«, schließt Hirminger dieses Kapitel. Mittlerweile sind drei der Männer zu uns in die Grube gesprungen und lösen uns ab. Mit so frischer Energie, wie es nach einer Schlacht überhaupt möglich ist, machen sie sich ans Werk, und noch vor Einbruch der Dunkelheit ist die Grube ausreichend tief, sodass wir alle Körper nebeneinander in die Grube legen können. Liubman besteht darauf, seinen Sohn eigenhändig für die Ewigkeit zu betten. Anschließend legt er ihm auf Höhe der Hände seinen wertvollen Dolch auf den eingewickelten Körper. Aus ihm wäre ein würdiger alemannischer Krieger und Anführer geworden. Wir stellen uns alle rund um die Grabstelle auf, senken unsere Köpfe und verabschieden uns von all jenen, die heute von uns gegangen sind. Eine der Klosterfrauen spricht ein Gebet.

Cap. XIX

Sonntag, 14. Mai 926

In völliger Dunkelheit laufe ich, so schnell ich kann, auf das Licht vor mir zu. Außer meiner hechelnden Atmung kann ich keine weiteren Geräusche vernehmen. Kurz bevor ich das Licht erreiche, stellt sich mir eine grausige Figur mit verzerrter Fratze in den Weg. Zwischen meinen Händen spüre ich splitterndes Holz. Ich blicke hinab und erkenne den festen Stab eines Speers. Als ich wieder hochsehe, befindet sich die verzerrte Fratze blutspuckend direkt vor meinem Gesicht. Ich schrecke schweißgebadet hoch und finde mich auf der Wiese in Seckinga wieder. Nur ein Traum, wieder nur ein Traum. Um mich herum ist es dunkel. Die Nacht muss inzwischen hereingebrochen sein. Doch warum haben mich meine Gefährten allein hier draußen gelassen? Ich stehe auf und nähere mich der Klosterkirche. Plötzlich vernehme ich Schreie. Wie angewurzelt bleibe ich stehen, blicke mich um. Hört das denn keiner? Sind sie ohne mich losgezogen? Bin ich allein auf einer Insel voller Toten? Ich eile auf die Klosterkirche zu, reiße eines der Portale auf und trete ein. Mir bietet sich ein verstörendes Bild. Mönche mit hochgezogenen Kapuzen bilden eine Gasse bis nach vorne zum Altar. Dort erkenne ich, an eine Säule gebunden, die zierliche Gestalt eines menschlichen Wesens. Ich nähere mich vorsichtig dem Altar, spüre, wie mich die Mönche rechts und links verfolgen. Wie leere blutverschmierte Hüllen mit trüben Augen säumen sie meinen endlos scheinenden Weg. Doch drängt es mich immer weiter. Meine Beine tragen mich vorwärts. Als ich näher zur Säule neben dem Altar herantrete, entpuppt sich die zierliche Gestalt als der über und über mit Blut und Dreck verschmierte Körper einer jungen Frau mit heruntergerissener Kleidung. Das lange dunkle Haar reicht bis zur Brust hinab. Ich streiche dem Mädchen das blutverklebte Haar aus dem Gesicht und blicke in die geöffneten Augen der leblosen Anna. Schreiend schrecke ich hoch.

Ich sitze kerzengerade in einem der verschont gebliebenen Räume nahe dem Kreuzgang. Das schwache Talglicht am Boden neben mir spiegelt sich in einigen Augenpaaren rund um mich herum wider. Alle schauen mich an. »Wir müssen los!«, sage ich mit bestimmter Stimme. Keiner reagiert, alle schweigen. »Wir dürfen ihnen keineswegs noch mehr Vorsprung geben.« Langsam komme ich zu vollem Bewusstsein. Ich habe geträumt und gerade alle meine Gefährten aus dem wohlverdienten Schlaf gerissen.

»Er hat recht«, höre ich in diesem Moment die vertraute Stimme Liubmans. »Kommt schon! Nun sind wir ohnehin alle wach. Ihr hattet eure Pause.« Mein Freund erhebt sich, packt die Decke zusammen, bindet sich sein

Schwert um und animiert dadurch die anderen dazu, es ihm gleich zu tun. Doch blicken diese zu Hirminger.

Nach kurzer Pause rafft sich dieser ebenso auf: »Macht euch kampfbereit, Krieger! Wir haben Ungrer zu jagen.« Es herrscht noch finstere Nacht, doch mit jeder Stunde, die wir nachts marschieren, reduziert sich auch die Distanz zum Feind. Als alle bereit sind, verlassen wir den Klosterkomplex bei Fackelschein. In der Abenddämmerung haben wir noch das Floß, das zuvor als notdürftige Fähre gedient hatte, auf der anderen Seite der Insel festgemacht. Die deutlich kürzere Distanz zum Ufer wird durch die schwache Strömung des Rîn auf dieser Seite noch weiter begünstigt, sodass wir alle mit Vorräten und leichtem Gepäck in drei Überfahrten sicher ans andere Ufer gelangen. Die Fackeln an beiden Ufern sind für eine klare Sicht völlig ausreichend. Anschließend fährt Sigilo, einer der zwei Bogenschützen des Snato, mit dem Floß zurück zur Insel, macht es dort für die Klosterfrauen fest und schwimmt zurück zu unserer Gruppe. Wir erwarten ihn mit warmer Kleidung und beschließen dabei, erst einmal weiter dem Rîn zu folgen. Mit Hirminger, Liubman, Matheus, Adalo, Oto, Snato, Mahterat, Maia, den zwei Bogenschützen Sigilo und Richpold, den drei Kriegern Wito, Thioloh und Liubine und mir bilden wir zwar keine wirklich zahlenmäßig überragende Streitmacht, doch sind alle 14 Gefährten freiwillig dabei und zum Kampf bereit.

Wir folgen der ungrischen Armee dem Rîn entlang. »Bald sollten wir den Prisigau erreichen«, erklärt mir Hirminger, der mit mir die Spitze unserer kurzen Marschkolonne bildet. Unsicher, was ich mit dieser Information anfangen soll, nicke ich lediglich zustimmend. »Sobald es hell wird, sollten ihre Spuren besser zu erkennen sein, da sie nun deutlich weniger ausschwärmen können«, fährt Hirminger fort, ohne dass ich danach gefragt habe. »Weiter landeinwärts würden sie von den steilen Hängen und den undurchdringlichen Wäldern des Swarzwaldes behindert, sodass sie mit großer Wahrscheinlichkeit dem Rîn folgen werden, bis sich ihnen das nächste Ziel bietet. Das linksrheinische Ouges dürften sie ebenso wie Basala meiden, da beide Orte nicht ohne große Verluste zu plündern wären. Und die Lust am unüberlegten Plündern dürften wir ihnen vorletzte Nacht genommen haben.« Das Grinsen, das er dabei aufsetzt, wirkt eher schmerzverzerrt. Uns haben sie deutlich mehr genommen … Hirminger fährt fort: »Danach bleibt entweder der beschwerliche Weg Rîn abwärts in den nördlichen Prisigau oder aber in die reiche Ebene des Suntgau. Doch um in den Suntgau in der Alsaza zu gelangen, müssen sie erneut den Fluss überqueren. Vielleicht gelingt es uns, ihnen dort ein erneutes Schnippchen zu schlagen.«

»Vergiss nur nicht, dass dir nun keine Armee mehr folgt«, höre ich den kritischen Ton von Matheus.

»Solange ich einige dieser Bastarde töten kann, folge ich dir, wohin du uns führst, alter Freund«, kommt es fast zeitgleich von Liubman hinter uns.

Snato meldet sich zu Wort: »Und wenn wir weitere Männer aus dem Prisigau rekrutieren?«

»Wir können wohl kaum hoffen, dass sich nach unseren katastrophalen Verlusten noch viele andere zur Gegenwehr entschließen.« Hirminger spricht damit aus, was ich längst vermute. Das Aufgebot, das er auf dem Sislafeld zu versammeln imstande war, muss man im Nachhinein als wahres Wunder sehen und dürfte ihm über längere Zeit hinweg alles an Überzeugungs- und Organisationstalent abverlangt haben, abgesehen von den finanziellen Mitteln. Denn allein der Wille, Land und Leute zu verteidigen, ernährt oder bewaffnet noch keine Armee.

Bei Tagesanbruch erreichen wir die Mündung eines Flüsschens, das von unseren Begleitern als Werra bezeichnet wird. Hier legen wir eine kurze Rast ein. Bei unserem überhasteten Aufbruch heute früh konnte sich niemand mehr um sein leibliches Wohl kümmern. Während einige Brotlaibe herumgereicht werden, nimmt mich Hirminger zur Seite, sodass uns niemand hört: »Du solltest dir keine falschen Hoffnungen machen. Deine Freundin ... ich glaube nicht, dass du ihr noch helfen kannst.« Darauf gehe ich nicht ein. »Wenn der Kampf beginnt, musst du bei der Sache sein, hörst du? Ich muss mich auf dich verlassen können!«

»Du kannst dich auf mich verlassen!«, versichere ich ihm. »An der Hoffnung in meinem Herzen kannst du jedoch nichts verändern. Lange genug bin ich allen Problemen ausgewichen. Anna hat mir gezeigt, was Hoffnung und Glaube an sich selbst ist. Wenn ich kämpfe, dann kämpfe ich in erster Linie für sie. Daran kannst und wirst du nichts ändern können.« Hirminger hört mir schweigend zu. Er hat sich vermutlich nur meiner

Kampfbereitschaft versichern wollen. Stattdessen halte ich ihm einen endlosen Monolog. Doch wird mir während des Sprechens mehr und mehr bewusst, dass sich meine Worte eigentlich an mich selbst richten. Zu lange habe ich mich einfach nur mitreißen lassen, war abhängig von anderen. Nun habe ich die Chance, Anna zu retten und mir selbst zu beweisen, wozu ich in der Lage bin. »Glaube mir«, fahre ich fort, »ich habe mich ihr gegenüber selten als ehrenhafter Mann gezeigt, und dennoch hat sie mich stets unterstützt. Nun ist es an mir, alles zu geben. Ich ziehe mit euch in den Kampf, meine Brüder. Ob ich Anna nun rette oder räche, spielt im Angesicht des Feindes keine Rolle.« Hirminger schweigt noch immer, wohl unsicher, was mich mehr umtreibt: die blinde Liebe zu Anna, die Loyalität und Treue gegenüber meinen Waffenbrüdern oder selbstzerstörerischer Zorn.

Snato durchbricht das lastende Schweigen zwischen Hirminger und mir, indem er sich unruhig räuspernd Gehör verschafft. Hirminger wendet sein Gesicht dem Bogenschützen zu, den er offenbar erneut als Späher vorausgeschickt hat. Snato berichtet: »Maia hatte recht! Sie führen tatsächlich einen kleinen Tross mit sich. An einigen Stellen vor uns sind trotz der zahlreichen Hufspuren immer wieder einmal Wagenspuren zu erkennen. Allerdings sind es nur wenige leichte Wagen.«

»Je nachdem, wie stark sie ihre menschliche Beute antreiben, dürften sie von ihrem Tross also weniger aufgehalten werden, als angenommen«, schließt Hirminger leicht desillusioniert.

»Dann müssen wir eben schneller vorrücken!«, drängt Liubman, der unser Gespräch offenbar mitgehört hatte. »Bestimmt ist ihre Hauptmacht vor den Wagen ausgeschwärmt und plündert weiter«, erklärt er fort. »Wenn wir ihren Tross überwältigen können, ohne die ungrischen Hauptkräfte zu alarmieren, wäre es durchaus möglich, erfolgreich aus diesem Unternehmen herauszukommen, vielleicht sogar lebend.« Bei den letzten Worten komme ich nicht umhin, einen leicht amüsierten Tonfall Liubmans zu vernehmen. Ist es dieser Rachedurst, dieser Drang zu töten, den Hirminger fürchtet? Waren seine mahnenden Worte von eben weniger für meine als für Liubmans Ohren gedacht?

Als wir uns nach kurzer Rast wieder auf den Weg machen, sucht sich Hirminger Maia als Marschgefährtin aus, während sich Matheus an meine Seite gesellt. »Bestimmt presst er ihr gerade alles Wissenswerte zur Bewachung des Trosses ab«, erkläre ich Matheus mit einem Nicken nach vorne zu unserem Anführer. Matheus lässt nur ein merkwürdiges Brummen von sich hören.

»Sprich ihn besser nicht darauf an, mein Freund«, lacht Adalo, der sich zusammen mit Oto hinter uns eingefunden hat. Ich verstehe nicht ganz und beschließe, es gut sein zu lassen. Wir marschieren den ganzen Tag, ohne auf irgendein anderes Lebewesen zu stoßen. Auch Rauchsäulen, wie ich sie vom Weg nach Seckinga gewohnt war, sind keine zu erkennen. Die Ungrer bewegen sich schnell und schwärmen offenbar tatsächlich weniger stark aus. Erst als wir nach einem längeren Engpass zwischen steil abfallendem Uferhang und Rîn auf eine Ebene gelangen, erkennen wir aus der Ferne ein unheilvolles Glimmen und schwarzen Rauch.

»Könnt ihr etwas erkennen?«, ruft Oto, an Sigilo vor uns gewandt, der sich als Jäger aus dem Ougesgau offenbar gut genug auskennt.

»Wohl eine der Siedlungen rechts des Rîn. Hoffen wir, dass es nicht Ouges oder Rînfeldun ist«, antwortet Sigilo und eilt an die Spitze zu Snato. Gegen Abend bemerken wir in den Uferauen einen immer stärkeren Brandgeruch, passieren das unversehrt gebliebene Rînfeldun auf der anderen Flussseite und gelangen schließlich zu einigen Brandruinen, wo Snato, Sigilo und Richpold bereits auf uns warten. Während Wito und Mahterat die Ruinen durchsuchen, beraten wir uns mit Hirminger.

»Sie sind uns mindestens einen halben Tagesmarsch voraus«, flucht Liubman.

»Wenn wir uns doch bloß auf dem Wasser fortbewegen könnten«, wirft Matheus ein, der sich ganz nah zu Hirminger und damit auch an Maias Seite gestellt hat. Diese weist auf das offensichtliche Fehlen eines Bootes hin, woraufhin Snato sich einschaltet:

»Es gibt eine Fähre zwischen der kleinen befestigten Flussinsel bei Rînfeldun und unserem Ufer.«

»Wir könnten sie um Nahrung bitten und die Fähre beim Anlegen notfalls gewaltsam an uns bringen«, schlägt Thioloh, einer der Krieger des Hirminger, vor, woraufhin dieser wütend von seinem Centenar in die Schranken gewiesen wird:

»Wir bestehlen nicht unsere eigenen Leute! Abgesehen davon bietet eine solche Fähre bei Weitem nicht genug Platz für uns alle.«

»Nahe vor uns liegt Ouges auf der anderen Flussseite. Wir sollten zumindest das Auffüllen unserer Vorräte ins Auge fassen«, schlägt Snato vor.

»Ich kenne den dortigen Tribun und bezweifle, dass wir einfach so an Vorräte kommen werden«, gibt Sigilo zu bedenken.

Hirminger unterbricht die Diskussion: »Wir rasten für einige Stunden hier in Hertun oder dem, was davon übrig geblieben ist, und ziehen dann unverzüglich weiter. Keine eigenmächtigen Aktionen! Ruht euch jetzt aus.« Während sich der Großteil der Gruppe einen Platz zum Schlafen sucht, bittet uns Hirminger im harschen Ton eines Centenars zu sich: »Liubman, Matheus, Snato, Maia und Marcus zu mir!«

»Sobald wir sie eingeholt haben, bleibt keine Zeit, lange zu überlegen. Dann müssen wir handeln«, erklärt Hirminger. »Maia hat mir erzählt, dass der Tross stets von einigen jüngeren Kriegern bewacht wird.«

»Wohl eher noch Kinder«, spottet Maia verächtlich.

Unbeirrt fährt Hirminger fort: »Es sind nicht viele, doch notfalls sind sie angeblich bestens dazu in der Lage, sich durch Rufe und Hornsignale zu verständigen. Und dann haben wir ein Problem.«

»Sofern wir überhaupt nahe genug an den Tross herankommen, ohne dass sie uns bemerken und zur Wehr setzen«, gibt Snato zu bedenken.

»Wir müssen sie auf jeden Fall überraschen, sonst werden uns auch die jüngsten ihrer Kämpfer das Leben schwer machen«, gehe ich auf Snatos Bedenken ein, »und wir müssen entscheiden, was zu tun ist, wenn wir es plötzlich mit der ganzen Höllenbande zu tun haben.«

»Was hast du einmal erzählt?«, mischt sich Matheus ins Gespräch: »Diese Teufel meiden den direkten Kampf und sind nur auf Beute aus?« Wir blicken ihn fragend an. Warum betont er ausgerechnet die schlimmsten Eigenschaften? Wirklich ermunternd wirkt es jedenfalls nicht. »Nun, wenn sie Gefahr sehen, werden sie alles daransetzen, den kostbaren Tross zu beschützen. So kommen wir nicht mehr an die Gefangenen ran. Wir müssen also entweder unauffällig genug sein, oder aber, wir locken sie von ihrer Beute weg, indem wir ihnen noch mehr Beute anbieten.«

»Und wie stellst du dir das vor?«, fragt ihn Hirminger ungläubig.

»Ich stelle mich als Geisel«, hören wir die eine Stimme, welche bisher geschwiegen hat. Liubman wirkt irgendwie abwesend, doch seine Augen strahlen unvergleichliche Entschlossenheit aus.

»Liubman, nein!«, unterbricht ihn Hirminger, »sie werden dich an den nächsten Baum nageln. In deinem Alter taugst du keinesfalls als Sklave. Vielmehr werden sie dich zur Belustigung brauchen.«

Liubman fährt unbeirrt fort: »Ich stelle mich als Geisel eines reichen, mächtigen Herren. Ich bringe Geschenke.«

»Man kann mit ihnen nicht verhandeln«, versucht Maia zu intervenieren, doch Liubman spricht unbeirrt weiter:

»Sie werden mich nicht töten, zumindest nicht sofort. Sie werden wissen wollen, wo es mehr davon zu holen gibt.« Er richtet seinen Blick auf Maia: »Du sagst, es sind junge Männer, fast noch Kinder? Dann wollen sie sich beweisen. Wenn wir Glück haben, werden sie selbst herausfinden wollen, woher ich komme. Lasst sie ruhig ihren Spaß mit mir haben«, sagt Liubman mit einer Stimme, die mir das Blut in den Adern gefrieren lässt.

»Sie werden dich foltern«, sage ich ungläubig.

Doch Liubman ignoriert das und fährt fort: »Folgt uns, bis sich die Gruppe weiter aufteilt, und schlagt dann zu. Ich kann mir schon selbst helfen. Das bin ich meinem Sohn schuldig.«

Cap. XX

Montag, 15. Mai 926

Als wir nach wenigen Stunden Schlaf aufbrechen, müssen wir uns den Weg im Dunkeln beinahe ertasten. Deshalb entscheiden wir uns weiter für die Route entlang des Rîns, dessen Oberfläche das Mondlicht reflektiert. Wir kommen nicht weit, da sehen wir uns plötzlich von fünf bewaffneten Kämpfern umstellt: »Wer seid ihr? Was habt ihr hier zu suchen?« Doch haben diese Männer offenbar unsere Späher übersehen und werden nun ihrerseits von hinten mit gespannten Bogen von Snato und Richpold bedroht. Hirminger hebt seine Hand und bedeutet den Seinen, Ruhe zu bewahren.

»Ich bin Hirminger aus dem Frichgau, und meine Gefährten sind kampferfahrene Freiwillige aus ganz Alemannia. Mein Vertrauensmann Starafrid war vor einigen Tagen bei euch, um Männer zu rekrutieren. Wir waren siegreich. Nun verfolgen wir die übrigen dieser Bastarde.«

Die Männer senken ihre Waffen, und einer tritt einen Schritt nach vorne: »Ich bin Toto aus dem Ougesgau und wäre über den Anblick meiner Männer deutlich erfreuter, als ich es über euch bin.« Snato spannt seinen Bogen und wird erneut von Hirminger dazu angehalten, Ruhe zu bewahren. »Sagt mir, Hirminger aus dem Frichgau, warum steht Ihr hier und meine Männer fehlen bei der Verteidigung ihrer Heimat? Wenn Ihr siegreich wart, wo ist dann Eure Armee? Wenn Ihr so siegreich wart, warum zog dann gestern eine ganze feindliche Armee hier durch?« Hirminger fehlen die Worte. »Sie haben meine Männer hier am Ufer abgeschlachtet und uns aus der Ferne verhöhnt. Was, wenn sie den Rîn überquert hätten? Ohne meine Männer hätten selbst die dicksten Mauern die Frauen und Kinder des Ougesgaus nicht retten können.« Toto nickt in die Richtung des tags zuvor von Sigilo erwähnten Kastells Ouges, dessen Mauern in der Dunkelheit nur schemenhaft auf der andere Flussseite zu sehen sind. »Zum Glück sind sie weitergezogen und haben dabei lediglich unsere Fähre mitgenommen.« Wir blicken uns beunruhigt an. Wenn sie bereits jetzt um ein Boot bemüht sind, dürften sie bald übersetzen wollen.

Hirminger hat seine Stimme wiedergefunden: »Eure Männer, mein Herr, haben an der Sisla tapfer gekämpft. Ohne sie wäre keiner meiner Männer mehr am Leben. Der Sieg wurde teuer erkauft, doch haben wir den Ungrern ebenfalls schmerzliche Verluste zugefügt. Eure Garnison wird bald wieder aufgestockt sein. Zusammen mit unseren gemeinsamen Waffenbrüdern sorgen Eure Männer gerade für ein ehrenhaftes Begräbnis der Gefallenen. Sie werden bald heimkehren, das schwöre ich Euch, von Centenar zu Tribun.« Toto scheint besänftigt, aber immer noch nicht glücklich über unsere Anwesenheit. Ob unserer schieren Überzahl wagt er allerdings keine weiteren Widerworte und lässt uns ziehen.

Etwas von Toto und seinen Männern entfernt wird erneut der Vorschlag laut, die Ungrer während des Übersetzens zu überfallen. »Dann wagen wir erst recht den offenen Kampf«, gibt Snato zu bedenken, »und meint ihr nicht, die Ungrer werden nach der Sicherung des Ufers erst ihre kostbare Beute über den Fluss bringen wollen?« Darauf weiß niemand eine Antwort, sodass wir schweigend und schnellen Schrittes weitermarschieren. Über so viele Tage unterwegs zu sein, mit wenig Schlaf und nun auch noch ausschließlich zu Fuß, bin ich offenbar weniger gewohnt als die meisten meiner Gefährten. Dennoch halte ich Schritt und versuche, über mich hinauszuwachsen. Es geht hier um mehr als nur um mich. Als im Osten die Sonne aufgeht, beleuchtet sie in der Ferne einen markanten Hügel am linken Ufer des Rîn. Darauf sind unklar einige Umrisse zu erkennen. Vermutlich handelt es sich um eine Siedlung. Zu sehen ist jedenfalls lediglich eine Kirche. Snato eilt in unsere Richtung. Er war vor einer Stunde vorausgeeilt, um die Lage zu sondieren:

»Basala wurde verschont, sie sammeln sich jedoch etwas weiter flussabwärts.«

»Ich war mir sicher, sie nutzen die erbeutete Fähre, um die Bischofsstadt zu plündern«, antwortet Hirminger. »Nach unserem Angriff ist ihnen wohl mehr denn je bewusst, dass sie sich nicht mit solch risikobehafteten Objekten herumschlagen dürfen. Geschwindigkeit und Überraschung sind ihre Waffen. Durch lange, verlustreiche Belagerungen würden sie ihren Vorteil einbüßen.«

Daraufhin Richpold: »Ob sie es wagen, nach Norden zu schwenken und sich in einem Bogen durch den Swarzwald oder gar durch Francia kämpfen?«

»Unwahrscheinlich«, gibt Maia zu bedenken, »nach ihrem vergeblichen Angriff auf Augusta dürfte mittlerweile ganz Francia gewarnt und kampfbereit sein.«

»Wie ich schon sagte, werden sie mit großer Wahrscheinlichkeit bald nach Alsaza in die reichen Ebenen des Suntgau einfallen«, pocht Hirminger ungeduldig auf seinem ursprünglichen Plan, die Ungrer während des Überquerens des Rîn zu überfallen. Er treibt uns zur Eile, während nun Sigilo und Richpold als Späher vorausgeschickt werden.

Inzwischen ist es taghell, und wir befinden uns auf der Höhe von Basala, deren schwache Verteidigungsanlagen und geringe Anzahl von Gebäuden für die Stadt eines Bischofs doch eher ungewöhnlich wirken. Die Ungrer müssen wirklich in Eile gewesen sein, wenn sie freiwillig auf eine solch leichte Beute verzichtet haben. »Die Ungrer haben bereits einen Teil ihrer Streitkräfte über den Rîn gebracht«, berichtet Sigilo, als er zu uns zurückgekehrt ist. Richpold beobachtet weiterhin jede Bewegung des Feindes. »Und ich befürchte, dass wir zur Eroberung des Trosses ebenfalls schon zu spät sind«, fügt er hinzu.

»Wo sammeln sie sich?«, hakt Hirminger dennoch nach.

»In den Überresten von Huninga, mein Herr«, antwortet der ortskundige Sigilo, »und wenn ich etwas vorschlagen dürfte: Wir sollten uns vom Rîn entfernen. Nördlich von hier fließt die Wisun durch den nur schlecht zugänglichen Wald. Dieser kleine Fluss mündet bei Huninga in den Rîn. So könnten wir uns unauffällig entlang der Flussauen den Ungrern von hinten nähern.« Wir folgen also Sigilo in die dichte Bewaldung, während Snato zu Richpold aufschließt, um ihn über das weitere Vorgehen zu informieren. Der umständliche Weg durchs Unterholz verlangsamt uns so stark, dass es Mittag wird, bis wir die Wisun erreichen. Hirminger gönnt uns eine kurze Verschnaufpause, bevor wir dem kleinen Fluss Richtung Rîn folgen. Plötzlich spannt Sigilo in einiger Entfernung vor uns seinen Bogen. Wir bleiben augenblicklich stehen und gehen in die Hocke. Bestimmt beobachten uns die feindlichen Späher schon seit Längerem. Wie konnten wir nur so dumm sein, zu glauben, diese Meister der Kriegsführung überraschen zu können. Zu unser aller Erleichterung senkt Sigilo allerdings seine Waffe und hebt die Hand zum Gruß.

Snato tritt aus dem Dickicht. Offenbar hat er sich nahe der Ungrer vorbeigeschlichen und folgte dann der Wisun flussaufwärts. »Centenar! Ich habe gute und schlechte Kunde.« Wir treffen uns an einer etwas lichteren Stelle des Waldes und erfahren von Snato, dass sich der Großteil des Feindes bereits in Alsaza befindet. »Es sind aber immer noch zu viele dieser Bastarde auf dieser Seite des Rîn, als dass ein Angriff für uns gut ausgehen könnte«, erklärt Snato. Hirminger möchte gerade verärgert zu einer Antwort ansetzen, doch Snato fährt fort: »Auf dem Weg hierher bin ich soweit wie möglich der Wisun gefolgt und stieß schließlich auf die verlassene Hütte eines Schindelmachers.«

»Komm zum Punkt!«, drängt ihn Hirminger ungeduldig.

»Die Schindeln wurden offenbar über den Wasserweg nach Basala und zu anderen Abnehmern gebracht. Ich bin beim Haus auf einen flachen Lastkahn gestoßen, der uns bei der Überquerung von großem Nutzen sein könnte.« Das sind in der Tat gute Nachrichten. Wir würden unsere Verfolgung fortsetzen können. Unter Snatos Führung eilen wir dem Lauf der Wisun entlang, bis wir die besagte Stelle mit dem Lastkahn erreichen. Mit vereinten Kräften können wir ihn bergen und zu Wasser lassen.

»Wie viel Gewicht er tatsächlich zu tragen vermag, werden wir wohl bald herausfinden«, stellt Matheus mit nachdenklicher Miene fest. Wem wir dieses Boot wohl stehlen? Langsam wird das zur Gewohnheit. Ich werfe einen Blick zurück zur Hütte und sehe, wie Liubman rasch aus der Tür hinaustritt. Unter seinem Arm klemmt eine kleine Schatulle. Er bemerkt, dass ich ihn beobachte, woraufhin er mit einer Handbewegung zu schweigen deutet. Ich drehe mich zurück zum Boot. Mit Seilen beidseits des Flüsschens gesichert, lassen wir den Lastenkahn im Schritttempo mittreiben.

»Richpold wird kurz vor der Mündung auf uns warten. Vorher sollten wir uns besser im Verborgenen halten«, weist uns Snato mit Hirmingers Zustimmung an.

Die Sonne hat ihren Zenit längst hinter sich gelassen, da verbreitert sich vor uns die Wisun und wir nähern uns der Mündung in den Rîn. Wo steckt nur Richpold? Wir passieren die Überreste einer früheren Brücke.

»Die Kerben und Splitter sehen frisch aus«, bemerkt Maia, »sie müssen den Übergang hinter sich abgebrochen haben. Durch das Zerstören der Brücken wollen sie es potenziellen Verfolgern so schwer wie möglich machen. Ich hatte oft genug die Gelegenheit, dabei zu sein. Meist wurde jemand von uns Gefangenen dazu gezwungen.« In der Hoffnung auf ein Zeichen Richpolds warten wir erst einmal ab. Sigilo geht vorsichtig weiter vor, um sich zu vergewissern, dass wir in keine Falle tappen. Doch zu unserer großen Erleichterung taucht in eben diesem Moment Richpold von rechts aus dem Dickicht auf.

»Soeben haben die letzten Krieger das diesseitige Ufer verlassen«, ruft er uns zu.

»Aber wie ist das möglich?«, ertönt die enttäuschte Stimme Liubmans.

»Die Fähre aus Ouges fasst wesentlich mehr Männer und Material als jene in Seckinga. Außerdem führen sie ihre Pferde am Zügel schwimmend ans andere Ufer. Und das selbst bei der enormen Breite des Rîn. So etwas habe ich noch nie gesehen!«

»Vorwärts! Wir dürfen keine Zeit verlieren«, werden wir daraufhin von Hirminger angetrieben. Als wir das Flussufer erreichen, sehen wir weiter flussabwärts die letzten Ungrer im Wald verschwinden. Ihr Boot muss mit jedem Übersetzen weit flussabwärts getragen worden sein. Vermutlich wurde es anschließend mit Hilfe der Pferde immer wieder aufs Neue in Position gebracht. Wir würden hoffentlich nur eine Fahrt benötigen, um das andere Ufer zu erreichen.

Leider erfüllt sich mein frommer Wunsch nicht. Bereits bei sechs Personen senkt sich das Boot derart tief ins Wasser, dass ein sicheres Überqueren unwahrscheinlich wird. Wir müssen entscheiden, was nun zu tun ist, und zwar schnell. »Hirminger, mein Freund«, wendet sich Liubman an den Centenar, »lass es uns versuchen. Lass uns meinen Plan umsetzen. Ich setze mit einigen Freiwilligen als Erster ans andere Ufer über und stelle mich als Geisel. Das dürfte zumindest den Tross etwas aufhalten und verschafft euch Zeit.« Schnell entschlossen, aber nicht ohne Zähneknirschen, stimmt Hirminger zu. »Dann bitte ich um eine milde Gabe«, verkündet Liubman mit einer leichten Verbeugung und hält uns die Schatulle entgegen, die er zuvor aus dem Haus des Schindelmachers entwendet hat. Nun ist er tatsächlich verrückt geworden! »Wenn ich ihnen keinen Tribut anzubieten haben, kann ich mich auch gleich, an Steine gefesselt, in den Rîn stürzen.« Zögerlich lege ich meine letzten Münzen hinein, Hirminger steuert einen Ring bei, und die vereinzelten Gaben der anderen bedecken knapp den Boden der kleinen Schatulle. »Kommt schon! Ich habe doch gesehen, wie ihr euch nach der Schlacht an den toten Ungrern bedient habt.« Mit sichtlich schlechtem Gewissen kramen die meisten unserer Gefährten noch etwas tiefer in ihrer Kleidung. »Geht doch!« Ich bin überrascht, wie viel Beute in kurzer Zeit zusammenkommt. Zwar hätte durchaus noch das eine oder andere Schmuckstück Platz gefunden, doch für Liubmans Plan dürfte das genügen. Maia, Matheus und ich melden uns freiwillig für die erste Überfahrt. Oto begleitet uns ebenfalls. Er soll anschließend das Boot ans hiesige Ufer zurückbringen. Ohne weitere Zeit zu verlieren, setzen wir uns ins Boot und werden von der leichten Strömung des Rîn erfasst. Was wir uns so einfach ausgemalt haben, stellt sich allerdings als deutlich anspruchsvoller heraus. Der flache Lastenkahn mag zwar bestens zum Treideln geeignet sein, doch lässt er sich als Boot auf dem Rîn kaum kontrollieren. Nur mit Mühe bleiben wir auf Kurs und werden dabei weit flussabwärts getrieben, bis wir endlich das andere Ufer erreichen.

Kaum am anderen Ufer angelangt, springt Liubman mit seiner Schatulle von Bord und nimmt die Verfolgung auf. Wir helfen Oto noch beim Ausstieg und folgen dann Liubman in den Wald. Hoffentlich kann Oto das Boot schnell genug zurück ans andere Ufer bringen. Allein auf uns gestellt, stehen die Chancen nochmals deutlich schlechter. Hinter den ersten Bäumen treffen wir auf Liubman. Immerhin ist er klug genug, zumindest auf uns zu warten. Er streckt mir seine Spatha entgegen. Völlig perplex starre ich abwechselnd ihn und die Waffe in seinen entgegengestreckten Händen an. »Nimm es, es wird dir treue Dienste leisten.« Ich zögere. »Nimm schon, ich kann dort nicht bewaffnet auftauchen. Du kannst es mir nach dem Kampf jederzeit wieder zurückgeben«, zwinkert mir Liubman unheimlich zufrieden zu. Was ist mit ihm? Ich binde mir den Sax auf die rechte Seite, um Platz für die Spatha zu schaffen und gürte mich anschließend mit dieser stolzen Waffe. Mittlerweile streift sich Liubman sein Lederwams über den Kopf. »Wenn ich als Krieger auftrete, werde ich ebenfalls nicht lange überleben. Nimm, damit siehst du etwas weniger schwächlich aus.« Liubmans Verhalten bereitet mir ernsthafte Sorgen, und ich hoffe inständig, ihm Wams und Schwert bald wieder übergeben zu können. Im Moment, und damit hat er natürlich recht, wird es mir mehr nützen als ihm. Matheus und Maia helfen mir beim Überziehen des Wamses. Liubman lächelt zufrieden: »Es war mir eine Ehre, Marcus aus dem Albgau.« Er nimmt sich die Schatulle und möchte loslaufen, da hält ihn Matheus zurück und steckt ihm einen kurzen Dolch zu, den Liubman unter seinen Beinwickeln versteckt. Dann folgt er den Spuren aus abgeknickten Ästen und zertrampeltem Unterholz. Wir warten etwas und folgen ihm in sicherem Abstand.

»Hoffentlich begegnet er erst dem Tross und keinem beunruhigten Späher«, flüstert Maia Matheus zu. Mir fällt auf, wie nah beieinander die zwei stehen, kann aufgrund der momentanen Situation jedoch weder Freude noch Mitleid empfinden. Mitleid dafür, dass ihr Glück wohl nur von kurzer Dauer sein wird.

Wir folgen weiter der Richtung Liubmans und geraten schließlich auf eine kleine Schneise, die auch für Wagen breit genug wäre. Tatsächlich bemerken wir im weichen waldigen Untergrund die schmalen Spuren leichter Transportwagen. Was für ein Glück! Ha, jetzt sind wir also schon so weit, uns über die Anwesenheit der Ungrer zu freuen. Obwohl mehr als nur unwahrscheinlich, beginne ich erneut, Hoffnung zu schöpfen, meine liebe Anna wiederzusehen. Ich kam bisher noch gar nicht richtig dazu, wirklich über ihren Tod nachzudenken. Wenn ich ehrlich bin, glaube ich auch nicht daran. Eigentlich habe ich die Hoffnung nie wirklich aufgegeben. Ich bete dafür, Anna unter den Sklavinnen und Sklaven im ungrischen Tross anzutreffen. Jetzt verstehe ich Hirmingers Bedenken umso mehr. Wie werde ich reagieren, wenn ich sie dort nicht finde? Ich muss für meine Freunde bis zum Schluss ein zuverlässiger Kampfgefährte sein. Ich werde jäh aus meinen Gedanken gerissen, als Matheus uns stoppen lässt. Vor uns verbreitert sich die Schneise zu einer kleinen Lichtung. Vielleicht werde ich das Geheimnis von Annas Verbleib schneller lüften können, als erwartet. Ich rieche verbranntes Holz, höre lachende Stimmen. Wir verlassen die frische Waldschneise und nähern uns der Lichtung durchs Dickicht. Die Ungrer scheinen sich nach ihrem Eilmarsch und der Rînüberquerung neu zu formieren. Sie scheinen sich sicher, mögliche Verfolger spätestens nach der zweiten Flussüberquerung hinter sich gelassen zu haben. Wer würde sie schon bis nach Alsaza verfolgen? Die werden sich noch wundern.

Von den größeren Reitertrupps ist nichts zu sehen. Da es noch taghell ist, werden bestimmt die umliegenden Dörfer geplündert. Währenddessen wird hier im Lager gekocht, nass gewordene Beutestücke und Kleidung getrocknet und ausgeruht. Maia hatte recht: Im Lager befinden sich nur ein bis zwei Dutzend jugendliche Krieger. Die jungen Gefangenen verrichten unterschiedliche Arbeiten vom Holzhacken und Kochen bis zum Tränken der Pferde. Die übrigen sitzen und liegen neben den Transportwagen. Die Stimmung ist ausgelassen, und in der Tat scheint es so, als pflegten einige der Gefangenen einen sehr vertrauten Umgang mit den Kriegern. Sie sind ungefähr im selben Alter und scheinen gut behandelt zu werden. Anna kann ich nirgends ausmachen.

»Schaut dort«, flüstert Maia plötzlich. Aus der gegenüberliegenden Seite des Waldes tritt Liubman auf die Lichtung. Vorsichtig und mit langsamen Schritten betritt er das Lager. Als er von den ersten Kriegern entdeckt wird, macht sich sofort Unruhe breit. Die Männer eilen herbei und bilden mit ihren leichten Waffen eine Verteidigungsformation. Vermuten sie einen Überfall? Die Gefangenen kauern sich hinter den Wagen zusammen. Liubman bleibt stehen, sinkt auf die Knie und streckt ihnen mit demütig gesenktem Haupt die Schatulle entgegen. Einen Moment lang passiert nichts. Da beginnt einer der mutigeren Krieger laut zu lachen, springt aus der Formation und tritt selbstbewusst auf Liubman zu. Seine Kameraden stimmen ins Gelächter ein. Wir vernehmen verhöhnende Rufe, deren Inhalt für uns völlig unverständlich ist. Der mutigste unter ihnen, der damit auch ihr Anführer zu sein scheint, entreißt unserem Freund die Schatulle und gibt sie an einen seiner Kameraden weiter. Dieser öffnet sie, und ein Raunen geht durch die Runde. Der Anführer wirft einen kurzen Blick hinein und lässt dann ein verächtliches Schnauben hören. Er spuckt Liubman mitten ins Gesicht und zückt seinen Dolch. Ich möchte aufspringen, doch meine Freunde halten mich zurück. Der Ungrer hält ihm das Messer an die Kehle und brüllt ihn an. Liubman bleibt ganz ruhig. Die Klinge befindet sich nun auf Höhe seiner Augen. Der Ungrer scheint seine Kameraden etwas in seiner fremdartigen Sprache zu fragen und erntet dafür schallendes Gelächter.

»Bitte, es gibt noch …«, versucht Liubman, mit fester Stimme zu sagen, doch ist ihm das Zittern deutlich anzuhören. Das Lachen verschwindet jäh aus dem Gesicht des Kriegers. Er beugt sich zu Liubman hinunter und brüllt ihn an. Er drückt ihm die Klinge seines spitzen Dolchs unterhalb des linken Auges ins Fleisch und ritzt ihm langsam über die ganze Wange. Blut quillt heraus. Die Ungrer grölen und brüllen laut auf und stacheln ihren Anführer damit weiter an. Liubman lässt all dies unbewegt über sich ergehen. Bei den Wagen regt sich etwas. Ein Murmeln geht durch die Gefangenen. Nutzen sie etwa die Chance zur Flucht? Wäre jetzt der richtige Zeitpunkt loszuschlagen? Sollen wir sie heimlich von der anderen Seite befreien? Stattdessen erhebt sich einer der jungen Sklaven und nähert sich mit gesenktem Blick den Ungrern. Auf den Ruf eines Kriegers hin unterbricht ihr Anführer die Tortur und wirft dem Gefangenen einen herausfordernden Blick zu. Dieser stammelt einige bruchstückhafte Worte in ebenjener fremdartigen Sprache.

»Er spricht offenbar von der Beute«, flüstert Maia uns zu. Der Anführer wirft einen Blick auf die Schatulle, tritt einen Schritt zur Seite und bedeutet dem Gefangenen, mit Liubman zu sprechen.

»Woher kommst du? Gibt es dort mehr davon?« Der Gefangene zeigt auf die Schatulle. »Sprich, wenn dir dein Leben noch etwas bedeutet!« Die Ungrer lachen. Ob wegen der für sie unverständlichen Sprache oder weil sie den strengen Tonfall ihres Sklaven vernehmen, lässt sich nicht ergründen. Hoffen wir, dass sich Sigilos Ortskundigkeit auch über den Rîn hinaus erstreckt und unsere Freunde bald eintreffen!

»Mein Herr Rudolf schickt mich aus Burgundia. Er ist ein mächtiger Mann, er ist ein reicher Mann. Mit diesem Tribut entrichtet er Euch seine Grüße.«

»Wenn das nicht etwas zu dick aufgetragen ist«, flüstert Matheus. »Sich gleich einen Mann aus dem burgundischen Königsgeschlecht als Herrn auszusuchen …« Der Übersetzer zögert. Ahnt er den Schwindel? Wenn er schon so lange mit den Ungrern mitzieht, dass er einige ihrer Worte versteht, wird er bestimmt weit im Osten gefangen genommen worden sein. Doch dann würde ihm selbst der Name Rudolf nichts sagen. Und wenn er tatsächlich von einem solch mächtigen Mann geschickt wurde, wäre die Schatulle bestimmt etwas praller gefüllt gewesen.

Liubman nutzt die Ratlosigkeit des Sklaven und fügt hinzu: »Ich selbst stamme aus einem reichen Dorf westlich von hier, sag ihnen das.« Der Sklave blickt Liubman durchdringend an und scheint seine Optionen abzuwägen. Schließlich weist er mit seiner Hand nach Westen und reiht erneut einige unverständliche Worte aneinander. Unter den Ungrern bricht eine aufgeregte Diskussion aus. Es scheint, als wolle der eine den anderen übertrumpfen. Ihr Anführer bringt sie zum Schweigen, weist auf vier seiner Kameraden und den Sklaven und lässt Liubman auf die Beine zerren. Während die übrigen Ungrer unter murrendem Protest zurück an ihre Arbeit gehen, bewegt sich die kleine Gruppe um Liubman nach Westen in den Wald.

Cap. XXI

Montag, 15. Mai 926, nachmittags

»Wir können ihn nicht alleinlassen«, wende ich mich an Maia und Matheus. Noch immer halten wir uns versteckt am Rand des Lagers auf. Bisher ist es mir nicht gelungen, Anna unter den Gefangenen zu entdecken. Doch auch wenn ich die Hoffnung auf Anna nicht vollends aufgegeben habe, so besteht für Liubman dennoch eine realere Gefahr. Und ich bin nicht bereit, schon wieder einen Freund zu verlieren.

»Liubmans und Hirmingers Anordnungen waren klar«, gibt mir Matheus mit strenger Stimme zu verstehen.

»Aber wir können im Moment ohnehin nichts tun! Wenn ich ihnen folge und er es schafft, sich freizukämpfen, besteht immerhin die Chance, fünf von ihnen auszuschalten, bevor Hirminger mit der Verstärkung eintrifft.«

Bevor Matheus etwas darauf entgegen kann, umarmt mich Maia kurz und wünscht mir Glück: »Pass gut auf dich auf.« Darauf weiß Matheus nichts mehr zu erwidern, sodass ich alleine losziehe; an meiner Seite lediglich mein treuer Sax und Liubmans altgediente Spatha.

Ich bin froh, wieder aufrecht zu stehen, und eile so leise wie möglich durch das Unterholz. Das Lederwams ist mir etwas zu groß und hat mich deswegen in hockender Haltung stark in der Bewegung eingeschränkt. Doch komme ich mir damit und mit der neuen Waffe an meiner Seite schon fast wie ein echter Krieger vor. Ob ich auch imstande bin, diese Klinge zu führen? Bald schon höre ich vor mir die kleine Gruppe Ungrer durch den Wald schreiten. Zuvor habe ich mich gefragt, warum sie bis auf eines ihre Pferde zurückgelassen haben. Doch würden sie in diesem dichten Geäst zu Fuß wohl schneller vorankommen, und das Leben ihrer Geisel würde einen Angriff zu Pferd unnötig machen. Das eine Pferd führen sie vermutlich zum Überbringen von Nachrichten mit sich. Sie bewegen sich sehr selbstsicher. Liubman geht voran und führt sie. Für wessen Seite sich wohl der Sklave am Ende ihres Zuges entscheiden wird? Er scheint schon so mit ihnen vertraut, dass ich an seiner Loyalität zweifle. Ich folge den sieben Männern einige Zeit und versuche, dabei stets versteckt zu bleiben, aber dennoch beobachten zu können, was mit Liubman geschieht und wie sich unser zweifelhafter Verbündeter verhält. Es vergeht weitere Zeit, und ich beginne mich langsam zu fragen, ob ich besser bei Matheus und Maia geblieben wäre. Möchte Liubman die Ungrer nur weglocken und ist auf gar keinen Kampf aus? Wann werden sie sein Spiel durchschauen?

Plötzlich stolpert Liubman vornüber. Schon halte ich nach einem verborgenen Schützen Ausschau und möchte meinem Freund am liebsten zu Hilfe eilen.

Doch nütze ich unserer Sache mehr, wenn ich noch etwas abwarte. Die Ungrer stoppen und brechen ob des ungeschickten Alemannen in Gelächter aus. Einer der Krieger tritt mit gezogenem Schwert an ihn heran und kickt ihm mit dem Fuß in den Rücken. Doch Liubman rührt sich nicht. Die anderen hören auf zu lachen. Der Ungrer beugt sich nach vorn, klopft meinem Freund mit dem Knauf seines Schwertes auf die Schulter und möchte ihn gerade zur Seite drehen, da rollt Liubman blitzschnell auf den Rücken, ergreift den unteren Teil des Schwertarmes und dreht ihn mit solcher Kraft herum, dass der Ellbogen auskugelt. Liubman packt mit seiner rechten Hand das Schwert, schwingt sich auf die Brust des Ungrers und schlitzt diesem mit dem Dolch in seiner Linken die Kehle auf. Die anderen Krieger brüllen vor Wut, und als Liubman auf die Beine kommt, stürmen sie bereits mit gezückten Schwertern auf ihn los. Der erste erreicht ihn bereits nach einem gefühlten Wimpernschlag und holt mit seinem Schwert weit zum Schlag aus, doch zu weit. Liubman pariert die ungeschickte Attacke und treibt ihm seinen Dolch in die Brust. Er bewegt sich so kraftvoll und geschickt, wie ich noch keinen habe kämpfen sehen. Doch nun sieht er sich drei weiteren Ungrern gegenüber, die nicht mehr so leichtfertig angreifen würden. Kaum fällt der eben niedergestreckte Feind mit stecken gebliebenem Dolch zu Boden, da wird Liubman von einem derart kräftigen Hieb am linken Arm erwischt, dass dieser beinahe vollständig durchtrennt wird und nun nutzlos blutend herabhängt. Sein Schmerzensschrei ist markerschütternd, was seinen Blutdurst jedoch umso stärker entfacht. Geschickt weicht er dem nächsten Hieb aus und stößt in die entstandene Lücke vor. Sein Konter trifft ins Leere, doch lässt dies seine Feinde kurz zurückweichen. Mit gezücktem Schwert überwinde ich das letzte Stück zwischen meinem Versteck und dem Ort des ungleichen Gefechts. Der Sklave ist verängstigt zurückgewichen, blickt nach links und nach rechts. Versucht er zu fliehen? Greift er selbst zur Waffe? Ein weiterer Hieb ist auf Liubman niedergefahren. Trotz Verwundung versucht er noch immer, die Angriffe der drei Feinde zu parieren, doch ist er der geballten Kraft nicht gewachsen. Immer wieder entgeht er knapp einem tödlichen Stoß. Die Ungrer sind vorsichtiger geworden, lassen ihren Feind bluten. Ein weiterer Hieb erwischt ihn am Oberschenkel, sodass er sich kaum mehr auf den Beinen halten kann. Ich bin nur noch zwei Speerlängen vom Kampf entfernt und lasse einen Schrei fahren, um den Druck auf meinen Freund zu mindern. Die Ungrer drehen sich überrascht zu mir um. Auf der Höhe des Sklaven habe ich nur einen Augenblick, mich zu entscheiden. Seine erstaunten Augen lassen Unterstützung vermuten und so werfe ich ihm Liubmans Schwert zu, ziehe in letzter Sekunde meinen Sax und stemme mich mit vorgestreckter Klinge und mit dem vollen Gewicht meines Körpers gegen den mir am nächsten stehenden Ungrer. Wenn auch in der falschen Hand, reicht die Wucht meines Angriffs aus, die einschneidige Klinge meines Kurzschwertes tief in seinen Bauch zu rammen. Ich spüre, wie sich warmes Blut über meine verkrampften Finger ergießt, als ich die Klinge zurückziehe. Zur selben Zeit ist Liubman vollends auf die Knie gesunken, schafft es aber noch, dem abgelenkten Anführer mit letzter Kraft die Sehnen seiner Beine zu durchtrennen. Dieser sinkt mit einem lauten Aufschrei zu Boden, wo ihm Liubman den Rest gibt. Der fünfte und letzte Krieger stolpert voller Angst einen Schritt zurück und umklammert zitternd sein Schwert. Er dürfte mindestens zwei Jahre jünger sein als ich. Bevor ich auch nur dazu komme, einen nächsten Schritt zu wagen, blitzt hinter dem Ungrer eine mächtige Klinge auf, die fast gleichzeitig zwischen dessen Hals und Schulter herabfährt. Lautlos sackt der letzte Feind in sich zusammen. Hinter ihm kommt der Sklave zum Vorschein, der das Schwert augenblicklich loslässt, um nicht ebenfalls zu fallen, da sich die Klinge tief in den Körper seines Opfers gegraben hat.

Ich sprinte an Liubmans Seite, gerade als dieser schwer verwundet zur Seite kippt. Sein Gesicht ist ganz blass. Dennoch vermag er mich mit getrübten Augen anzulächeln. »Du bist einfach nicht totzukriegen, was?«, sage ich zu ihm mit zittriger Stimme.

»Gutes Wams … trägst du da.« Jede Silbe scheint ihm größte Anstrengungen zu bereiten, und dennoch ist er zu Scherzen aufgelegt. In seiner verbliebenen Hand umklammert er mit letzter Kraft ein hölzernes Etwas, das mir außergewöhnlich bekannt vorkommt. »Dieser Bastard …«, versucht er erneut zu sprechen, muss dann aber sein eigenes hochgehustetes Blut schlucken und nimmt seine letzte Kraft zusammen: »Er trug es bei sich.« Sein Blick wandert über den Anführer der jungen Krieger. »Er … er muss es … mein Sohn …«

Ich nehme seine Hand mit dem beinernen Anhänger fest zwischen meine Hände: »Nun hast du Jacob gerächt.«

Liubman blickt mich mit seinem entstellten Gesicht an: »Trage es! Ermutige unsere Männer …« Erst, als ich über ihm knie, erkenne ich die zahlreichen weiteren Wunden an seinem Körper. Er wird sterben. Ich halte seine Hand, blicke in seine Augen. Die letzte Bewegung seiner Pupille erstirbt.

»Nun seid ihr alle vereint«, flüstere ich. Tränen benetzen den leblosen Körper. »Jacob wartet bereits auf dich.«

Erst jetzt bemerke ich, dass jemand dicht hinter mir steht. Ich drehe mich um und erblicke den Sklaven, der schweigend auf uns herabblickt. Seine Hände umklammern nun wieder Liubmans Spatha. Er scheint die Situation genutzt zu haben, um die Waffe aus dem leblosen Körper zu ziehen. Was hat er vor? Er tritt einen Schritt vor, sodass ich mit der Hand am Griff meines Sax' einen Schritt zurückweiche. Doch im selben Augenblick dreht er das Schwert gegen sich und streckt es mir mit dem Griff voran entgegen. Ich nehme es langsam an mich, stecke es zurück in die Scheide und bringe dabei ein knappes »Danke« über die Lippen.

»Ich hatte nicht mehr daran geglaubt«, sprudelt es nun völlig unerwartet aus ihm heraus. »Ich konnte es gar nicht schnell genug wahrhaben. Ich bin frei! Mein Name ist Ruadmund. Die Ungrer haben mich bereits in Baiuvaria gefangen genommen. Nie zuvor war ich so weit im

Westen, und ich befürchtete zu Recht, bald auch so weit östlich wie nie zu sein. Welchem Herrn dient Ihr? Wo steht seine Armee?« Ich komme fürs Erste nicht dazu, auch nur auf eine seiner Aussagen einzugehen, dabei interessiert mich vor allem eines. Die Höflichkeit gebietet es jedoch, mich ebenfalls kurz vorzustellen, und dabei muss ich ihm auch gleich klarmachen, dass ich keineswegs Teil einer größeren Armee bin.

»Wir sind 13 …«, mein Blick schweift zum leblosen Liubman, »zwölf Männer und eine Frau, welche die Verfolgung aufgenommen haben. Wir möchten deine Leidensgenossen befreien. Maia hat uns alles über das Lagerleben erzählt. Wir werden zuschlagen, bevor die Pündertrupps zurückkehren. Ich rechne mit deiner Hilfe.«

»Maia lebt?« Bevor ich darauf antworten kann, fährt Ruadmund fort: »Wir sollten die Flucht ergreifen, solange wir noch können! Es grenzt an ein Wunder, dass Ihr bislang noch nicht entdeckt wurdet.« Darauf gehe ich nicht ein. Stattdessen schaue ich ihn wütend an. Wie kann er bloß seinen Leidensgenossen die Unterstützung verwehren?

Doch bevor ich ihn zurechtweise, möchte ich noch etwas ganz anderes von ihm wissen: »Befindet sich unter den Gefangenen ein Mädchen mit dunklen Haaren? Sie ist in unserem Alter.« Ruadmund blickt mich fragend an. Es fällt mir schwerer als erwartet, Annas Name laut auszusprechen. Wie wahrscheinlich ist es, dass sie tatsächlich noch am Leben ist? Im Lager habe ich sie nicht gesehen.

»Warte, du meinst das süße Mädchen aus Seckinga?«, lacht Ruadmund.

»Du kennst sie?« Ich bin perplex.

»Die Kleine ist sehr widerspenstig, hab mich gewundert, dass sie sie nicht längst im Rîn ertränkt haben.« Voller Zorn balle ich meine Fäuste und schlage ihm in die Magengrube.

Ich koche vor Wut: »Ihr Name ist Anna!« Ruadmund ist keuchend zu Boden gesunken.

Das hat gutgetan. Doch sollte ich meinen Zorn besser an den Ungrern ausleben. Einerseits bin ich von mir selbst überrascht, dass dieser einzelne Schlag so gut gesessen hat, andererseits bereue ich meine Reaktion im Affekt. Schließlich brauche ich Ruadmund noch. Doch wehrt sich dieser nicht etwa, sondern gibt mir, wonach ich suche: »Sie ist im Lager.« Mein Schlag scheint ihn also doch zur Vernunft gebracht zu haben.

»Aber keiner von uns konnte sie dort sehen«, gebe ich zu bedenken. Ruadmund antwortet: »Nach der Überquerung des Rîn sollten wir alle bei der Errichtung eines Lagers helfen. Anna wurde losgeschickt, um Wasser zu holen. Doch sie war so du…, ich meine, so mutig, einen Fluchtversuch zu wagen. Doch niemand entkommt den Pferden der Ungrer! Sie liegt seither gefesselt unter einem der Wagen.« Weiter höre ich nicht mehr zu. Anna lebt! Und ich werde sie befreien. Während Ruadmund gerade von einem Fluchtversuch erzählt, den er lange vor dem Erreichen des Bodamansees gewagt hatte, suche ich unter den Leichen hastig nach weiteren Ausrüstungsgegenständen. Wenn wir gleich an der Stelle aus dem Wald auftauchen, wohin ihr Anführer mit einigen Kriegern verschwunden ist, möchte ich dies in beeindruckender Manier tun. So, als hätte ich es allein mit allen fünf Kriegern aufgenommen. Sie sollen es mit der Angst zu tun bekommen. Ich setze mir die lederne Mütze ihres Anführers auf, der als Nackenschutz einige gelochte Münzen aufgenäht hat. Dann schnappe ich mir den Unterarmschutz zweier Bogenschützen, schütze meine Schienbeine mit mit Metallplättchen besetzten Lederteilen und hänge mir das weiß leuchtende beinerne Amulett aus einem Knochen des heiligen Mauritius um den Hals. Auf meinem dunklen braunen Lederwams wird es für alle klar zu erkennen sein. Mit einigen weiteren leichten münzen- und plättchenbesetzten Rüstungsgegenständen und den zwei Schwertern fühle ich mich inzwischen wie ein Kriegsherr. Ruadmund hat mittlerweile aufgehört zu erzählen und macht sich ebenfalls daran, sich für den bevorstehenden Kampf zu rüsten. Wie schnell er doch seine Meinung geändert hat, grinse ich zufrieden.

Mittlerweile ist das vom Kampf aufgeschreckte Pferd zu seinem toten Meister zurückgekehrt. Ich nähere mich vorsichtig, streichle es, nehme es behutsam am Zügel, und Ruadmund hilft mir, in den Sattel zu kommen. Er hat sich einen gefütterten ungrischen Mantel übergeworfen, und an seiner Hüfte hängt eines ihrer merkwürdig gekrümmten Schwerter. Wir werden uns später um Liubman kümmern. Erst kämpfen wir für die Lebenden. Gut gerüstet und hoch zu Ross wende ich mich Richtung Lager, Ruadmund führt mein Pferd am Zügel. Wir ziehen in den Kampf.

Cap. XXII

Heilige Sophia, steh uns bei

Aus der Ferne vernehmen wir dumpfe Schreie und wütende Stimmen. Ein Kampf ist im Gange. Ist Hirminger eingetroffen? Ich bete darum, denn Matheus und Maia allein wären eine leichte Beute für die übermütigen jungen Krieger. Wir bewegen uns so rasch wie möglich durchs Unterholz, obwohl mein Pferd dabei einen ziemlichen Lärm verursacht.

»Hoffentlich sind ihre Plündertrupps und Späher noch nicht zurückgekehrt«, keucht mir Ruadmund zu. Er führt mein Pferd noch immer am Zügel und ist durch unser erhöhtes Tempo schon ziemlich außer Atem. Wir kommen der Quelle des Lärms immer näher.

Mit einem Mal vernehme ich Hirmingers Stimme: »Tötet ihn! Wenn er sein Horn bläst, sind wir verloren.« Der Wald lichtet sich etwas. Im ungrischen Lager findet ein heftiger Kampf statt. Obwohl inzwischen alle unsere Gefährten eingetroffen sind und die unmittelbare Gefahr für Matheus und Maia damit gebannt scheint, befürchte ich, dass die zwar noch sehr jungen, aber nicht minder kampferfahrenen und besonders angriffslustigen ungrischen Krieger im Vorteil sind. An

Hirmingers Seite kämpfen Mahterat und Sigilo, dessen Köcher leer ist und leider in keiner Weise durch Nahkampffähigkeiten ausgeglichen werden könnte. Meine Freunde scheinen das Lager zwar überfallen zu haben, doch werden sie immer weiter zurückgedrängt. Adalo und Wito kämpfen bereits um ihre Leben. Das Scharmützel hat einen kritischen Punkt erreicht, an dem man entweder aufgibt oder stirbt. Ersteres ist in diesem Fall keine Alternative. Darauf hat uns der selige Liubman vor der letzten Schlacht eingeschworen, und wenn ich die nach Blut gierenden Feinde sehe, bezweifle ich auch, dass dies überhaupt eine Möglichkeit wäre.

»Schnell, Ruadmund, lauf 20 Schritte weiter entlang des Waldrandes! Dann mach so viel Krach wie nur möglich.« Es ist Zeit, eine bisher noch unentdeckte Seite meinerseits zu prüfen.

Ich verfolge den ehemaligen Sklaven mit meinen Augen, und als er in Position ist, schreie ich mit markerschütternder Stimme: »Zum Angriff, Männer, tötet sie alle!« Mein Kampfschrei wird von Ruadmund wiederholt. Der Lärm aus zwei unterschiedlichen Richtungen verunsichert die siegessicheren Ungrer völlig. Einige sind derart eingeschüchtert, dass sie sich trotz der unmittelbaren Gefahr durch die Waffen meiner Freunde zu uns umdrehen und damit ihre Deckung fallen lassen. Ich sehe, wie Matheus und Snato diese Situation augenblicklich nutzen und ihr Gegenüber niederstrecken. Nach zwei weiteren Atemzügen, die mir vorkommen wie die Ewigkeit, gebe ich meinem Pferd mit den Fersen einen sanften Ansporn in die Flanken und trete so aus dem schützenden Wald heraus. Ruadmund tritt ebenfalls gut sichtbar auf die Lichtung. Ich schreie noch immer laut Befehle nach rechts und links. Alles, was unsere Feinde sehen, ist ein hochgerüsteter Krieger zu Pferd und ein einfacher Kämpfer zu Fuß. Allerdings nehmen sie dies unter dem ohrenbetäubenden Lärm eines scheinbar ganzen Kampfverbandes wahr. Die wenigen Ungrer, die sich dabei zuvor nicht umgedreht haben, blicken nun angstvoll zurück und sehen zugleich, wie ihre Freunde zur Rechten und zur Linken den Schwertern, Speeren und Bogen meiner Gefährten zum Opfer fallen. Als ich den mir am nächsten stehenden Gegner mit einem ausholenden Hieb meiner Spatha ins Jenseits befördere, legen auch die letzten Ungrer demoralisiert ihre Waffen nieder.

»Marcus?!«, höre ich Maias überraschte Stimme. »Bist … bist du das?«

»Schnell, greift ihre Waffen, treibt sie am Wagen dort zusammen«, weist Hirminger seine Kämpfer geistesgegenwärtig an. Bis diese feststellen, dass hinter Ruadmund und mir keine weiteren Kämpfer mehr folgen, ist es bereits zu spät. Sie sind unsere Gefangenen.

Mit Otos Hilfe steige ich vom Pferd und eile Richtung Wagen. Wo haben sie meine Anna versteckt? Gleichzeitig rufe ich Hirminger zu, sich für den Rückzug bereit zu machen. »Ihr seid frei«, ruft Maia ihren ehemaligen Leidensgenossinnen und -genossen zu. »Ihr seid frei! Nehmt euch ihre Waffen und folgt uns.« Das lassen sich die Sklaven nicht zweimal sagen, doch ehe wir etwas dagegen hätten tun können, stürzen sich vier der ehemaligen Gefangenen mit ungrischen Schwertern auf die entwaffneten Krieger. Liubmans Wunsch, keine Gefangenen zu machen, wird in völlig unerwarteter Weise also doch noch entsprochen. Ich renne das letzte Stück zu den Wagen. Wehe dem, der in all dem Hass meiner Anna etwas zufügt. Ich entdecke sie unter einer Decke. Anna lebt. Ich nehme ihr den Knebel aus dem Mund und möchte ihr gerade sagen, wie sehr ich auf diesen einen Moment gehofft habe, da ertönt aus der Ferne der unheilvolle Klang eines Horns. Sie kommen!

»Jemand muss sie gewarnt haben«, flucht Hirminger.

»Oder einer ihrer Spähtrupps hat sich früher auf den Weg zurück zum Lager gemacht und ruft nun alle anderen zurück«, gibt einer der befreiten Sklaven zu bedenken. Unsere Reihen werden durch die Befreiten verstärkt. Von unseren Leuten haben Liubine und Thioloh den Angriff auf das Lager nicht überlebt, und Richpold hat sich eine Armverletzung zugezogen. Einen Bogen wird er wohl nicht mehr führen können. Ich befreie Anna und drücke ihr meinen Sax in die Hände. Es scheint ihr körperlich gut zu gehen, doch hat sie es bislang nicht geschafft, auch nur ein Wort zu sagen. Als ich sie kurz in meine Arme schließen möchte, kämpft sie sich nach nur einem Atemzug wieder frei. Ich lasse sie gewähren und folge ihr zu Hirminger und Snato, die gemeinsam mit Matheus das weitere Vorgehen beraten.

»Für eine Flucht ist es nun zu spät. Sie würden uns einen nach dem anderen von hinten abschlachten, während wir einzeln in die Wälder fliehen«, resigniert Snato.

»Vielleicht sind es nur einige wenige Plünderer. Vielleicht können wir sie ein weiteres Mal schlagen und uns dann zurückziehen«, meldet sich Matheus hoffnungsvoll zu Wort.

Ich räuspere mich: »Egal wie viele Männer sie zählen, wir müssen unsere Leben so teuer wie möglich verkaufen. Wenn wir ihre Wagen eng genug zusammenschieben, können wir die Lücken mit Lanzenträgern besetzen und halten so selbst einer kleineren Übermacht lange genug stand, um ihnen die Lust am Kampf zu nehmen.« Meinen Worten glaube ich eigentlich selbst nicht. Was passiert, wenn sämtliche Verbände zum Lager zurückkehren, was angesichts der hier gelagerten Beutestücke ebenfalls nicht unwahrscheinlich ist? Dann würden wir früher oder später alle abgeschlachtet. Auf meine Bitte, mit den anderen Frauen Richtung Rîn zu fliehen, geht Anna ebenso wie alle anderen, die mich im Umkreis wahrnehmen, nicht ein.

Doch endlich spricht sie: »Auf einem der Wagen hier befinden sich ausreichend Spieße, um alle hier Anwesenden damit auszustatten.« Und tatsächlich finden wir bald drei Bündel langer Speere.

»So sei es«, nickt Hirminger Anna und mir zu. Wir schieben die Karren und Transportwagen so schnell wie möglich zu einer behelfsmäßigen Wagenburg zusammen und lassen dazwischen kleinere Lücken frei. Kaum steht der letzte Wagen an seinem Platz, tauchen die ersten Krieger zu Pferd am Rand der Lichtung auf. Als sie sehen, was hier geschehen ist, beginnen sie, uns laut brüllend mit Pfeilen einzudecken. Zwei unserer Leute werden bei diesem ersten Angriff tödlich getroffen. Wir anderen ducken uns innerhalb der Wagenburg hinter die behelfsmäßigen Holzwände. Die letzten Männer und Frauen greifen sich für die Abwehr des bevorstehenden Angriffs mit Blankwaffen nun ebenfalls Spieße. Ewig werden sie uns nicht mit Pfeilen attackieren, solange wir uns verstecken. Eine Attacke zu Pferd scheint in diesem Gelände ebenfalls ungeeignet. Sobald sie einen Angriff zu Fuß wagen, würden wir bereit sein. Unsere Phalanx erwartet sie.

Das Zischen der Pfeile ist nur noch vereinzelt zu hören, doch nun werden wir von allen Seiten beschossen. Wir sind eingekreist, was sich aber auch nicht verhindern ließ. Die niedrigen Wagen bieten nicht von allen Seiten denselben Schutz, und so wird Mahterats Kopf plötzlich von einem Pfeil getroffen. Die Wucht wirft ihn zu Boden, wo er in einer wachsenden Blutlache liegen bleibt. Ich ziehe das beinerne Amulett der alemannischen Anführer – soweit es die Hanfschnur um meinen Hals zulässt – hervor und halte es hoch: »Mauritius ist mit uns! Kämpft, Alemannen, kämpft! Mit dem Heiligen einher wandeln die Seelen aller großen Krieger unserer Heimat. Eure glorreichen Vorväter sind mit uns!« Beim Anblick des Amuletts beginnt Hirminger, mit dem Speer gegen die hölzerne Konstruktion des Karrens vor ihm zu schlagen. Matheus und Snato fallen augenblicklich ein.

»Bleibt standhaft, Brüder und Schwestern. Zeigt ihnen, was passiert, wenn sie sich mit echten Alemannen anlegen!« Immer mehr Kampfgefährten stimmen ins laut schallende Klopfen ein. Wir zeigen dem Feind unsere Einheit und Entschlossenheit. Doch hält das die Ungrer nicht vom weiteren Beschuss ab. Mittlerweile sind einige von ihnen abgestiegen und stürmen auf die Wagenburg zu. Keinesfalls dürfen sie uns aus der Deckung locken oder gar eine Lücke in unseren Verteidigungskreis reißen. Einer der anstürmenden Ungrer wird von einer mutigen Verteidigerin durch einen überraschenden Speereinsatz zu Fall gebracht. Doch bringt sie sich damit aus der schützenden Deckung und wird fast gleichzeitig von zwei Pfeilen durchbohrt. Verdammt! In welche Lage habe ich uns mit meiner Idee bloß gebracht? Ich habe uns vorsätzlich jegliche Chance auf Flucht genommen, und durch das Fehlen von Schilden sind wir nun auf einen kleinen, gut einsehbaren Kampfkreis mitten auf einer Lichtung beschränkt, während unsere Feinde uns aus dem dichten Geäst des umliegenden Waldes mit Pfeilen eindecken können. Ich hatte stärker damit gerechnet, dass die Ungrer, dem weiteren Pfad durch den Wald folgend, zurück zum Lager kämen und dabei Trupp für Trupp von uns getötet würden. Stattdessen haben sie uns eingekreist und haben alle Zeit der Welt, uns bei jeder sich bietenden Gelegenheit zu töten. Und mit jedem Augenblick, der verstreicht, steigt die Chance, dass weitere feindliche Krieger zurück ins Lager finden. Wir haben uns selbst zur Schlachtbank geführt.

Plötzlich hört der Beschuss auf. Um uns herum kehrt Ruhe ein. Keiner versucht mehr, unsere Reihen aufzubrechen, doch vernehmen wir aus nordwestlicher Richtung lautes Hufgetrappel. »Haltet eure Köpfe unten!«, brüllt Hirminger. Was kommt nur auf uns zu? Ich halte Annas Hand, und sie drückt die meine, so fest sie kann. Wir blicken uns in die Augen. Sind dies die letzten Augenblicke unseres Lebens? Auf dem zur Lichtung führenden Weg taucht eine große Reitergruppe auf. Wir hören Jubelschreie der Ungrer aus allen Richtungen. An der Spitze reitet ein beeindruckender Mann. Er ist in Pelze und metallbeschlagene Schutzkleidung gehüllt, und sein selbstbewusstes Auftreten verrät viel über seinen sozialen Status.

»Das muss wohl einer ihrer Anführer oder Könige sein«, murmelt Richpold voller Furcht. Mit einer Handbewegung bringt der ungrische Anführer seine Reiter zum Anhalten. Er steigt ab, und seine Männer tun es ihm gleich. Die Pferde werden auf die andere Seite der Lichtung geführt, während sich die Ungrer vor uns formieren. Ihr Anführer schreitet unsere Stellung ab ohne jegliche Furcht zu zeigen und gibt dabei unverständliche Laute von sich. Daraufhin beginnen seine Männer immer wieder zu lachen. Man verspottet uns, nimmt uns nicht als ebenbürtigen Feind wahr. Lange werden wir wohl nicht mehr leben.

»Nehmt so viele von diesen Bastarden mit, wie ihr könnt!« Snato spuckt aus und steckt die Pfeile, die er auf einem der Wagen entdeckt hat, vor sich in den Grund. Sein mächtiger Kriegsbogen ist nach wie vor heil. Doch konnte er ihn bislang nicht einsetzen, weil er dafür hätte aufstehen müssen. Alle machen sich bereit für die letzte Attacke.

Wito murmelt ein Gebet: »Entreiß mich den Feinden, mein Gott, beschütze mich vor meinen Gegnern! Entreiß mich denen, die Unrecht tun, rette mich vor den Mördern! Ich aber habe keinen Frevel begangen und keine Sünde; Herr, ich bin ohne Schuld …« Das wird unser letzter Kampf. »Meine Stärke, an dich will ich mich halten, denn du, Gott, bist meine Burg.«

Cap. XXIII

Ein Gewitter zieht auf

»Und der Herr lässt vor seinem Heer seinen Donner dröhnen …« Wir horchen alle auf. Tatsächlich rollt ein ferner Donner heran. »Sein Heer ist gewaltig, mächtig ist der Vollstrecker seines Befehls.« Das müssen weitere Reiter sein. Doch klingt es nicht nach den leichten ungrischen Reiterkriegern. Vielmehr ist es das Donnern Hunderter beschlagener Kriegsrösser. Außerhalb unseres Verteidigungsringes bricht Panik aus. Männer eilen zu ihren Pferden, doch haben sie sich alle in so enger Formation auf der Lichtung aufgestellt, dass jedweder Versuch der Errichtung einer eigenen Abwehrstellung scheitert. Auf dem Waldweg, woher zuvor der ungrische Kriegsherr erschienen ist, taucht nun eine endlose Kolonne schwerer Panzerreiterei auf. An der Spitze reckt ein Signifer eine mir unbekannte Standarte gen Himmel.

»Das Zeichen des Suntgaus!«, jubelt Sigilo.

»Liutfrid«, bestätigt Hirminger. Nun erinnere ich mich an den Boten, den der Abt von Seckinga losgeschickt hatte. Hatte er sein Ziel tatsächlich erreicht? Würde uns der mächtigste Graf von Alsaza tatsächlich persönlich zu Hilfe eilen? Vorsorglich verstecke ich das beinerne Amulett unter meinem Wams.

Die Panzerreiter nähern sich in hohem Tempo unserer Lichtung, können ihre volle Stärke wegen des Waldes allerdings nicht entfalten. Direkt vor unserer Stellung machen sich einige Bogenschützen bereit. Sie werden die Suntgauer kurz vor dem Erreichen der Lichtung zu Fall bringen, überlege ich mir. Dadurch würden die gefallenen Panzerreiter zum Hindernis für die nachfolgenden Kampfgenossen.

»Vorstoß!«, schreie ich den Kämpfern auf der nordwestlichen Seite unserer Verteidigungsstellung zu. Doch werden die ängstlich und fragend hereinblickenden Frauen und Männer augenblicklich von Hirminger zurückgepfiffen:

»Haltet eure Stellung!«

»Wir müssen ihnen zu Hilfe eilen, sonst wird es bald keine Stellung mehr zu halten geben!«, schreie ich mitten in die aufgebrachte Stimmung und durchbreche die eigene Linie, um die ungrischen Bogenschützen von hinten zu erwischen. Matheus und Sigilo folgen mir, während Snato nun endlich die Sehne seines mächtigen Kriegsbogens singen lässt. Bevor die Klinge meiner Spatha das Blut ihres ersten Opfers zu schmecken kriegt, wird einer der Bogenschützen von Snato durch einen an mir vorbeisurrenden Pfeil niedergestreckt. Der Ungrer wird mitten zwischen die Schulterblätter getroffen. Hirminger scheint vor Wut zu schäumen. Ich höre lediglich sein wüstes Fluchen. Natürlich hat er recht, wir würden uns damit alle in Gefahr bringen. Allerdings reicht dieser kurze Augenblick der zusätzlichen Verwirrung in den Reihen des Feindes aus, um den Panzerreitern die notwendige Zeit für die letzten Meter zu verschaffen. Als würde eine Flügellanze nach langer Jagd durch den muskulösen Körper eines Keilers fahren, reißt die suntgauische Speerspitze eine klaffende Wunde in die ungrischen Reihen. Ein grausames Spektakel nimmt seinen Lauf. In dem nun folgenden Gemetzel lässt sich nicht mehr erkennen, wer wo steht oder wer gerade die Oberhand hat. Einzig das unentwegte Klirren von Metall, markerschütternde Schreie und dumpfe Hiebe sind aus dem Gewühl vor uns zu vernehmen. Während zu Beginn weitere Ungrer gegen die suntgauische Stoßrichtung gestürmt waren, ziehen sie sich nun immer mehr hinter unsere Stellung zurück und bilden eine zweite Verteidigungslinie. Einigen ist es gelungen, zu ihren Pferden zu gelangen. Das Kampfgetümmel entwickelt sich gerade zu einer wahrhaftigen Schlacht zweier Heere. Und wir befinden uns mittendrin. Sigilo, Matheus und ich kehren in die eigenen Reihen zurück. Wir müssen unsere Stellung unter allen Umständen halten. Die größte Gefahr besteht nun darin, von den zurückströmenden Ungrern überrannt zu werden, doch können wir uns nun wieder in aufrechter Position verteidigen, da die Ungrer den Beschuss eingestellt haben, um nicht ihre eigenen Kameraden zu treffen. Dagegen streckt unser Meisterschütze Snato einen Gegner nach dem anderen nieder.

Selbst ohne den Vorteil der Überraschung und Geschwindigkeit der suntgauischen Panzerreiterei zeigt sich klar die Überlegenheit gepanzerter Krieger zu Pferd gegen eine nur leicht gerüstete Kriegerschaft zu Fuß. Die ungrischen Bogen kommen in diesem Gedränge gar nicht erst zum Einsatz, während deren Schwerter den über die Schultern gehobenen Speeren der Reiter unterlegen sind. Die Standarte Liutfrids nähert sich uns immer weiter, und ich lege meine erbeutete Kopfbedeckung ab, um nicht fälschlicherweise für einen Ungrer gehalten und von einem Verbündeten getötet zu werden. »Herr, du hast mich herausgeholt aus dem Reich des Todes, aus der Schar der Todgeweihten mich zum Leben gerufen«, betet Wito unentwegt fort. Und aus der Schar der Todgeweihten werden wir in der Tat herausgehoben, denn mit einem Mal brechen beidseits des Waldes unzählige Bewaffnete hervor. Da es keine Ungrer sind, muss es sich ebenfalls um Verbündete handeln. Die erste Kampflinie der Ungrer ist verloren. Von drei Seiten werden sie durch suntgauische Verbände bedrängt, und mittendrin halten wir verbissen stand. Die berittenen Elitekrieger drängen stetig vorwärts, während der eher notdürftig bewaffnete Heerbann den Feinden jegliche Fluchtmöglichkeit nimmt.

»Auf den Boden, schnell!«, schreit Anna. Ich vernehme das Zischen Dutzender Pfeile und werfe mich zu Boden.

»Was zum …?« Nun, da die erste Linie verloren ist, braucht die wesentlich besser gestaffelte zweite Verteidigungslinie der Ungrer nicht mehr auf Freundbeschuss zu achten. Welle um Welle spannen sich die ungrischen Reflexbogen aufs Neue, zischen Pfeile über unsere

Köpfe, und Welle um Welle fallen Reiter und Ross den teuflischen Schaftdornspitzen zum Opfer. Auf offenem Gelände gibt es vor dem Zorn der Ungrer keinen Schutz. Die kurz aufgeflammte Euphorie wird von Panik verdrängt. Die einfachen Bauern des suntgauischen Heerbanns stürzen sich in kopflose Flucht. Der kurze Versuch eines Vorstoßes bis zur zweiten Linie wird durch den ungrischen Pfeilhagel zunichtegemacht. Reihe um Reihe werden unsere Verbündeten niedergemäht.

»Wir müssen ihnen Zeit verschaffen! Wenn wir jetzt nichts tun, war alles umsonst«, ermutigt uns Hirminger. »Hoffen wir, der Suntgau folgt uns.« Wir drehen uns alle in enger Formation gegen die Ungrer. Noch sind wir im Schutz der Trosswagen und damit wesentlich näher am Feind, als es Liutfrid und seine Männer sind. Beabsichtigt Hirminger, was ich befürchte? Will er mit unserem kleinen Trupp die zweite Linie des Feindes durchbrechen und unseren Freunden aus Alsaza auf Kosten unserer Leben eine Chance geben? Aber sterben würden wir hier ohnehin. Warum also nicht aufrecht und stolz? Es bleibt keine Zeit mehr zum Nachdenken, viele Suntgauer suchen ihr Heil bereits in der Flucht.

»Jetzt oder nie!«, schreie ich und stehe kampfbereit auf.

»Angriff!«, brüllt Hirminger und stürmt zwischen den zwei Wagen hindurch auf die Ungrer zu. Schreiend folgen wir unserem Centenar in den letzten Kampf. Wir wenigen Frauen und Männer werden gleich auf ihre Reihen prallen, in der vagen Hoffnung, eine Lücke zu schlagen. Ich wage nicht, zurückzublicken, um zu sehen, was unsere Verbündeten tun. Stattdessen beschleunige ich meine Schritte, um die Linie immerhin einen Augenblick vor Anna zu erreichen. Matheus und Maia stürmen zu meiner Rechten vor, während Adalo, Snato und Anna links von mir laufen. Oto, Wito und Sigilo rennen vor mir dicht hinter Hirminger, der die Spitze bildet. Durch seine ungeheure Erscheinung und Masse muss er die Gegner direkt vor sich in Angst und Schrecken versetzen. Und als er mit der rasenden Wucht des Ansturmes seine Spatha in die feindliche Linie schlägt, gelingt uns der Durchbruch. Einige Feinde stolpern vor Hirmingers Angriff zurück und bringen dadurch ihre Kameraden zu Fall. Auf Hirmingers Höhe angelangt, hacken, schlagen und stoßen wir mit unseren Waffen auf die Unglücksbringer Alemannias ein. Hinter uns erreichen nun auch Richpold mit Ruadmund und den übrigen Männern und Frauen die feindliche Linie. Viel wichtiger wäre allerdings eine Verstärkung durch Liutfrid, denn viel mehr als den überraschenden Ansturm würden wir den Feinden nun nicht mehr entgegenstellen können. Neben mir fällt Richpold tödlich getroffen zu Boden, und ich sehe, wie von derselben Stelle eine Klinge nun direkt auf mich zugestoßen kommt. Im letzten Augenblick wird diese durch Witos Speer abgelenkt, sodass ich meine Spatha in die Eingeweide des angreifenden Ungrers stoßen kann. Um mir zu Hilfe zu kommen, musste Wito allerdings seine eigene Position kurz aus den Augen lassen, und als seitlich eine Schwertklinge in seinen Hals fährt, spritzt mir das Blut meines Retters mitten ins Gesicht. Zu meiner

Linken höre ich Maia laut aufschreien. Sie muss ebenfalls getroffen sein, doch wage ich nicht, mich umzublicken. Es zählt nur noch mein Gegenüber, und bald würde uns alle Witos Schicksal ereilen.

Und als der Druck von vorne immer stärker wird und wir kurz davor sind, selbst in Stücke gehackt zu werden, spüren wir die entlastende Attacke Liutfrids. Rechts und links von unserer Truppe treiben seine Reiter neuerlich Keile in die feindliche Linie. Die Ungrer ziehen sich in den schützenden Wald zurück, wo ihre berittenen Kameraden bereits mit weiteren Pferden warten. Wir verfolgen sie in den Wald, ebenso Liutfrids Männer. Im dichten Geäst sind die gepanzerten Reiter den Ungrern zwar unterlegen, doch setzen sie diesen dennoch nach, um zu verhindern, dass sie sich neuerlich formieren können. Hier, zwischen den Bäumen, kommt es zum erbitterten Einzelkampf Mann gegen Mann. Alles geht nun so schnell voran, dass ich immer weniger Feinde zwischen den Bäumen sehe. Haben wir sie dermaßen ausgedünnt? Fliehen sie? Versuchen sie einen neuerlichen Angriff? Ich habe meine Gefährten mittlerweile aus den Augen verloren und hoffe, dass Anna bei der verwundeten Maia geblieben ist. »Marcus!«, höre ich eine vertraute Stimme rufen. Snato steht drei Bäume weiter und bedeutet mir mit der Hand, in Deckung zu gehen. Ich mache einen Schritt hinter den nächsten Baum und spüre, wie ein Pfeil haarscharf an meinem Gesicht vorbeisurrt und hinter mir in einen Baum einschlägt. Drei von Liutfrids Kriegern reiten an uns vorbei. Snato möchte sie noch aufhalten, doch ist für sie jede Hilfe zu spät. Alle drei werden fast zeitgleich wie Wild erlegt. Unsere Treibjagd in den Wald hat an dieser Stelle ein Ende. Die nachfolgenden Krieger reißen die Zügel herum und gehen ebenfalls in Deckung. Unweit von uns müssen sich die Ungrer im Unterholz verschanzt haben. Aus der Ferne sind sie uns überlegen. Aus der anderen Richtung sind noch immer Kampfgeräusche und das Schreien von Verwundeten zu hören. Um uns herum wird es langsam dunkel. »Zurück, Männer, das hat keinen Sinn mehr«, befiehlt einer der Reiter seinen Leuten. Ich wage es, hinter dem Baum hervorzuschauen, kann aber nichts mehr erkennen. Per Handzeichen bedeuten Snato und ich uns gegenseitig, zurückzugehen. Inzwischen sind auch die letzten Kampfgeräusche verstummt. Die Ungrer sind fort, das Schreien der Verwundeten hält an.

»Entzündet im Wald rund um die Lichtung große Feuer. Ich will es, verdammt noch mal, mitkriegen, wenn diese Hunde zurückkommen.« Als Snato und ich auf die mit Leichen übersäte Lichtung kommen, gibt ein Mann in edlem Kettenhemd gerade Befehle aus und kümmert sich dann selbst um sein Pferd. Ich möchte unauffällig an ihm vorbeigehen und mich auf die Suche nach unseren Leuten machen, allen voran Anna, da hören wir Hirmingers Stimme:

»Snato, Marcus, kommt her zu mir!« Uns bleibt keine Wahl. »Wie schön, euch wohlauf zu sehen. Kommt, ich stelle euch dem Grafen Liutfrid vor.« Hirminger läuft geradewegs auf den Krieger im edlen Kettenhemd zu.

»Wo sind die anderen?«, möchte ich zuerst von ihm wissen.

»Seit der Schlacht seid ihr die Ersten aus unserer Gruppe, die ich lebend zu Gesicht bekomme. Wito und Richpold liegen hier drüben, und Otos leblosen Körper habe ich dort am Waldrand entdeckt. Matheus kümmert sich wohl noch um Maia. Drüben bei den Wagen.«

»Sie lebt?«, frage ich erleichtert. »Und was ist mit Anna? Habt Ihr sie gesehen?« Hirminger schüttelt den Kopf und tritt nun direkt vor Liutfrid.

»Mein Herr Liutfrid, man nennt mich Hirminger, Centenar aus dem Frichgau, es ist mir eine Ehre!«

»Ihr seid wohl der Anführer der kleinen Gruppe von Tölpeln, die mich beinahe um den Sieg gebracht hätten«, dreht sich Liutfrid verärgert zu uns um.

»Ihr versteht wohl nicht, Herr.«

»Ich verstehe sehr gut, Centenar.« Einer von Liutfrids Männern nähert sich und berichtet, dass vom Feind keine Spur mehr zu sehen ist. »Dann brecht die Verfolgung ab, wir behaupten bereits das Schlachtfeld. Warum sehe ich noch keine Feuer brennen?«, antwortet Liutfrid genervt. Vom großen Herrn des Suntgau hatte ich mir wesentlich mehr erhofft. Er tut gerade so, als wäre ihm heute ein Sieg gelungen. Ich blicke mich um. Die Lichtung ist übersät mit toten Freunden und Verbündeten. Das nennt er einen Sieg? Vielmehr sind die Ungrer rechtzeitig abgezogen, um zumindest einen Teil ihrer Kampfkraft für den Rückweg zu bewahren. Doch wage ich natürlich nicht, einen solchen Kommentar laut zu äußern. Ich bin froh über das Auftauchen des Suntgaus.

Ihnen verdanken wir unsere Leben. Dennoch kann von einem Sieg nicht die Rede sein. Ich muss Anna finden!

Um aus der momentan herrschenden unangenehmen Situation zu entkommen, gehe ich in die Offensive: »Mein Herr Liutfrid …«

»Ihr seid ja immer noch hier«, wirft mir der Graf einen verächtlichen Seitenblick zu, den ich angestrengt ausblende.

»Ich danke Euch für die Rettung aus unserer ausweglosen Situation. Der Bote aus Seckinga scheint Euch erreicht zu haben? Ich war dabei, als er ausgesandt wurde«, lüge ich unterwürfig. Nun ja, immerhin waren wir zu dem Zeitpunkt wirklich alle in Seckinga.

Offenbar ist es exakt dies, was der Graf zu hören erwartet hatte: »Und Ihr seid …?«

»Marcus«, antworte ich hastig. »Marcus aus dem Albgau.«

»Ihr habt einen langen Weg hinter Euch, Marcus aus dem Albgau«, mustert mich Liutfrid. Dabei wird mir bewusst, dass ich nach wie vor in der zusammengewürfelten Kriegerkluft stecke, und bin vor allem anderen froh, dass ich das beinerne Mauritius-Amulett versteckt habe. Er hätte es wohl, ohne zu zögern, an sich genommen. »Jemanden wie Euch könnte ich in meiner Haustruppe gut gebrauchen.«

Ich verneige mich tief und antworte ehrfürchtig: »Ein ehrenvolles Angebot, mein Herr, doch stehe ich bereits im Dienst meines Herrn Hirminger, dem Ungrer-Bezwinger von Sisla.« In der Hoffnung, nicht zu dick aufgetragen zu haben, entferne ich mich rückwärtsgehend von Liutfrid und mache mich erneut auf die Suche nach Anna. Bei einem letzten Seitenblick auf Hirminger und Snato nickt mir Letzterer grinsend zu.

Bei den Trosswagen stoße ich auf den Rest unserer kleinen Truppe. Matheus kniet über Maia und hält ihre Hand. Auch er wurde verwundet, aber beide scheinen ansonsten wohlauf zu sein. Daneben verbindet Sigilo den Arm des gegen eine Wagenrückwand gelehnten Adalo. Doch nirgends sehe ich Anna. Mein Herz hämmert verzweifelt gegen die Rippen. Habe ich sie gefunden, um sie sofort wieder zu verlieren? War all das hier umsonst? Ich klopfe Matheus aufmunternd auf die Schulter und nicke Sigilo zu. Wen beruhige ich damit eigentlich wirklich? In mir kocht die Panik immer weiter hoch. Ich gehe an Matheus und Maia vorüber, da ergreift Maia mein Fußgelenk: »Anna …«

»Wo ist sie?«, schießt es viel zu laut aus mir heraus.

»Ruadmund kümmert sich um sie.«

»Wo? Ist sie verletzt?« Maia zeigt ins Innere des Wagenrings, woraufhin ich loslaufe. Ist sie schwer verletzt? Verblutet sie gerade? Dann schießen mir Ruadmunds respektlose Äußerungen über Anna durch den Kopf. Ich springe über den umgekippten Karren vor mir und sehe Ruadmund, wie er sich über eine zierliche Gestalt mit hochgezogenem Hemd beugt. Das Blut schießt mir wutentbrannt in den Kopf. »Weg von ihr, du Hund! Verräter!« Ich ziehe Ruadmund an den Schultern hoch und schleudere ihn gegen den nächsten Wagen.

»Herr, ich …!«

»Schweig, oder ich schlitze dich auf!« Ohne ihn weiter zu beachten, falle ich vor dem leblosen Mädchenkörper auf die Knie. Maia hatte recht. Es ist Anna, und sie ist verletzt. Seitlich am Bauch prangt eine stark blutende Wunde, daneben ein kleines Bündel Stofffetzen sowie ein blutrotes Stück Leder. Ich verstehe nicht.

»Herr, ich möchte ihr bloß helfen.«

Ich bin sprachlos. »Ihr müsst den Druck auf die Wunde unbedingt aufrechterhalten, sonst wird sie verbluten!« Anna öffnet schwach ihre Augen. Was habe ich getan? Sie lebt, und Ruadmund wollte ihr lediglich helfen. Ich packe das Stück Leder und drücke es fest auf die Wunde.

»Ruadmund, ich dachte, ich …«

»Wir können später reden, mein Herr, übt weiterhin Druck aus auf die Wunde. Ich brauche Euren Dolch.« Ohne weiter nachzufragen, reiche ich ihm Liubmans Dolch. Ruadmund eilt davon, und ich wende mich wieder Anna zu. Sie ist ganz bleich. Ich erhöhe den Druck auf ihre Wunde, woraufhin sie aufstöhnt und erneut kurz die Augen öffnet.

»Marcus. Du bist hier!«

»Ich bin hier, Anna, ich bin hier. Ich werde dich nie mehr alleine lassen. Ich …« Annas Augen beginnen zu flackern. Ihre Lippen formen unverständliche Laute. »Anna!« Sie öffnet erneut ihre Augen. »Bleib bei mir! Bitte bleib wach.« Erneut versucht sie zu sprechen, sodass ich mit meinem Ohr ganz nah an ihr Gesicht herankomme.

»Ich liebe dich«, flüstert mir Anna zu und schließt ihre Augen. Panik erfüllt mich. Habe ich sie verloren?

»Anna, bitte verlass mich nicht! Ich brauche dich. Ich liebe dich!« Noch immer presse ich fest auf ihre Wunde. Habe ich ihr in den letzten Augenblicken ihres Lebens noch weitere Schmerzen zugefügt?

Plötzlich taucht Ruadmund erneut an meiner Seite auf. »Du bist zu spät …«

Er befühlt ihren Hals: »Ihr Herz schlägt noch.« Gott sei Dank, sie lebt! »Wenn ich ›jetzt‹ sage, nimm den Druck von ihrer Wunde und halte sie gut fest.«

»Was hast du vor?«, frage ich Ruadmund.

»Ich brenne ihre Wunde aus.« Er blickt mich an. »Vertrau mir!« Ich nicke. »Jetzt!« Als ich ihre Wunde freigebe, drückt Ruadmund ein glühendes Stück Metall darauf, und der Geruch von verbranntem Fleisch steigt mir in die Nase. Anna schreit voller Schmerzen und möchte sich aufbäumen, sodass ich mich mit dem ganzen Gewicht auf sie stützen muss. Dann wird sie erneut ohnmächtig. Gemeinsam verbinden wir ihre Wunde, um sie vor Verschmutzung zu bewahren. Zum Schutz vor der Kälte betten wir sie auf einen der Wagen, und ich ziehe ihr die Decke bis zum Hals hoch.

»Danke«, richte ich meinen Blick voller Reue auf Ruadmund.

Dieser nickt mir mit undefinierbarem Blick zu, dreht sich zum Gehen, wendet sich erneut um und reicht mir meinen Dolch: »Der Wundarzt des Grafen gab mir eines seiner bereits glühenden Werkzeuge aus dem Feuer. Deine Klinge zu erhitzen, hätte zu lange gedauert.«

»Behalte ihn«, sage ich Ruadmund dankbar und wende mich Anna zu. Ihre Atmung hat sich inzwischen normalisiert. Ich küsse sie sanft auf die Stirn, lehne mich gegen den Wagen, auf dem sie gebettet liegt und halte dabei ihre Hand. Ich bin müde, so unendlich müde.

Cap. XXIV

Das Schlachtfeld wurde behauptet. Unter den wachsamen Augen des Grafen Liutfrid kam es zu keiner nennenswerten Verbrüderung zwischen uns und den Kriegern des Suntgau. Als hätte sich ein dampfender Film klebrigen Talgs über meine Augen und meine Sinne gelegt, vergehen die kommenden Tage wie im Traum. Als hätte all das nie stattgefunden. Der Jubel nach dem Sieg über die Ungrer ist der Erkenntnis über all das Leid, den Tod und die Zerstörung gewichen. Mit einem geringen Teil der Kriegsbeute, unseren Verwundeten und zahlreichen befreiten Sklaven sind wir auf dem mühseligen Weg zurück Richtung Frichgau. So oft ich kann, verbleibe ich an Annas Seite. Sie scheint wieder zu Kräften zu gelangen. Doch mag noch immer keine Hoffnung aufkommen. Stattdessen plagen mich des Nachts die altbekannten Träume, wenn ich an Annas Seite einschlafe. Meist funktioniere ich einfach. Nicht mehr und nicht weniger. Seit dem Tag der heiligen Sophia, dem Tag der großen Schlacht, sind nun bereits drei Nächte vergangen. Unser Trupp nähert sich endlich dem Hof unseres Anführers aus dem Frichgau. Völlig erschöpft suche ich für Anna und mich einen wettergeschützten Ort zum Schlafen.

Ich scheine zu vergessen, und alles um mich herum wird dunkel.

Ich öffne meine Augen. Irgendetwas ist anders. In der Dunkelheit, die mich sonst umgibt, befinde ich mich in einer Insel des Lichts. Von Kerzen beleuchtet, drehe ich mich im Kreis. Ich sollte mich fürchten, doch überkommt mich ein Gefühl des Vertrauens und der Sicherheit. Nur zwei Schritte hinter mir stehen eine Frau und ein Mann mit beinahe abgebrannten Kerzen. »Marcus«, spricht der Mann, den ich als Figur wahrnehme, die mich seit Wochen in meinen Träumen aufsucht. Er und die Frau treten einen Schritt näher und umfassen meine Schulter.

Mit der sanften Stimme, wie ich sie mir tief in meinem Innern als die Stimme der Engel vorstelle, spricht nun auch die Frau: »Du brauchst uns nun nicht mehr, mein Sohn.« Ich vermag nicht, mich zu rühren. Auf meinen Schultern spüre ich ihre kühlen Hände, und dennoch strahlen ihre blassen Gesichter im Schein der Kerzen eine bisher nicht gekannte Wärme aus. Diese Nachricht vermag mich nicht zu überraschen. Irgendwie war es schon immer klar. Als ich es endlich schaffe, meine Arme wieder zu bewegen und nach meinen Eltern auszustrecken, greife ich ins Leere. Ich habe meine Eltern nie kennenlernen dürfen, und dennoch erkenne ich sie. Langsam entfernen sie sich rückwärts aus meinem Blickfeld. Auf der Höhe eines steinernen und beinahe schon grabplattenähnlichen Gebildes bleiben sie kurz stehen und stellen ihre Kerzen an dessen Rand. Die Kerzenstümpfe wachsen zu großen Kerzen heran und erleuchten den mit Efeu und Blüten bekränzten Körper einer jungen Frau. Die Vergangenheit bleibt vergangen, die Zukunft gestalte ich selbst.

»Marcus …«, höre ich eine sanfte Stimme. Ich spüre den warmen Atem dieser Person auf meiner Wange. Durch meine Augenlider dringt Tageslicht. Doch wage ich nicht, meine Augen zu öffnen.

»Anna? Bist du es wirklich?« Ich spüre ihre warmen, weichen Lippen auf den meinen.

»Beantwortet das deine Frage?« Ich blicke in Annas wunderschönes Gesicht, und Glück durchströmt meinen ganzen Körper. Mit Tränen in den Augen schließe ich Anna fest in meine Arme. Diese Reaktion scheint sie derart zu überraschen, dass sie zu lächeln beginnt. Ein Lächeln, das ich nie mehr missen möchte. »Warum so stürmisch heute Morgen, mein Liebster? Hattest du einen schlimmen Traum?«

»Einen Traum«, überlege ich laut, »ja, den hatte ich wohl.«

Als Anna sich zurückdrehen möchte, entweicht ihr ein leichtes Stöhnen. »Was ist mit dir?«, frage ich erschrocken.

»Das fragst du noch?«, lacht sie mich an. Um ihren Bauch sind Leinenbinden gewickelt, und ich erinnere mich an den Kampf, Annas Verwundung, Liutfrids ablehnende Haltung und einen endlos scheinenden Marsch.

»Wo sind wir hier?«

»Du stellst seltsame Fragen heute Morgen. Und dabei bin ich es doch, die fast gestorben wäre.« Meine Gedanken drehen sich vermehrt um den Kampf und die schwer verletzte Anna, und ich bin überglücklich, sie so wohlauf zu sehen. Zumindest ihren Humor hat sie schneller zurückgewonnen als ich meine Erinnerung.

»Wo sind wir hier?«, frage ich Anna erneut.

»Du weißt nicht … warte, du hast mich doch erst mit Matheus und Hirmingers Hilfe hergebracht. Bestimmt warst du wieder in deinen Gedanken gefangen«, lächelt sie mich an. Ihr Lächeln, ihr süßes Lächeln, wie habe ich es vermisst. Anna fährt fort: »Wir sind hier im Frichgau, in Hirmingers Haus. Nach der Schlacht mussten wir alle ziemlich bald den Kampfplatz verlassen, wie mir Maia erzählt hat.« Ich schaue sie fragend an, woraufhin Anna noch lauter zu lachen beginnt: »Wo hast du nur deinen Kopf gelassen? Ja, auch Maia ist wohlauf, sie teilt sich im Stall eine gemütliche kleine Ecke mit Matheus«, zwinkert mir Anna zu. »Mit Hilfe der Wagen aus dem ungrischen Tross konnten wir all unsere Verwundeten zurück an den Rîn führen, wo uns Ruadmund das versteckte Boot der Ungrer gezeigt hat.«

Langsam dämmert es mir, und hastig hake ich nach: »Und wie fühlst du dich? Wie kann es sein, dass du so schnell genesen bist?« Bevor Anna antworten kann, setze ich nach: »Also versteh mich nicht falsch, nichts auf Erden macht mich glücklicher, als dich so munter an meiner Seite zu sehen.«

»Du bist süß«, flüstert mir Anna zu. »Die Verwundung scheint nicht allzu tief gewesen zu sein, und es wurde auch nichts Lebenswichtiges getroffen. Die schnelle Reaktion Ruadmunds und von dir, Liebster, hat mir das Leben gerettet. Ich wage nicht zu behaupten, dass ich bereits allzu große Sprünge machen kann, aber ich werde von Tag zu Tag kräftiger. Daran sind wohl nicht zuletzt auch die Kochkünste von Hirmingers Gattin schuld.«

Ich lasse Anna noch etwas ruhen und trete aus dem Haus in den Hof hinaus, wo ich als Erstes Ruadmund und Matheus über den Weg laufe. Überglücklich vor Freude schließe ich beide in die Arme. Völlig überfordert von meinem unerwarteten Gefühlsausbruch schieben sie mich laut lachend etwas auf Distanz. »Anna scheint es wohl wieder besser zu gehen«, zwinkert mir Matheus zu. Ich lächle, gehe aber nicht weiter darauf ein. »Komm, es gibt hier einiges zu erledigen.« Damit führt mich Matheus über den Hof. Als wir Ruadmund hinter uns gelassen haben, fährt er fort: »Die befreiten Sklaven werden bald in ihre heimatlichen Regionen zurückkehren, doch bis dahin haben wir einige Mäuler zu versorgen.« Nahe den Stallungen sehe ich Adalo Holz hacken. Ich winke ihm zu. »Snato und Sigilo sind bereits wieder auf der Jagd. Wegen der Ausnahmesituation in den letzten Wochen und der unersetzbaren Verluste an Saatgut werden die diesjährigen und vielleicht auch noch die nächstjährigen Ernten alle sehr dürftig ausfallen. Wir werden alle Hände voll zu tun haben.« Daran möchte ich gar nicht erst denken.

»Ich habe gehört, du verstehst dich bestens mit Maia?«, grinse ich Matheus an, um vom Thema abzulenken.

»Ach, alles nur Gerede.« Doch auch er kann sein Glück nicht verstecken. »Was hast du nun vor?«, fragt mich Matheus. »Wo wollt ihr hin?« Ich greife an meine Brust und spüre die harten Umrisse des Amuletts.

»Erst mal zurück in den Turagau und dann, wohin auch immer uns unsere Wege führen.« Das ist erst der Anfang.

Historischer Kontext

Wenn auch die Hauptstory um Marcus und Anna frei erfunden ist, so geht die vorliegende Geschichte dennoch von Ereignissen aus, die historisch und archäologisch belegbar sind. Für das Jahr 926 ist tatsächlich ein umfangreicher Einfall von Magyaren/Ungarn mit zum Teil verheerenden Folgen belegt. Über Arbon ist aus jener Zeit nichts bekannt, sehr wohl erzählt uns ein Sankt Gallener Mönch aus dem 11. Jahrhundert hingegen vom Schicksal des Klosters Sankt Gallen und des Bistums Konstanz. Für die besagte Zeit ist zudem eine archäologisch auf das beginnende 10. Jahrhundert datierbare ungarische Pfeilspitze nahe dem ehemaligen Kloster Sankt Gallen entdeckt worden. Es ist nicht unwahrscheinlich, dass ungeschützte Orte – dazu gehören besonders die beuteversprechenden Klöster – in großem Umfang Plünderungen und Brandschatzungen ausgesetzt waren, während selbst nur leicht befestigte Orte wie Arbon schnell einmal links liegen gelassen wurden.

Freilich sind unsere Protagonisten frei erfunden, doch wurden alle anderen Namen dem zeitgenössischen Namensgut der jeweiligen Region und – wenn immer möglich – gar den Orten des Geschehens entnommen. So dürfte der Hof des Liubman tatsächlich die Keimzelle des heutigen Dorfes Lömmenschwil gewesen sein. Das Wissen um die Namen ist einer Reihe von Urkunden sowie dem älteren Verbrüderungsbuch des Klosters Sankt Gallen entnommen. So gab es wirklich einen Adalbert den Erlauchten. Und tatsächlich gehörte er zu den wenigen, die zum »alten« König (Karl der Dicke) hielten, während die meisten anderen in Alemannien auf die Seite des Usurpators Arnulf wechselten. Viele Besitztümer Adalberts wurden daraufhin konfisziert, und seine Familie hatte einen schweren Stand. Herzog Burchard hatte sein Amt erst nach langem Ringen am Ende eines blutigen Bürgerkriegs erlangt und wird in der zeitgenössischen Geschichtsschreibung der lokalen Klöster ausschließlich als Tyrann dargestellt, da er zur Festigung seines Amtes und der damit verbundenen militärischen Aktionen unermesslicher finanzieller Mittel bedurfte, die er sich vornehmlich von den kirchlichen Institutionen seines neuen Herrschaftsbereichs beschaffte. Die tatsächlichen Beweggründe seines Italienfeldzugs, der so unglücklich mit dem zeitgleichen Einfall der Magyaren zusammenfiel, sind heute noch immer umstritten. Mit der Hilfe durch den ostfränkischen König war nicht ernsthaft zu rechnen, da dieser selbst mit derartigen Einfällen zu kämpfen hatte und sich zudem selten in die Belange der nur lose zu einem Reich zusammengefassten Herrschaftsbereiche der unzähligen Grafen und Herzöge einmischte. Man kann gar davon ausgehen, dass – abgesehen von der Aristokratie – wohl kaum jemand wusste, wer gerade König war.

Die Magyaren selbst waren natürlich nicht die blutrünstigen Barbaren, wie sie im Buch den Eindruck erwecken könnten, und auch Bezeichnungen wie »Teufel« sind lediglich den Nennungen in den zeitgenössischen Schriftquellen entnommen. Vielmehr verfügten die Magyaren (Selbstnennung der Ungarn) über eine kulturell und sozial vielseitige Gesellschaft, die in unzähligen Stämmen organisiert in den Weiten des Donaubeckens ein gut organisiertes Nomadenleben führte. Selbst kriegerisch aus ihren Stammlanden weiter im Osten vertrieben, waren sie lange Zeit auf Beutezüge zur eigenen Versorgung angewiesen. Mittel- und Westeuropa hatte längere Zeit nur mit inneren Konflikten zu kämpfen und war einer solch neuartigen Kampfweise nicht gewachsen. Umso mehr schien es für die Ungarn lohnend, jedes Jahr aufs Neue die ungeschützten Siedlungen und Klöster im Westen zu plündern. Das Ausmaß an Verwüstung in den betroffenen geistlichen und weltlichen Institutionen und Orten lässt sich heute nicht mehr nachvollziehen. Wie Berichte von Hungersnöten und Feuersbrünsten vermuten lassen, dürfte die lokale Bevölkerung allerdings stark unter den Einfällen und ihren Folgen gelitten haben.

Das Kloster Sankt Gallen konnte sich beim Einfall von 926 ausreichend vorbereiten, weshalb besonders die schriftlichen Schätze (Archiv und Bibliothek) gerettet werden konnten. Dies geschah einerseits durch Evakuierung von Menschen und Gütern nach Reichenau und Wasserburg und andererseits durch die Errichtung einer kleinen Festung nahe dem heutigen Häggenschwil

(Flurname Waldburg). Seckinga, das Kloster Säckingen, ist im Verlauf des 10. Jahrhunderts vom Doppelkloster zum reinen Frauenkloster geworden und bis heute weiß niemand, warum. Meine Version der getöteten Mönche und verschleppten Nonnen ist freilich frei erfunden, nutzt diese historische Erkenntnis jedoch zugunsten dieser Erzählung.

Bei den Folgen der Verletzung des Marcus' handelt es sich um eine eher leichte Form des Wundbrandes, der früher oder später zum Tod geführt hätte und mit heutigen Antibiotika in wenigen Tagen geheilt gewesen wäre. Die Heilung durch die »Wundersalbe« des Wynfreth ist dabei nicht völlig frei erfunden, denn in einem englischen Arzneibuch aus dem 10. Jahrhundert (*Bald's Leechbook*), das heute in der *British Library* in London aufbewahrt wird, wurde das Rezept für eine Salbe entdeckt, die, aus einfachsten Mitteln hergestellt, tatsächlich eine überraschende antibiotische Wirkung erzielt hätte. Ob Marcus mit seinen Entzündungswerten tatsächlich so lange reisefähig gewesen wäre, ist fraglich, doch musste Anna und Marcus zumindest eine kleine Chance zugestanden werden.